插图本
名著名译
丛 书

插图本名著名译丛书

费加罗的婚礼

Le Mariage de Figaro

Beaumarchais

〔法〕博马舍 著

吴达元 龙 佳 译

Beaumarchais
LE BARBIER DE SÉVILLE
LA MARIAGE DE FIGARO
LA MÈRE COUPABLE
根据 Éditions Garnier Frères, Paris, 1950 版本译出

图书在版编目（CIP）数据

费加罗的婚礼/（法）博马舍著；吴达元，龙佳译. —北京：人民文学出版社，2021
（插图本名著名译丛书）
ISBN 978-7-02-014587-4

Ⅰ. ①费… Ⅱ. ①博… ②吴… ③龙… Ⅲ. ①歌剧—剧本—法国—近代 Ⅳ. ①I565.34

中国版本图书馆 CIP 数据核字（2018）第 205045 号

责任编辑　黄凌霞
装帧设计　刘　静
责任印制　任　祎

出版发行　人民文学出版社
社　　址　北京市朝内大街 166 号
邮政编码　100705
网　　址　http://www.rw-cn.com

印　　刷　三河市宏盛印务有限公司
经　　销　全国新华书店等

字　　数　217 千字
开　　本　880 毫米×1230 毫米　1/32
印　　张　9.375　插页 3
印　　数　1—10000
版　　次　2021 年 4 月北京第 1 版
印　　次　2021 年 4 月第 1 次印刷

书　　号　978-7-02-014587-4
定　　价　32.00 元

如有印装质量问题，请与本社图书销售中心调换。电话：010-65233595

出 版 说 明

人民文学出版社自上世纪五十年代建社之初即致力于外国文学名著出版，延请国内一流学者论证选题，优选专长译者担纲翻译，先后出版了"外国文学名著丛书""世界文学名著文库""二十世纪外国文学丛书""名著名译插图本"等大型丛书和外国著名作家的文集、选集等，这些作品得到了几代读者的认可。丰子恺、朱生豪、傅雷、杨绛、汝龙、梅益、叶君健等翻译家，以优美传神的译文，再现了原著风格，为这些不朽之作增添了色彩。

2015年，精装本"名著名译丛书"出版，继续得到读者肯定。为了惠及更多读者，我们推出平装版"插图本名著名译丛书"，配以古斯塔夫·多雷、约翰·吉尔伯特、乔治·克鲁克香克、托尼·若阿诺、弗朗茨·施塔森等各国插画家的精彩插图，同时录制了有声书。衷心希望新一代读者朋友能喜爱这套书。

人民文学出版社
2018年1月

目　次

塞维勒的理发师 …………………………………… 1

费加罗的婚礼 ……………………………………… 79

有罪的母亲 ………………………………………… 211

前　言

　　一位业余作家，仅凭两部剧作便在文学史上享有不朽的声名，这样的天才为数是不多的，博马舍就是其中之一。他的喜剧《塞维勒的理发师》(1775)、《费加罗的婚礼》(1778)和《有罪的母亲》(1797)是法国启蒙运动时期戏剧领域的最佳成果，特别是他所塑造的第三等级代表人物费加罗的形象，已作为世界文学中的著名典型而遐迩闻名。

　　博马舍原名奥古斯特·卡隆(1732—1799)，出身于巴黎的一个钟表匠家庭。他精力充沛、聪明过人，虽然没有受过正规教育，但自幼酷爱读书，博闻强记，知识相当丰富。他十三岁辍学，随父亲学钟表制造手艺，二十岁时发明了一种重要的钟表零件，获得法国科学院的认可和表彰，随即被聘为王室钟表师。不久，他演奏竖琴和横笛的才能受到公主们的赏识，又被聘为公主们的音乐教师。与此同时，他利用和宫廷的往来关系，与著名金融家帕里斯·杜维尔奈合伙经商，很快在金融界、企业界崭露头角，成为富翁。一七六一年，他花巨款购得王室书记官职位，并改用贵族姓氏博马舍。

　　虽说无论在宫廷还是在资产阶级圈内，精明能干、多才多艺的博马舍都显得颇为春风得意，但封建社会无情的等级观念，仍然时刻提醒他：自己在贵人们眼中只不过是个出身微贱的仆人。一次，一位廷臣当众耻笑他的钟表匠出身；又一次，肖纳公爵为情妇向他寻衅，并用"空白拘票"将他关进监狱；……凡此种种，使博马舍对贵族社会和封建等级制度的反感日益加深。一七七〇年，他的合伙人杜维尔奈去世，其继承人拉布拉什伯爵拒不承认死者对博马舍的债务，反制造谣言，控告他伪造证件。这场官司弄得博马舍几乎倾家荡产、身败名裂。但他不肯服输，决心诉诸舆论。

一七七三和一七七四年，他连续发表四篇《备忘录》，公布了诉讼的全过程，对司法当局的黑暗腐败作了彻底揭露。这四篇《备忘录》显示了他的文学才能，他刻画性格，描写场景，写得辛辣幽默，生动有趣，博得伏尔泰的激赏。伏尔泰称赞他的《备忘录》"比任何一部喜剧都有趣，比任何一部悲剧更动人"。《备忘录》不仅在巴黎而且在外省乃至欧洲引起了轰动，博马舍终于在舆论支持下取得了胜利。

博马舍的思想与文艺复兴时期以来的人文主义思潮一脉相承，他热爱拉伯雷的著作，深深敬仰拉伯雷挑战中世纪传统观念及经院哲学的勇气和战斗精神。十八世纪的启蒙运动，特别是天赋人权的观念，同样对他产生了深刻影响。他毕生都在以行动来捍卫人格的尊严与独立，且以自己的成就证明第三等级的平民在聪明才智上大大优越于贵族阶级的大人先生。博马舍自称是伏尔泰和狄德罗的学生，盛赞《百科全书》是一部大无畏的不朽巨著。在文学上，他是最先对狄德罗的市民剧理论表示响应的人。一七六七年，他依据狄德罗的理论创作了正剧《欧也妮》，并在该剧序文《论正剧》中旗帜鲜明地支持了狄德罗所创立的这一介乎英雄悲剧和愉快喜剧之间的新剧种。一七七〇年，他写了第二部正剧《两朋友》。这两部正剧均以批判贵族阶级的腐化堕落、歌颂市民阶级的美德为主旨，但因剧情和人物缺乏深厚的生活基础，台词充斥过多的说教，艺术上未获得成功。不过，一七七〇至一七七四年间博马舍和司法当局的较量大大磨砺了他的思想，锻炼了他的写作能力，同时也给他的创作带来了新的生机，其直接成果便是《塞维勒的理发师》和《费加罗的婚礼》的面世。

《塞维勒的理发师》又名《防不胜防》，最初是歌剧，于一七七二年改写成五幕喜剧，剧情显然脱胎于莫里哀的《太太学堂》，而贯穿全剧的则是启蒙时代的平等意识和人权思想。女主人公罗丝娜已不同于《太太学堂》中幼稚无知的阿涅丝，而是一个向往自由、不甘心受奴役、自觉地为婚姻自主权而斗争的女性。尤其是剧中的主导人物费加罗，完全是一个已开始觉醒的、充满活力的法国第三等级的代表。他聪明机智、乐观自信，是巴汝奇、司卡潘一类平民形象的丰富和发展。为了生存，他从事过不知多少行业:贵族老爷的跟班、养马场的兽医、写喜剧办刊物的文人、赌场老板、走街串巷的江湖郎中和理发师……在为生存而奋斗的过程中,他尝尽了人生的酸甜苦辣,增长了知识和才干,也洞察了世态人情,从而对社会有了深刻的剖析与批判。博马舍将自己的生活感受融入费加罗的感受之中,凝成了无数犀利俏皮、精妙绝伦的台词与对白,诸如"我忙于欢笑,怕的是有时逼得我不得不哭";"我相信只要大人物不来伤害我们,就等于对我们施恩了";当阿勒玛维华伯爵说他懒惰、荒唐时,他针锋相对地回答:"照你们对仆人要求的品德,大人,您见过多少主人配当仆役的?"剧中巴齐勒关于造谣的一段著名台词,总结了饱受造谣中伤之苦的博马舍的痛苦经历,已成为后人经常引用的文学典故。《塞维勒的理发师》原定于一七七三年二月上演,因博马舍得罪肖纳公爵,被捕入狱,演出搁浅。一七七四年,剧团重新开始排练,适逢博马舍的第四篇《备忘录》发表,当局视他若洪水猛兽,其剧作当然也被宣布禁演。直到一七七五年路易十五去世后,《塞》剧才在法兰西喜剧院演出,且大获成功。博马舍明白,《塞》剧的胜利,首先是费加罗的胜利。于是他决心创作费加罗系列,让费加罗在舞台上继续亮相。

一七七八年,他写出了直接抨击封建主特权的五幕喜剧《费加罗的婚礼》。在这部喜剧里,阿勒玛维华伯爵成为荒淫腐朽的大封建主的代表,试图恢复他原已声明放弃的领主初夜权。为了抵制这种侮辱人的特权,捍卫人的尊严,费加罗和他的未婚妻苏珊娜表现出卓越的智慧和大无畏的勇气。伯爵夫人为了自身的利益,和他们结成统一战线;原来和他们作对的霸尔多洛、马尔斯琳、安东尼奥、巴齐勒等人,最后也被争取到他们一边。全剧以费加罗的胜利和伯爵的惨败告终。《费加罗的婚礼》又名《狂欢的一日》,突出了平民战胜贵族、老爷输给仆人的主题。

比起《塞维勒的理发师》,《费加罗的婚礼》显然具有更加鲜明的革命色彩,颇能反映法国大革命前夕那种山雨欲来风满楼的氛围。第五幕中费加罗的一段独白,正是平民阶层的不平之鸣,也是对封建社会的全面指控。在他眼里,贵族根本没什么了不起,他们只不过"在走出娘胎时使过些力气",凭什么生下来便拥有一切,凭什么配有这么多享受? 而他自己

"单为生活而不得不施展的学问和手腕,就比一百年来用以统治全西班牙的还要多"。他学化学、学制药、学外科,结果只当上兽医;他写喜剧,因批评了土耳其王爷,剧本便被焚毁;他写了一篇论货币的文章,便被关进巴士底狱;他办刊物,不久就在同行的倾轧中被取缔……他形容所谓的出版自由:"只要不谈当局,不谈宗教,不谈政治,不谈道德,不谈当权人物,不谈有声望的团体,不谈歌剧院,不谈任何一个有点小小地位的人,经过两三位检查员的检查,我可以自由付印一切作品……"他点评政治:指出政治和阴谋"像孪生姐妹","收钱、拿钱、要钱",就是"当政客的秘诀";他指责司法"对大人物宽容,对小人物严厉",他描写执掌印绶的大法官昏庸无能、贪赃枉法,只能充当费加罗们嘲笑的对象。

不言而喻,这样一部长人民志气、灭贵族威风的剧作,当时要搬上舞台几乎是不可能的,但博马舍在障碍面前从不退缩,为冲破禁令、取得上演的权利,他整整斗争了六年。他去各个沙龙朗读剧本,在街头巷尾传播剧中的歌曲,动员起各种舆论手段,引起人们对《费加罗的婚礼》的强烈兴趣,乃至此剧的被禁,被公众视为当局钳制言论自由的一大罪证。一七八四年四月,专制王朝迫于舆论压力,不得不允许该剧在法兰西喜剧院演出。此剧的首演盛况空前,成为当时社会生活中的一件大事。

博马舍的两部喜剧不仅征服了法国,也迅速地征服了欧洲,转眼之间就被译成好几国文字,在欧洲各大城市上演。一七八六年,奥地利音乐大师莫扎特将《费加罗的婚礼》改编为歌剧,一八一六年,意大利著名音乐家罗西尼又将《塞维勒的理发师》改编成歌剧,成功的音乐更使两部喜剧广为流传,变得家喻户晓。博马舍于是成为继莫里哀之后声望最高的法国喜剧家。

《费加罗的婚礼》改编为歌剧之后,博马舍也写过一部歌剧:《达拉尔》(1787),但影响不大。应当说,《塞维勒的理发师》和《费加罗的婚礼》的成功,首先是由于人物形象塑造得成功,同时也在于作者准确地把握住了时代的脉搏,以受群众喜爱的艺术形象表达了人民的心声。费加罗是法国平民的代表,作者在他身上集中了法兰西民族最典型的性格特征。这个天性快活、时刻不忘寻欢作乐的民族,表面上玩世不恭、嘲笑一切,其实具有健全的理智,遇事都有清醒的思考与分析;他们貌似轻浮,可他们深刻的睿智使人惊讶,敏锐的眼光令人叫绝,而且往往能在灾难面前保持潇洒的风度,以轻松的笑谈来冲淡痛苦。这种荒唐面具下的严肃,浮夸外表下的深刻,玩世态度掩盖下的顽强意志及非凡的勇气,正是自拉伯雷以降的法国文学大师们对高卢民族特性的共同概括。博马舍将这些特性熔铸为费加罗这样一个鲜活生动的艺术形象,当然立时获得人民的认同和热爱。何况博马舍自己就是一位现实生活中的费加罗,他出身于第三等级,受过苦,坐过监,也发过财,生活中好几次大起大落;但他从不气馁,从不服输,从不屈服于社会安排给他的命运,如同他本人所说,他的一生是"斗争的一生"。因而他和法国大革命前迫切要求变革的人民群众声气相通,他笔下的费加罗于是成为人民的代言人,费加罗在舞台上讲的,正是台下观众心中所想的。博马舍极善于运用戏剧语言,犀利明快的精彩对话在剧中比比皆是,加之情节紧凑,高潮迭起,使观众在全剧过程中一直保持高昂的情绪。然而法国大革命以后,博马舍的经历十分坎坷:住宅几度被查抄,本人及家人被捕入狱,财产被没收,……他越来越跟不上小资产阶级革命派别的激进主张,逐渐对革命产生了距离感,他的费加罗也随之失去了锐气。一七九二年,费加罗三部曲的第三部《有罪的母亲》出台,阿勒玛维华伯爵成了一位道德高尚的人,宽容地对待他不贞的妻子,而费加罗成为伯爵的忠仆。至此,费加罗已完全丧失往日的魅力,博马舍的创作生命也告终结了。但是,《费加罗的婚礼》《塞维勒的理发师》和《有罪的母亲》的生命永远不会终结。这三部喜剧,特别是根据它们改编的歌剧,永远常演常新,并给它们的作者带来不朽的声名。

艾 珉
一九九九年十二月

博马舍像

塞维勒的理发师
又名:防不胜防
(1775)

吴达元 译

人　物
（演员应穿西班牙古装）

阿勒玛维华伯爵——

　　西班牙大贵族，化名兰多尔，追逐罗丝娜。第一幕，身穿缎制上衣和短裤，外披一件通称西班牙大氅的棕色大衣；头戴黑色软边帽，帽子围一条彩带。第二幕，身穿骑兵制服，足蹬长靴，留了胡须。第三幕，打扮成大学生模样，短发圆顶，颈上围着褐皱领巾，身穿教士上衣，短裤，袜子和短大衣。第四幕，衣着非常漂亮，件件都按照西班牙式样。除一件华丽的短大衣外，还披着一件特别漂亮的棕色宽大衣。

霸尔多洛——

　　医生，罗丝娜的监护人。穿黑色短衣，纽扣全扣齐，头戴大假发，颈上围着褐皱领巾。衣服的硬袖往上卷，腰间拴一条黑腰带；出门的时候，穿一件大红的长大衣。

罗丝娜——

　　贵族出身的少女，受霸尔多洛监护。身穿西班牙服装。

费加罗——

　　塞维勒的理发师。身穿讲究的、但有点俗气的西班牙服装；头罩网巾；白帽子，帽子围一条彩带；颈上松松地拴着一条丝巾；其他服饰为：缎制背心和短裤，镶银色缘边的纽扣和纽襻，绸腰带，两腿旁垂着穗子的吊袜带，颜色鲜艳的上衣，领子的颜色和背心的相同；白袜，灰鞋。

唐巴齐勒——

　　风琴师，罗丝娜的唱歌教师。头戴黑色软边帽；身着短袍和长外衣；他没有褐皱领巾，也没有硬袖口。

青春——

　　霸尔多洛的老家人。

警觉——

  霸尔多洛的另一仆人，傻里傻气、老是睡不醒的孩子。他和青春两人都穿加利斯人的服装；头发扎成辫子，穿淡黄色背心；腰间拴有一条带铁扣子的宽皮带；蓝短裤，蓝上衣，上衣的肩上开有一个缝口，手臂从那里伸出来，袖子在臂后垂着。

公证人

西班牙法官

  手拿一根白色法杖。

几个警察和拿着火把的仆人。

地　点

  塞维勒城，第一幕在街上，罗丝娜的房间窗下，其他三幕在霸尔多洛家里。

第 一 幕

舞台布景:塞维勒的一条街道,所有的窗子前都有铁栏杆。

第 一 场

〔伯爵单独一人,身穿棕色大衣,头戴软边帽。一面走,一面掏出他的表。

伯　爵　时间并不像我所想象的那么晚。现在离她平日在百叶窗露面的时候还早着呢。没关系,反正早来总比错过了时间见不着她要好些。假如宫廷里某个风流人物发现我离开马德里这么远,每天早上站在一个我从来没有与之交谈过的女人的楼窗底下,他也许会把我当做伊莉莎白女王①时代的西班牙人啦……但那又有什么不好?每个人都在追求幸福。对我说来,幸福就在罗丝娜的心里……但是,真奇怪!马德里和宫廷到处都有机会寻欢作乐,我却偏要追求一个塞维勒的女人!……我竭力躲避的正是马德里的那些欢乐,因为那里虽然不断地得到情场胜利,但是那些所谓爱我们的人爱的是我们的金钱、门第、势力。那种胜利,我厌烦透了。我觉得只有为了我本人可爱而爱我,那种爱才真正甜蜜。如果我在这样的伪装之下还能够得到……该死,哪来这么个讨厌鬼!

---

① 指伊莉莎白一世,卡斯蒂利王国的王后(1451—1504),伊莉莎白时代被认为是西班牙的风流时代。

第二场

〔费加罗上,伯爵躲在一旁。

费加罗 (背上背着吉他琴。愉快地歌唱着,手里拿着一张纸和一支铅笔)

　　　　让我们且排遣愁肠,
　　　　忧愁能把我们毁伤:
　　　　如果没有酒中的火
　　　　使我们恢复热情,
　　　　我们就不免憔悴沮丧。
　　　　一个人如果毫无乐趣,
　　　　生活就会像傻子一样,
　　　　并且也活不久长。

上面这几句,做得还不算坏,
　　　　并且也活不久长。
　　　　美酒和懒惰
　　　　互相争夺着我的心。

不对!它们并不是互相争夺着我的心,它们是安安静静地共同分割我的心……
　　　　共同……分割我的心。

可以说共同分割吗?……哎!天呀,我们那些编歌剧①的人在这上头是不操心的。在今天,不值得说的话,我们就把它唱出来。

〔唱。
　　　　美酒和懒惰,
　　　　共同分割我的心。

---

① 《塞维勒的理发师》原先是以歌剧的形式编写的,后来才改写为喜剧。一八一六年意大利音乐家罗西尼又把这部喜剧改编为歌剧。

我想用一些美丽、光辉、灿烂,而且看来很有深意的句子来结束这首诗。

〔一膝着地,边唱边写。

  共同分割我的心。

  这一个博得我的钟爱,

  那一个造成我的幸福。

呸!太平淡了。不合适……我需要的是对照、对比的笔法:

  这一个是我的情妇,

  那一个……

啊!妙呀,我可想出来了……

  那一个是我的奴仆。

妙得很,费加罗……

〔一面唱一面写。

  美酒和懒惰,

  共同分割我的心。

  这一个是我的情妇,

  那一个是我的奴仆。

  那一个是我的奴仆。

  那一个是我的奴仆。

哼,这一段将来配上音乐,捣乱派的老爷们,你们还敢说我信口开河不知所云吗?……(看见了伯爵)我在什么地方见过这个修士?(站起来)

伯　爵　(旁白)这个人我看着好眼熟。

费加罗　不对,他不是修士!这副倨傲、高贵的神气……

伯　爵　这副可笑的模样……

费加罗　我没看错,他就是阿勒玛维华伯爵。

伯　爵　我想他就是费加罗那个无赖。

费加罗　正是我,大人。

伯　爵　你这小子,你要是敢泄露……

费加罗　是的,我认出您来了。您一向总是赏我脸,对我不搭架子。

伯　爵　我刚才简直不认得你。你又肥又胖了……

费加罗　没法子,大人,我总是那么穷。

伯　爵　可怜的小鬼!但是,你到塞维勒来干什么?我不是在部里替你找过差使吗?

费加罗　差使,我到手了,大人。我非常感激……

伯　爵　你叫我兰多尔吧。看我这样装扮,你还不明白我不愿意人家知道我是谁吗?

费加罗　那么,我就躲开您吧。

伯　爵　不必。我在这儿有所等待。两个人聊天决没有一个人来回溜达那样形迹可疑。我们假装聊天吧。那么,差使怎么样了?

费加罗　部长很重视大人的推荐,马上派我当一名药房管理员。

伯　爵　在陆军医院?

费加罗　不。在安达卢西省的养马场。

伯　爵　(笑)这第一步不算坏呀!

费加罗　位置的确不算坏,因为敷药和配药都归我管,我时常把很好的医马的药出卖给人……

伯　爵　不知害死了多少老百姓!

费加罗　哈,哈!万灵药是没有的。不过,医马的药有时候也不见得治不好一些加利西亚人、加泰罗尼亚人、奥维尼人。

伯　爵　那么,你为什么辞掉这个差使呢?

费加罗　我辞掉差事?是差事辞了我。有人在大官面前说我的坏话:

　　　　　　嫉妒者手指弯曲,脸色苍白。

伯　爵　啊,得啦!得啦,朋友!你也作诗吗?刚才我看见你在膝盖上乱写一阵,从早上起就唱个没完没了。

费加罗　大人,这正是我倒霉的原因。有人向部长报告,说我给美丽的姑娘们写情诗——我确实写了不少——说我编谜语寄给报馆,说外面流行着一些很像我的笔调的情歌;总而言之,部长知道了我的作品居然也能出版,便把事情看得很严重,免去了我的职务,借口说爱好文

8

学和办事精神是不相容的。

伯　爵　好充足的理由！你为什么不向他申辩……

费加罗　他忘了我，我就认为我是很幸运的了。我相信只要大人物不来伤害我们，就等于对我们施恩了。

伯　爵　你还没把话全说出来。我记得你伺候我的时候，你是一个相当坏的家伙。

费加罗　唉！天呀，大人，这是因为你们不许穷人有缺点。

伯　爵　你懒惰，荒唐……

费加罗　照你们对仆人要求的品德，大人，您见过多少主人配当仆役的？

伯　爵　（笑）我见过不少。那么，你就躲到这个城里来了？

费加罗　不，不是立刻就来的。

伯　爵　（止住他）等一等……我以为是她呢……你说下去吧，我听着。

费加罗　先回到马德里，在那里我想重整旗鼓，再试一试我的文学天才。戏院在我看来是可以大显身手的战场……

伯　爵　啊！好家伙！

费加罗　（说这段话的时候，伯爵很注意地向百叶窗那方望着）我实在不明白为什么我始终没有多大的成功。我在池座布满了最出色的捧角专家。他们的手……像大槌一样。我禁止他们戴手套，拿手杖，携带任何只发出沉闷的声音的东西。老实说，开演之前，在咖啡店①中的一切安排，在我看来，对我都是有利的。但是，捣乱派千方百计……

伯　爵　啊！有了捣乱派！作家先生就一败涂地了。

费加罗　谁都有失败的时候：为什么我就不能失败呢？他们给我喝倒彩。但是，假若有一天我能够把他们再集合在一起……

伯　爵　你要他们看你那乏味的戏，作为你的报复吗？

费加罗　唉！我把他们恨透了，那些该死的东西！

伯　爵　你咒骂！你知道吗，在法院，一个人只能有二十四小时可以诅咒

---

① 指法兰西喜剧院对面的普罗哥泼咖啡店，是当时戏剧爱好者常到的地方。

9

法官①？

费加罗　在戏院就有二十四年。要消掉这样一口气，生命未免太短促了。

伯　爵　你生气的时候还这样快快乐乐，我倒挺高兴的。但是，你没告诉我你到底为什么离开了马德里。

费加罗　真是吉星高照我才离开了马德里，因为，大人，我很幸运地在这儿又遇见了我的旧主人。我看马德里的文坛简直是豺狼世界，向来都是自相残杀；他们那种疯狂的仇恨实在可笑，叫人厌恶。各种各样的昆虫、蚊子、毒蚊、批评家、嫉妒者、小报投稿人、书店老板、检查员，以及一切寄生在可怜的文人身上的东西，把他们的精髓的一点点残余都吸光吮尽。我是懒得写作了，我讨厌自己，也嫌恶别人；因此闹得债台高筑，囊空如洗；最后，我深深相信剃刀所得的实惠比笔杆挣来的虚名要强得多。于是，我就离开了马德里。背着行李，乐天安命地走遍了新旧卡斯蒂利亚两省、孟夏、艾斯特雷马杜拉、谢拉·莫雷纳、安达卢西亚。在这个城里受到欢迎，在那个城里被人监禁，好在总能随遇而安。某些人恭维我，另外一些人斥骂我。得意时候，帮助别人；失意时候，只好忍气吞声。遇着糊涂的人，跟他们开开玩笑；碰上凶恶的人，偏要跟他们较量较量。穷苦我不在乎，我比任何人都强。这样，我就在塞维勒住下来了。我准备重新伺候大人，接受您的一切命令。

伯　爵　这种愉快的哲学，谁传授给你的？

费加罗　我对坏运气早已习惯了。我忙于欢笑，怕的是有时逼得我不得不哭。您老望着那面干什么？

伯　爵　快躲开。

费加罗　为什么？

伯　爵　过来！混账东西。我的事情要坏在你身上啦。

　　　　〔两人躲起来。

---

①　法院在判决以后二十四小时才对犯人执行死刑。

第 三 场

〔霸尔多洛,罗丝娜,楼上的百叶窗打开了,霸尔多洛和罗丝娜站在窗口。

罗丝娜　呼吸呼吸外面空气多么痛快呀……这扇百叶窗是很难得打开的……

霸尔多洛　你手里拿着的纸条是什么?

罗丝娜　是《防不胜防》①的几段歌词,是我的唱歌先生昨天给我的。

霸尔多洛　《防不胜防》是什么?

罗丝娜　是一出新喜剧。

霸尔多洛　又是什么正剧②吧!什么胡说八道的新体裁③!

罗丝娜　我可不知道。

霸尔多洛　唉,报纸和当局会替我们收拾它的。野蛮的时代!

罗丝娜　您总是诅咒我们这个可怜的时代。

霸尔多洛　请原谅我说话随便!我们这个时代产生过什么,值得我们赞扬它?各式各样胡说八道的东西:思想自由,地心吸力④,电气,信教自由⑤,种牛痘⑥,金鸡纳霜⑦,《百科全书》⑧,正剧……

罗丝娜　(纸条从手里脱掉,落到街上)哎呀!我的歌谱!我只顾听您说话,把我的歌谱掉下去了。赶快,跑快点,先生!不然,我的歌谱就会丢掉了!

---

① 《塞维勒的理发师》又名《防不胜防》。
② 正剧,指十八世纪法国启蒙作家狄德罗等创造的新剧种,剧情取材于市民们的日常生活。
③ "霸尔多洛不喜欢正剧。也许他年轻时候写过一部悲剧。"——作者注
④ 指牛顿发现的地心吸力的原理,经伏尔泰在法国加以通俗化。
⑤ 信教自由是伏尔泰努力传播的启蒙思想。
⑥ 英国医生翟纳在十八世纪七十年代发明种牛痘,伏尔泰在《英国通信》中把这发明介绍到法国。
⑦ 金鸡纳霜于十七世纪从美洲传到法国。
⑧ 《百科全书》,指由狄德罗主编的《百科全书》。

霸尔多洛　真见鬼,手里拿着东西,就应该好好拿着。(离开阳台)

罗丝娜　(向屋里瞧一瞧,然后向街上打手势)嘘,嘘。(伯爵上)把它捡起来,快躲开。

〔伯爵很快地把纸条捡起,退回原处。

霸尔多洛　(走出房子,在街上找)落在哪儿了?什么也没有呀。

罗丝娜　在阳台下面,墙根底下。

霸尔多洛　你给我的差使可真好呀!有人打这儿走过吗?

罗丝娜　我没看见什么人。

霸尔多洛　(自语)我呢,我居然那么好心地替她找……霸尔多洛,我的朋友,你真是个糊涂虫。这回应该是你的一个教训:以后永远不要再开临街的百叶窗了。(进去)

罗丝娜　(一直在阳台上)我的苦命可以原谅我的一切!我孤苦伶仃,被人软禁,遭受一个非常可厌的男人的折磨,难道想要打破奴隶的枷锁就是罪恶吗?

霸尔多洛　(回到阳台上)到里面去吧,小姐。你的歌谱找不着了,这是我的过错;但是,我可以向你保证,这种倒霉事情不会再发生的。(把百叶窗锁上)

第 四 场

〔伯爵,费加罗,他们小心翼翼地走回来。

伯　爵　现在,他们都进去了。我们研究研究这张歌谱吧,里面一定有些神秘的东西。咦!是一封信呀!

费加罗　他刚才问过,《防不胜防》是什么!

伯　爵　(兴奋地念)"您的殷勤引起了我的好奇心。我的监护人一出门,您就用这个著名的歌谱随便唱几句,您好像对不幸的罗丝娜非常多情,请告诉我:您到底是谁,什么身份,有什么意图?"

费加罗　(模仿罗丝娜的声音)我的歌谱,我的歌谱掉下去了。赶快,跑快点。(他笑)哈,哈,哈,哈!啊!这些女人呀!你想使最天真朴实的女人变得精明伶俐吗？那么，把她关起来就成了。

伯　爵　我亲爱的罗丝娜呀！

费加罗　大人，我用不着再费心思，就可以猜透您这样装扮的动机了。您原来在这儿追求一种可望而不可即的爱情呀。

伯　爵　你算猜对了。但是，假若你敢多嘴……

费加罗　我，多嘴！我不像别人那样，不断滥用名誉和忠诚这类大字眼来保证我自己。我只消说一句话：我自己的切身利益就是很好的保证。您用这个尺度来衡量一切，您就……

伯　爵　好极了。那么，我告诉你吧：六个月前，我在普拉多①偶然遇见了一位少女，像天仙那么美……你刚才看见的就是她。我派人找遍了马德里也没找着她。前些日子我才打听出来她叫罗丝娜，贵族出身，无父无母，和这个城里的一个名叫霸尔多洛的老医生结了婚。

费加罗　说真的，好个漂亮的小鸟！不过，要让她离开她的窝可就困难了！但是，谁告诉您她是医生的妻子？

伯　爵　谁都这样说。

费加罗　这是他从马德里来到这儿之后编造出来的一套瞎话，用来蒙骗那些风流人物，使他们不来亲近她。她现在还受着他的监护，但是不久的将来……

伯　爵　（兴奋地）永远不会的……啊！真是个好消息！我本来打算不很客气地向她表示我的遗憾，而现在我居然发现她还没有结婚！我一分钟也不能轻易放过了。我一定要叫她爱上我，把她从这门强迫的婚姻中营救出来。你认识她的监护人吗？

费加罗　我认识他跟认识我自己的亲娘一样。

伯　爵　他是怎样一个人？

费加罗　（兴奋地）他是一个漂亮的矮胖子，人老心不老，头发灰白，诡计多端，胡子光光，精神疲惫，这儿张张，那儿望望，整天不是骂人，就是

---

① 普拉多，指马德里著名的林荫大道。

13

抱怨。

伯　爵　（不耐烦）唉！我见过这个人。他的性情呢？

费加罗　粗暴，吝啬，疯狂地爱他的被监护人，非常嫉妒，因此那位被监护的姑娘把他恨得要死。

伯　爵　那么，他讨人喜欢的本领是……

费加罗　等于零。

伯　爵　好得很。他诚实吗？

费加罗　仅仅诚实到不至于被送上绞刑架。

伯　爵　好得很。惩罚一个坏蛋，同时又使自己得到幸福……

费加罗　这才是一件利己利人的事呢：说真的，大人，这实在是一种最高尚的道德呀！

伯　爵　你说他是因为害怕那些风流人物，所以才把大门关得紧紧的吗？

费加罗　他任何人都怕，如果他能够把门缝也封起来的话，他一定……

伯　爵　啊！见鬼！真糟糕！你有办法进他的门吗？

费加罗　我有没有办法！第一，我住的就是这个医生的房子，他让我白住的。

伯　爵　哈，哈！

费加罗　是的，我呢，为了表示感谢，我答应每年给他十个皮斯托尔①，也是白送给他的。

伯　爵　（不耐烦）你是他的房客？

费加罗　而且，还是他的理发师、外科医生、药剂师。在他家里，刮胡子、扎针、灌肠这些事情，非经过您的仆人我的手不可。

伯　爵　（拥抱他）啊！费加罗，我的朋友，你是我的天使，我的救星，保佑我的神祇。

费加罗　哎呀！您用得着我，就把我们两人的距离缩短了！瞧您这个热烈的情人！

伯　爵　好运气的费加罗，你一会儿就要看见我的罗丝娜！一会儿就要

---

①　皮斯托尔，西班牙钱币。

看见她!你明白你的福气多么大吗?

费加罗　十足情人的口吻!难道我也爱她吗,我?您如果能处在我的地位,那多么好!

伯　爵　啊!如果我们能够把所有的监视人全都调开!

费加罗　我也这么想。

伯　爵　只要把他们调开十二小时!

费加罗　假如我们能使这些人忙于他们自己的利益,我们就可以防止他们损害别人的利益了。

伯　爵　一点不错。那么,怎么办呢?

费加罗　(沉思)我正在动脑筋,看看药剂学是否能够提供给我们一些无害的小手段……

伯　爵　你这个坏蛋!

费加罗　难道我想谋害他们吗?他们都需要我护理呢。问题只在于如何在同一个时辰把他们一起治疗一下就是了。

伯　爵　但是,那个医生,这家伙会起疑心的。

费加罗　我们一定要进行得快,让他连起疑心都来不及。我有一个主意了:最近王子联队来到了这个城市。

伯　爵　联队长是我的朋友。

费加罗　好。您换上骑兵服装,带一张住宿证,找上医生的门。他不得不招待您住宿。那么,其他一切归我负责。

伯　爵　好极了!

费加罗　还有,您最好能够装出半醉的样子……

伯　爵　有什么好处?

费加罗　假装醉得迷迷糊糊,您可以更容易摆布他。

伯　爵　这又有什么好处?

费加罗　使他不致起什么疑心;要叫他以为您只是急急忙忙要睡觉,而不是要在他家里捣鬼。

伯　爵　你的意见很高明!但是,你,为什么你不和我一起去呢?

费加罗　啊!我,我一起去!他是从来没见过您的,如果他认不出您是什

15

么人,我们就算万幸了。如果这一招失败了,以后我怎能再把您弄进去?

伯　爵　你有理。

费加罗　不过,要您装扮成这样一个难以装扮的人物,您也许装不好。骑兵……喝得醉醺醺的……

伯　爵　你别瞧不起我。(装喝醉的语气)朋友,这儿不是霸尔多洛医生的家吗?

费加罗　不坏,实在不坏。不过,您的脚步最好更跟跄一点。(酩酊大醉的语气)这儿不是霸尔多洛……

伯　爵　呸!你这是老百姓的醉态。

费加罗　这才是好的醉态,快乐的醉态。

伯　爵　有人开门。

费加罗　这就是我们说的那个人。我们躲开一点,等他走了再说。

第 五 场

〔伯爵,费加罗藏在一边,霸尔多洛。

霸尔多洛　(走出门口,对着屋里说话)我一会就回来。不管是谁,都不许进门。刚才我下楼,真够糊涂的!她叫我下楼的时候,我就应该猜到……可是,巴齐勒还不来!他应该把一切准备妥当,我的婚礼才好在明天秘密举行。现在,一点消息都没有!我去看看到底有什么事情把他绊住了。

第 六 场

〔伯爵,费加罗。

伯　爵　他说什么?明天他要秘密和罗丝娜结婚!

费加罗　大人,事情要成功的确困难,正因为如此更有必要立即行动。

伯　爵　那个替他筹备婚礼的巴齐勒是什么人?

费加罗　一个可怜虫,是被监护的姑娘的音乐教师。他很自负因为懂那么一点艺术便自命不凡,此人狡猾、穷酸,只要有钱就肯下跪,很容易叫他服服帖帖的,大人……(望着百叶窗那面)她在那儿啦,在那儿啦。

伯　爵　谁?

费加罗　就是她,就是她,在百叶窗后面。不要看,不要看。

伯　爵　为什么?

费加罗　她不是写信叫您"随便唱几句"吗?这意思就是:就像平常唱歌那样唱……只是为了唱。啊!她就在那儿,就在那儿啦。

伯　爵　既然我没让她知道我是谁便已经引起她的注意,那么,我还是用我已经用过的兰多尔这个名字吧。这样,我的胜利就更有意思了。(打开罗丝娜给他的纸条)但是,按照这个歌谱,我唱什么呢?我又不会作诗,我。

费加罗　大人,您所能想到的一切都会是绝妙的诗。在恋爱的时候,您的爱情,一定会帮助您的才智创作出很好的诗句来的。您拿着我的吉他吧。

伯　爵　你要我拿吉他干什么?我弹得很糟!

费加罗　像您这样一个人会有不懂得的东西吗?用您的手背:弗隆,弗隆,弗隆……说实话,在塞维勒,唱歌而不用吉他伴奏!很快就会有人把您认出来,很快就识破您的真相了。(靠着墙,站在阳台下)

伯　爵　(一面走,一面唱,用吉他自弹自唱)

第 一 节

　　您命令我,要我说明我的来历,
　　您不认识我,我倒更有热爱您的勇气;
　　说出姓名,我还能抱什么希望?
　　不管怎样,我必须服从我的主上。

费加罗　(低声)好得很,天呀!拿出勇气来,大人!

伯　爵　——

第 二 节

    我是兰多尔,出身很平凡;
    我的心愿只是普通大学生的心愿;
    我没有什么东西可以奉献给您,
    我没有高贵骑士的爵位和财产。

费加罗　什么,真见鬼!我一向是自命不凡的人,但我作起诗来也不会比他作得更好。

伯　爵　——

第 三 节

    每天早晨,到这儿,用温柔的声音
    歌唱我那没有希望的爱情;
    只要看见您呀,我就欢欣;
    但愿您听见我唱的歌也会高兴!

费加罗　啊!天呀,这一节太妙了……(走过去,吻主人的衣服下摆)

伯　爵　费加罗?

费加罗　大人!

伯　爵　你想,她听见我唱了吗?

罗丝娜　(在里面,用《法科硕士》的调子唱)——

    一切都告诉我,兰多尔多么可爱。
    我要爱他,始终不渝地爱……

 〔屋内发出关窗的沉重声音。

费加罗　这一下,您相信她听见了吧?

伯　爵　她把窗户关上了。显然有人进她屋子去了。

费加罗　啊!可怜的小姑娘!她歌唱的声音多么颤抖呀!她心动了,大人。

伯　爵　她用的就是她教我使用的方法。"一切都告诉我,兰多尔多么可爱"。多么优雅!多么聪明!

费加罗　多么机灵！多么深情！

伯　爵　费加罗，你相信她会委身于我吗？

费加罗　她宁可冲破这扇百叶窗，也不愿意错过这个机会呀。

伯　爵　这就成了,我的心一定要交给我的罗丝娜了……一辈子都交给她了。

费加罗　您忘了,大人,这会儿您说什么她也听不见了。

伯　爵　费加罗先生！我只跟您①说一句话：她将来一定做我的妻子了。假若您好好帮助我实现我的计划,在她面前瞒住我的真姓名……你明白我的意思,你知道我的为人。

费加罗　我听您的话就是了。好吧,费加罗,朝着这步好运往前奔吧,我的孩子。

伯　爵　我们走吧,免得招人疑心。

费加罗　(兴奋地)我呢,我这就进去,运用我的聪明才智,稍施魔法,我要使老头子的警戒松懈,嫉妒消失,把年轻姑娘的爱情唤醒；破除一切障碍,使老头子的诡计无法施展。您呢,大人,您只消穿上士兵的服装,拿着住宿证,口袋里放些钱,到我家来。

伯　爵　钱,给谁？

费加罗　钱,天呀,钱。钱是一切计谋中头等重要的东西。

伯　爵　你别恼,费加罗,我一定会带很多钱的。

费加罗　(一面走开一面说)过一会儿,我再来找您。

伯　爵　费加罗。

费加罗　什么？

伯　爵　你的吉他不要了吗？

费加罗　(走回来)我把我的吉他忘了,我！我简直是疯了！(走开)

伯　爵　你住在什么地方,你这个冒失鬼？

费加罗　(走回来)啊！真的,我太兴奋了！我的铺子离这儿只有几步

---

① 伯爵对费加罗说话都用"你",这里改用"您",又叫他作"费加罗先生",因为他有求于费加罗。但是,在同一对白中,他想到他们的主仆关系,又用回"你"。

路,漆的是蓝色的门面,铅皮做的窗框子。门口挂着三个盛血器①,一幅手摸眼睛画②,一行拉丁字:心灵手快,招牌上写着"费加罗"三个字。(急下)

---

① 当时理发师兼作外科医生。盛血器是外科医生的招牌。至今理发馆门前还挂着一种三色自转筒作招牌,也就是这种盛血器遗留下来的标志。
② 表示外科医生手眼并用,而且灵活。

第 二 幕

舞台布景：罗丝娜的屋子。舞台后部有一扇方格窗子。此时窗前的铁栏百叶窗关得紧紧的。

第 一 场

〔罗丝娜独自一人，手里拿着烛台。用桌上的纸开始写字。

罗丝娜　马尔斯琳病了，家里的人都在干活，谁也看不见我写东西。我不知道这些墙壁是不是也有眼睛和耳朵，要不是监视我的那个人脑子里有一个精灵，到某个时候就把一切情况报告给他。反正，我只要说一句话，走一步路，他就立刻猜破我的企图……啊！兰多尔！（把信封好）我先把它封上吧，虽然我还不知道在什么时候，有什么办法可以使他把这封信拿到手。刚才我从百叶窗里看见他和费加罗理发师谈了半天话，费加罗是个好人，好几次对我表示过同情。我要是能够和他谈谈就好了！

第 二 场

〔罗丝娜，费加罗。

罗丝娜　（惊讶地）啊！费加罗先生，看见您，我多高兴！
费加罗　您身体好吗，小姐？
罗丝娜　不太好，费加罗先生。我闷死了。
费加罗　我相信您的话。只有蠢材才会闷成脑满肠肥。

罗丝娜　您刚才在楼底下跟谁谈话谈得那么高兴？我听不见你们说什么，但是……

费加罗　和一位大学生，他是我的一个亲戚，前程无量的年轻人，既多才，又多情，人既聪明，长得又好看。

罗丝娜　啊！好极了！实在好极了！他叫什么名字？

费加罗　他叫兰多尔，是个穷光蛋；但是假若他不是突然离开马德里，他很可能找到一个很好的位置。

罗丝娜　（不假思索地）他一定会找到好位置，费加罗先生，他一定会找到的。像您所说的这样一个青年决不会埋没一辈子的。

费加罗　（旁白）好得很。（高声）但是，他有一个很大的缺点，妨碍着他前途的发展。

罗丝娜　一个缺点，费加罗先生！一个缺点！您准知道他有缺点吗？

费加罗　他爱上了一个人！

罗丝娜　他爱上了一个人！您把这叫做缺点！

费加罗　老实说，拿他那不好的境况来说，这该算是一个缺点了。

罗丝娜　啊！命运多么不公道！他说过他心爱的人叫什么名字吗？我的好奇心……

费加罗　这类秘密，小姐，我就是肯告诉人，也要最后才挨到您。

罗丝娜　（兴奋地）为什么，费加罗？我不是乱说话的人。这个青年是您的亲戚，所以我非常关心他……您说吧。

费加罗　（仔细地端详她）您就这样想吧，他爱的人是一个非常叫人疼爱的美丽小姑娘，温柔娇嫩，秀色可餐；步履轻盈，健美窈窕，丰润的胳膊，鲜红的嘴唇，还有，她的两只手！她的小脸蛋！她的牙齿！她的眼睛！……

罗丝娜　她住在这城里吗？

费加罗　在这一区。

罗丝娜　也许就在这条街吧？

费加罗　离开我只有两步路。

罗丝娜　啊！这可太妙了……对您这位亲戚来说，太妙了。那么，女的是……

费加罗　我还没把她的名字说出来吗?

罗丝娜　(兴奋地)说了半天,您就忘了说她的名字,费加罗先生。说吧,快点说吧。他一回来,我就没法知道了……

费加罗　您一定要知道吗,小姐? 好吧! 女的就是……您那位监护人的被监护人。

罗丝娜　谁的被监护人……

费加罗　霸尔多洛大夫的被监护人。是的,小姐。

罗丝娜　(激动地)啊! 费加罗先生……我不相信您的话,我实在不敢相信。

费加罗　所以,他急于要亲自到这儿来,好叫您相信。

罗丝娜　您说这话,吓得我直发抖,费加罗先生。

费加罗　别这样! 发抖干吗呀! 小姐,您太没有主张了。一个人如果老存着害怕苦难的心情,他先就得吃害怕的苦头。您知道,我已经把那些监视您的人都摆布了一下,不到明天,他们是不会来麻烦您的。

罗丝娜　如果他爱我,他应当安安静静地待着,以此来证明他是真爱我的。

费加罗　唉! 小姐! 爱情和安静可以在一个人的心里同时并存吗? 如今的时代,可怜的青年是很不幸的,摆在他们面前的只有这种可怕的选择:或者是安静而没有爱情,或者是有爱情而没有安静。

罗丝娜　(两眼下垂)安静而没有爱情……这样看起来……唉! ……

费加罗　啊! 这句话看起来是够叫人丧气的。不过,认真说来,有爱情而没有安静倒是格外有趣。对我来说,如果我是女人……

罗丝娜　(局促不安)当然啦,一个年轻姑娘是没有法子阻止一个诚实男子敬爱她的。

费加罗　所以,我这位亲戚对您非常敬爱。

罗丝娜　但是,如果他作出鲁莽的行动,费加罗先生,他可就把我们毁了。

费加罗　(旁白)把我们毁了! (高声)如果您写一封短短的信,明确地制止他……一封信是很有力量的。

罗丝娜　（把刚才写好的信交给他）我没有时间重新写这封信。但是,您交给他的时候,请您告诉他……好好地告诉他……(倾听外面有无声音)

费加罗　小姐,外面没有人。

罗丝娜　告诉他,我之所以这样做,完全出于纯粹的友谊。

费加罗　这用不着说。老实说,爱情的行动和友谊的行动是不相同的。

罗丝娜　出于纯粹的友谊,您听明白了吗?我只怕他一旦遭遇困难挫折……

费加罗　对啦,只有星星的磷火才会这样。您要知道,小姐,风可以吹灭灯光,也可以燃起炭火,而我们正是炭火。我们只要谈一谈它,它就迸射出熊熊的火焰,这火焰传到我身上,连我的热情也燃烧起来,虽然我仅仅是一个旁观者。

罗丝娜　天呀!我听见我的监护人的声音了。他要是看见您在这儿……您从我放琴的那间小屋走出去,下楼的时候脚步越轻越好。

费加罗　您放心吧。(旁白,指着那封信)这一封信比我所看到的一切有价值得多了。(他进小屋)

第 三 场

〔罗丝娜独自一人。

罗丝娜　他什么时候才能逃出大门呢?真急死人。……这个费加罗,是个好人!是个热心肠的人,是个好亲戚!啊!我的专制魔王来了。赶紧做我的活吧。(把蜡烛吹灭,坐下,拿起刺绣的绷子)

第 四 场

〔霸尔多洛,罗丝娜。

霸尔多洛　（生气地）该死!真该死!这个疯狗,黑心眼强盗费加罗!嘻,只要我出一会儿门,回来的时候家里准……

25

罗丝娜　谁让您生这么大的气,先生?

霸尔多洛　就是那个该死的费加罗,他刚才一下子就把我的家搞得乌烟瘴气。他给警觉吃了麻醉药,要青春服催嚏剂,在马尔斯琳脚上放了血。连我的骡子……那个可怜的瞎眼畜生的眼睛上面都被他贴上膏药!因为他欠我一百块银币,就忙着要给我开账单来抵赖。啊!看他敢把他的账单开来……怎么,前面屋子一个人都没有!我的家简直像个广场,谁都可以进来。

罗丝娜　除了您,先生,谁还能进来?

霸尔多洛　我宁可没事瞎担心,也不能冒险不多加提防。现在到处都是些诱骗妇女、胆大妄为的坏人……今天早上,就在我去找你那歌谱的时候,不就已经有人快手快脚地把它捡走了吗?啊!我……

罗丝娜　您真喜欢小题大做。那张纸也许给风吹跑了,也许给过路的人捡走了。那谁知道呢?

霸尔多洛　风吹跑,给人捡走……小姐,不是什么风,也没有什么过路的人。反正有一个人特意守在那儿;只等一个女人假装一时不当心,让纸落了下去,他就赶紧把它捡走。

罗丝娜　假装一时不当心,先生?

霸尔多洛　是的,小姐,假装一时不当心。

罗丝娜　(旁白)啊!这个老头儿好厉害!

霸尔多洛　但是,这种事不会再发生的,我这就叫人把这个铁栏杆关死。

罗丝娜　您不如做得更彻底些;一劳永逸地把这些窗户全用墙堵死吧;从监狱到土牢,实在差不了多少。

霸尔多洛　把临街的窗户堵死,这个主意也许不见得太坏……至少,理发师那个家伙,没到你屋里来过吧?

罗丝娜　他也叫您不放心吗?

霸尔多洛　跟对任何一个男人一样不放心。

罗丝娜　您的话说得倒很客气!

霸尔多洛　啊!只要你对什么人都相信,你的家不久就会有一位诚实的女人欺骗你,有一些好朋友打她的主意,有一些好仆人帮他们的忙。

罗丝娜　怎么！您竟然不相信我有道德观念，认为我连费加罗先生的引诱都经不住吗？

霸尔多洛　谁懂得你们女人的那些怪脾气？以你所说的这种道德观念为根据的好德行，我见得可多了……

罗丝娜　（怒）但是，先生，假如只要是个男人就可以讨我们的喜欢，为什么您却让我讨厌得这么厉害呀？

霸尔多洛　（吃惊）为什么……为什么……我刚才问你关于理发师的那个问题，你为什么不答复我。

罗丝娜　（大怒）不错，是的，他到我屋里来过。我看见他了，并且我跟他说过话。我也不必瞒您，我觉得他非常可爱。这够叫您气死了吧！（下）

第 五 场

〔霸尔多洛独自一人。

霸尔多洛　啊！这群犹太人①！这些狗奴才！青春！警觉！该死的警觉！

第 六 场

〔霸尔多洛，警觉。

警　觉　（打着呵欠上，还没有睡醒的样子）哎呀，哎呀，呀，呀……

霸尔多洛　你这糊涂虫！刚才理发师到这儿来的时候，你在哪儿？

警　觉　先生，我在……呀，哎呀，呀……

霸尔多洛　一定在捣什么鬼吧？你没看见他吗？

警　觉　我的确看见他了。刚才他还说他看我病得很厉害。他说的当然是实话，因为只听——听他那么一说，我立刻就觉得浑身酸痛……哎

---

① 霸尔多洛认为青春和警觉给费加罗收买了，所以骂他们为"犹太人"。

呀,哎呀,哎呀……

霸尔多洛　（学他的话）只听他那么一说！……青春那个坏小子在哪儿呢？没有我开的药方,就给这小孩子药吃！这里面说不定在捣什么鬼。

第 七 场

〔前场人物,青春。

〔青春像个老头似的挂着拐杖上,一连打了好几个喷嚏。

警　觉　（一直在打呵欠）青春？

霸尔多洛　你到星期天再打喷嚏吧。

青　春　这么一会儿工夫……已经打了五十多下……五十多下了！（打喷嚏）我可受不了啦。

霸尔多洛　怎么！我问你们俩有什么人到过罗丝娜的屋子,你们为什么不跟我说理发师那个家伙……

警　觉　（继续打呵欠）费加罗先生难道也算是外人吗？哎呀,呀……

霸尔多洛　我敢打赌,你这个坏蛋和他串通一气。

警　觉　（傻哭）我……我和他串通一气！……

青　春　（打喷嚏）唉,先生,这这……这世界还有个公道吗？……

霸尔多洛　公道！在你们这群混蛋之间,谈得上什么公道不公道！我是你们的主人,我,我永远是有理的。

青　春　（打喷嚏）但是,天呀,既然事情是真的……

霸尔多洛　事情是真的！如果我不要它是真的,我就完全可以说它不是真的。只要我们承认这些下贱东西有理,你们不久就看见主人的权力变成什么样子了。

青　春　（打喷嚏）您把我打发走吧。当这个可怕的差使,一天到晚简直像住在地狱里似的！

警　觉　一个可怜的好人给人家当做混蛋。

霸尔多洛　你滚出去,可怜的好人！（学他们的样子）啊嚏,啊嚏。一个对着我的鼻子打喷嚏,一个对着我的脸打呵欠。

青　　春　　啊,先生,我可以对您发誓,假若没有小姐,就没……没法子在您这个家待下去了。(打着喷嚏下)

霸尔多洛　　费加罗这个家伙把他们折腾成什么样子!我明白这是怎么一回事了。这个光棍想不用掏腰包就还清我那一百块银币……

第 八 场

〔霸尔多洛,唐巴齐勒;费加罗,他躲在小屋里,每隔一会儿就把头探出来,听他们说话。

霸尔多洛　　(接着说)啊!唐巴齐勒,您来给罗丝娜上音乐课吗?
唐巴齐勒　　这倒是用不着忙的事。
霸尔多洛　　我刚才到您家去,没找着您。
唐巴齐勒　　我为您的事情出去了。告诉您一个相当麻烦的消息吧。
霸尔多洛　　是对您说来有麻烦的消息吗?
唐巴齐勒　　不,是对您说来有麻烦的消息。阿勒玛维华伯爵到这城市来了。
霸尔多洛　　小声点儿!就是派人在马德里到处寻找罗丝娜的那个家伙吗?
唐巴齐勒　　他住在大广场,每天化装出门。
霸尔多洛　　用不着怀疑了,这件事跟我很有关系。那么,怎么办?
唐巴齐勒　　假若他是一个普通人,除掉他是办得到的。
霸尔多洛　　对,晚上埋伏起来,携带武器,穿着铠甲……
唐巴齐勒　　好家伙!这岂不是冒险!最好是找机会制造一场纠纷;照老行家的办法,就是大大地造谣,这我倒同意。
霸尔多洛　　要摆脱一个人,竟用这样奇怪的办法!
唐巴齐勒　　先生,造谣这个东西,您还一点都不了解它的作用,所以您瞧不起它。我看见过多少最正直不过的人,几乎给谣言压得翻不了身。您可以相信,任何无聊的飞短流长、卑鄙诬蔑,或无稽之谈,只要我们炮制得法,没有不能叫大都市里游手好闲的人信以为真的。我们这儿有的是制造谣言的能手……首先,放出小小的谣言,好像暴风雨前的飞燕在地面掠过,以"最弱音"①喁喁哝哝,传送出去,然后那些毒辣的言辞就随风飘荡到处飞扬。这时谣言便从某一个人的嘴里,用"弱音"巧妙地钻进另外一个人的耳朵。至此,祸根就种下了。谣言成长起来,蠕蠕而动,徐徐前进。以"加强音"从一张嘴传到另一张嘴,它的气焰便不可收拾了。于是,忽然间,不知怎么回事,您会看见谣言站起来,呼啸、膨胀,一转眼工夫就变得庞大无比。它向前挺进,振翼而飞,盘旋,环绕,断断续续,摇摇摆摆,忽而像爆炸,忽而像雷鸣;终于,侥天之幸,成为普遍的呼声,成为公开的"逐渐加强音",憎恨和毁灭的大合唱。这样的谣言谁抵抗得了?

霸尔多洛　但是,您给我胡诌些什么,唐巴齐勒?您的什么"弱音"啦,"逐渐加强音"啦,跟我现在的处境有什么关系?

唐巴齐勒　什么,有什么关系?人们到处都在用这个法子来排挤敌人,我们也必须用这个方法来阻止您的敌人走近这儿。

霸尔多洛　走近这儿?我打算在罗丝娜还不知道有这么一位伯爵以前,就和她结婚。

唐巴齐勒　真要这么办,您一分钟也不能耽误了。

霸尔多洛　这件事依靠谁呢,唐巴齐勒?我已经把这事情完全托付您啦。

唐巴齐勒　是的,但是您在花钱上太吝啬了。你要知道,年龄悬殊的婚姻,不公正的裁判,显然违反法律的勾当,那都是"谐律"②中的"杂音",你如果要使"琴瑟和谐",总要花上点钱,做事前的准备,做事后的补救。

霸尔多洛　(给他钱)您要什么,不能不依着您;但是,咱们别再谈钱了。

唐巴齐勒　这样说话才合适了。到明天包管一切都办好。至于今天这一天里,防止任何人把这件事告诉您的被监护人,这可是您的事儿。

---

① 唐巴齐勒是音乐教师,不知不觉地在说话中插上"最弱音""弱音""加强音"这些音乐术语。

② 唐巴齐勒继续使用音乐词汇,如"谐律""杂音""琴瑟和谐"等。

霸尔多洛　您放心吧。今天晚上您来不来,唐巴齐勒?

唐巴齐勒　今天晚上别指望我来了。单是您的婚事就够我忙一整天的。今天晚上别指望我来了。

霸尔多洛　(送他走)麻烦您了。

唐巴齐勒　别送了,医生,请留步吧。

霸尔多洛　不,不。您出去以后,我要把街门关上。

第 九 场

〔费加罗,独自一人从琴室出来。

费加罗　啊!提防得好严!关吧,把街门关上吧。回头我出去的时候,再给伯爵打开它。唐巴齐勒这家伙真是大坏蛋。好在他只是一个糊涂虫。要制造谣言,轰动社会,那非得有身份、门第、名望、地位和信用不可。但是,唐巴齐勒算什么!他说他的坏话,谁也不会相信的。

第 十 场

〔罗丝娜跑步上,费加罗。

罗丝娜　怎么!您还待在这儿,费加罗先生?

费加罗　小姐,多亏我还待在这儿。刚才您的监护人和您的唱歌教师以为这里没有旁人,毫无顾忌地谈了半天心……

罗丝娜　您就偷听来着,是不是,费加罗先生?这是非常不好的事,您知道吗?

费加罗　偷听?可是,要彻底了解事情的真相,这是最好不过的法子。我告诉您吧:您的监护人准备明天和您结婚。

罗丝娜　啊!天呀!

费加罗　用不着害怕。我们会使他忙得不可开交,没工夫想到这件事。

罗丝娜　他回来了。您打小楼梯出去吧。您叫我害怕死了。

〔费加罗匆忙下。

31

第十一场

〔霸尔多洛,罗丝娜。

罗丝娜　先生,刚才有人和您一块儿待在这儿吗?

霸尔多洛　就是唐巴齐勒,为了某种原因,我亲自把他送出了大门。如果他是费加罗先生,也许你会更高兴吧。

罗丝娜　老实说,唐巴齐勒也好,费加罗也好,都跟我毫不相干。

霸尔多洛　我很想知道,理发师那个家伙到底有什么话要这样忙着跟你说?

罗丝娜　您要我正正经经地说出来吗?他把马尔斯琳生病的情况告诉我。据他说,马尔斯琳身体很不好。

霸尔多洛　他告诉你!我敢打赌,一定有人托他给你带信。

罗丝娜　谁的信?请您说。

霸尔多洛　啊!谁的信!写信的人的名字,女人永远不会说出来的。我能知道什么呀,我?也许,就是从窗户扔下去的纸条的回信吧。

罗丝娜　(旁白)他一点都不含糊。(高声)假如有这样的事,那您才活该呢。

霸尔多洛　(瞧瞧罗丝娜的手)的确有这样的事。你写字来着。

罗丝娜　(窘)真够滑稽的,您一定要我承认写过字。

霸尔多洛　(拿起她的右手)我!并不一定要你承认!但是,你的手指头还沾着墨水呢!嗯?狡猾的小姐!

罗丝娜　(旁白)该死的男人!

霸尔多洛　(一直拿住她的手)女人总以为自己一个人在屋里,干什么都不会有人知道。

罗丝娜　啊!当然啦……好个了不起的证据……放开手,先生,您把我的胳膊扭痛了。我在蜡烛底下梳妆,给火烫了一下。我一向听人说:给火烫着,要立刻泡在墨水里,我就是这样做的。

霸尔多洛　你就是这样做的?让我们看看,第二个证据能不能证明第一个口供。第二个证据就是这本信笺。我确实知道,它一共还剩六张,我每天早晨都数它一遍,今天还数过的。

罗丝娜　（旁白）啊！这个老不死的……

霸尔多洛　（数）三张,四张,五张……

罗丝娜　第六张……

霸尔多洛　我看得清清楚楚,第六张不见了。

罗丝娜　（眼睛下垂）第六张?我用来做了个小纸袋,装一些糖果,送给费加罗的小女孩①。

霸尔多洛　送给费加罗的小女孩?那么,钢笔尖原来是崭新的,怎么会变黑了?难道是写费加罗的小女孩的住址把它弄黑的?

罗丝娜　（旁白）这家伙天生是个醋坛子！……（高声）绷子上我替您绣的衣服,花样走了颜色,我用钢笔重新描了一下。

霸尔多洛　这说得多么冠冕堂皇！要叫人家相信你,我的孩子,在你一次又一次隐瞒事实的时候,你就不应该脸红。但是,这个你还不会呢。

罗丝娜　唉！先生,人家光明正大做的事,您偏要往最坏处去想,谁听了不脸红呢?

霸尔多洛　当然,我错了。烫了手指,把它泡在墨水里,做个小纸袋,装些糖果,送给费加罗的小女孩,给绷子上的衣服描花样！还有什么比这更光明正大的呢?不过,说一大堆谎,为了隐瞒唯一的事实！……反正是我一个人在屋里,谁也看不见我;我可以随便说谎。但是,手指头还沾着墨水,钢笔尖弄脏了,纸少了一张！一个人不可能什么都想得很周到的。是的,小姐,以后我再到城里去的时候,一定要用两重锁把你锁在家里,我才放心。

第十二场

〔伯爵,霸尔多洛,罗丝娜。

---

① 《塞维勒的理发师》和《费加罗的婚礼》都没提到费加罗有女儿。

33

伯　　爵　（穿骑兵制服，装作半醉的样子，嘴里哼着《我们唤醒她吧》等等歌调）

霸尔多洛　这个人找我们干吗？一个士兵！你回屋子去吧，小姐。

伯　　爵　（唱《我们唤醒她吧》，向着罗丝娜走过去）太太们，你们俩哪一个叫做霸洛尔多①医生？（低声，对罗丝娜）我是兰多尔。

霸尔多洛　我叫霸尔多洛！

罗丝娜　（旁白）他说兰多尔。

伯　　爵　霸洛尔多，霸尔加洛②，我可管不着。我只要知道你们俩哪一个是……（对罗丝娜，给她看一张纸条）拿这封信。

霸尔多洛　哪一个！您明明白白知道就是我！哪一个！罗丝娜，你到里面去。这个人好像喝醉了。

罗丝娜　先生，正因为他喝醉了；您一个人和他在一起，不太好。女人在场有时候可以教人规矩些。

霸尔多洛　进去，进去。我不是胆小的人。

第十三场

〔伯爵，霸尔多洛。

伯　　爵　啊！我一看您的外表特征，马上就认出您来啦。

霸尔多洛　（对伯爵，这时伯爵正捏紧那封信）您藏在口袋里面的是什么？

伯　　爵　我把它藏在口袋里面，就是为了不让您知道是什么。

霸尔多洛　他说他认得我的外表特征！他以为跟他说话的人都是士兵。

伯　　爵　您以为把您的外表特征描述一番是一件很困难的事情吗？（用《他们亲自来了》的调子）

　　　　　　　　脑袋摇晃，秃头光光，
　　　　　　　　兽眼圆睁，目光狰狞，
　　　　　　　　一副阿尔贡人③的凶相，

---

① 原文系意大利文，意为蠢材。
② 法文，意为落水的船。
③ 阿尔贡人，北美洲的一个印第安部落。

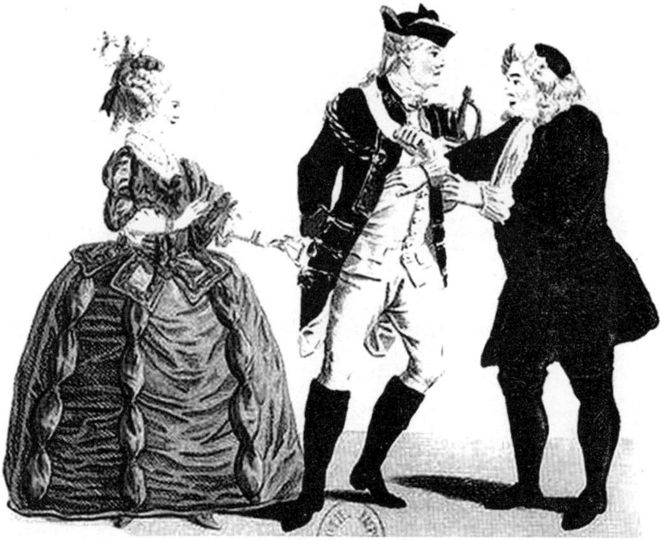

　　　　　身材臃肿，腰弯背曲，
　　　　　右肩歪耸在上；
　　　　　满脸疙瘩像块燥羊皮，
　　　　　鼻子尖尖像小丑模样。
　　　　　两只粗腿长得奇形怪状。
　　　　　声调粗重，嗓音含混，
　　　　　他的嗜好就是破坏一切，
　　　　　总之他是个了不起的医生。①

霸尔多洛　您这是什么意思？您是来侮辱我的吗？您马上给我滚出去！
伯　爵　滚出去？嘿，呸！这话说得可太岂有此理！您认识字吗……霸尔霸洛②医生？
霸尔多洛　又是一个荒谬绝伦的问题。
伯　爵　啊！请不要介意，因为起码我和您一样也是个医生……
霸尔多洛　什么？
伯　爵　难道我不是联队里给马治病的兽医吗？这就是人家特意把我送到一个同行家里来住的理由。
霸尔多洛　居然敢拿军队中的兽医来比……！
伯　爵　（用《美酒万岁》的调子）
　　　　（白）不，医生，我不敢说
　　　　　　我们的医道赶得上
　　　　　　希波克拉底③和他的同行。
　　　　（唱）您的学问，我的伙伴呀，
　　　　　　比他们更要遐迩闻名；
　　　　　　即使您消灭不了疾病，
　　　　　　至少您消灭得了病人。
　　　我对您说的话是不是够客气了？

---

① 这段调子，演出时不必唱完，扮霸尔多洛的演员，可以随便打断它。——作者注
② 原文意为落水的胡子。
③ 希波克拉底，古希腊名医，生于纪元前约四六〇年。

霸尔多洛　您这个没有知识的笨蛋,正是您这种人才把最重要、最伟大、最有用的学问说得一文不值!

伯　　爵　是的,对于靠它吃饭的人说来,那真是最有用的学问。

霸尔多洛　这种学问,太阳以照耀它的成就而引以为荣!

伯　　爵　大地为掩盖它的错误而忙乱万分。

霸尔多洛　我看得很清楚,您这个不学无术的家伙,您只习惯于跟马说话。

伯　　爵　跟马说话!啊,医生!一位有才学的医生说过这样一句名言,这不是尽人皆知的一件事吗?他说:兽医治好他的病兽,用不着和它们说话;至于人医,则和他的病人说很多的话……

霸尔多洛　但还治不好他们,是不是?

伯　　爵　这是您说的。

霸尔多洛　这个该死的醉鬼是什么魔鬼把他打发来的?

伯　　爵　您这是出口伤人,我的宝贝呀!

霸尔多洛　到底,您想要什么,您有什么要求?

伯　　爵　(假装大怒)好,他发火了!我要什么?您还不明白吗?

第十四场

〔罗丝娜,伯爵,霸尔多洛。

罗丝娜　(跑上)士兵先生,请您不要生气!(对霸尔多洛)跟他说话和气一点,先生:一个蛮不讲理的人……

伯　　爵　您说得对:他蛮不讲理,他。但是,我们是讲理的,我们!我彬彬有礼,您非常美丽……我用不着多说了。实实在在,这屋里的人,我只愿意和您打交道。

罗丝娜　有什么事要我替您效劳吗,士兵先生?

伯　　爵　一点儿小事,我的孩子。但是,假若我的话说得有点含糊……

罗丝娜　我会了解话里的意思的。

伯　　爵　(把信指给她看)不,请您拿好这封信;问题不过是……我老老实实地说吧,请你们今天晚上招待我住宿。

霸尔多洛　就这点事吗?

伯　爵　就这点儿事。请您读一下我们后勤司令官写给您的情书吧。

霸尔多洛　给我看。

〔伯爵把信藏起来,给他另外一张纸条。

霸尔多洛　(读信)"由霸尔多洛医生予以招待,供给膳食,安排住宿……"

伯　爵　(加重语气)安排住宿。

霸尔多洛　"以一夜为限,本联队的骑兵兰多尔,绰号大学生。"

罗丝娜　是他,就是他啦。

霸尔多洛　(激烈地,对罗丝娜)什么事儿?

伯　爵　那么,霸尔霸罗①医生,现在我还有错吗?

霸尔多洛　这个人简直是恶意地和我寻开心,用各式各样的名字来损我。去您的吧,什么霸尔霸罗,霸尔霸洛的!告诉您那个没有头脑的后勤司令官,说我自从上了一趟马德里,我已免除了招待作战兵员住宿的义务了。

伯　爵　(旁白)啊,天呀!真倒霉,这么不凑巧!

霸尔多洛　哈,哈!朋友,这可使您扫兴啦,多少可以让您醒醒酒!这样,您可不能不马上给我滚出去了。

伯　爵　(旁白)我几乎露马脚了。(高声)滚出去!您就是免除了招待作战兵员的义务,您也免除不了说话有礼貌呀,是不是?滚出去!拿您的免除义务证明书来给我看看。虽然我不认识字,我也要瞧一瞧。

霸尔多洛　这管什么事儿。证明书就在这张写字台里。

〔当霸尔多洛走向写字台的时候,伯爵没离开原来地点。

伯　爵　啊!我美丽的罗丝娜!

罗丝娜　什么!兰多尔,就是您?

伯　爵　不管怎么样,赶快收下这封信。

---

① 原文系意大利文,意为蛮子。

罗丝娜　当心,他的眼睛盯着我们呢。

伯　爵　掏出您的手绢,我把信丢在地下。(向罗丝娜走过去)

霸尔多洛　慢点,慢点,士兵老爷。我可不喜欢人家站得这么近,瞧我的妻子。

伯　爵　她是您的妻子?

霸尔多洛　怎么着?

伯　爵　我把您当做她的曾祖父,外曾祖父,说不上有多老的老祖宗;她和您之间至少差着三辈儿。

霸尔多洛　(念证书)"由于对我们忠诚,立过功……"

伯　爵　(从底下拍了证书一下,使证书飞落在地板上)我用得着听这啰啰唆唆的话吗?

霸尔多洛　我要是把我的用人喊来,我就叫他们马上收拾您一顿,那是您罪有应得。您懂吗,士兵?

伯　爵　打仗?啊,打仗我可高兴!打仗是我的本行呀。(指指腰带上挂着的手枪)这儿有的是子弹,往他们的脑袋上打。您也许从来没见过打仗吧,小姐?

罗丝娜　我没见过,也不想见。

伯　爵　再没有比打仗更快活的事了。首先,您想象着,(推开医生)敌人在山沟的一面,咱们自己人在那一面。(对罗丝娜,指指信给她看)把手绢掏出来。(向地上啐一口唾沫)比方说吧,这儿就是山沟。

〔罗丝娜掏出手绢,伯爵把信扔在她和他自己中间。

霸尔多洛　(弯下腰去)啊!啊!

伯　爵　(把信捡回去,说)瞧……我,我正要把我这一行的秘诀教给您……好一个不谨慎的女人,真的!这不是从她口袋落下来的一封情书吗?

霸尔多洛　给我,给我。

伯　爵　慢点,老人家!少管闲事。难道这是从您的口袋掉下来的一张大黄药方吗?

罗丝娜　(伸手)啊!我知道这是什么,士兵先生。(把信接过来,藏在围

39

裙的小口袋里）

霸尔多洛　您到底走不走呀？

伯　爵　好吧，我走了。再见，大夫，别见怪。我向您致敬，我的心。请您祈祷死神，在下几场战役里，仍旧把我忘了吧。生命对我从来没有这么宝贵过。

霸尔多洛　走吧，走吧。如果我在死神面前有这种力量……

伯　爵　在死神面前？您不是医生吗？您替死神卖过那么多的力气，他不会拒绝您什么的。（下）

第十五场

〔霸尔多洛，罗丝娜。

霸尔多洛　（看他走出去）他到底走了！（旁白）我先别说破。

罗丝娜　您总得承认，先生，这年轻士兵是个快活人！就是从他的酩酊醉态里也看得出，他不但聪明，也还相当地有教养。

霸尔多洛　亲爱的，我很高兴能够把他打发走了！但是，你乐意不乐意，和我一块儿读一读他交给你的那封信？

罗丝娜　哪封信？

霸尔多洛　他假装捡起来叫你收下的那封信。

罗丝娜　好！这是我的当军官的表哥给我的信，从我的口袋掉出来的。

霸尔多洛　我觉得是从他的口袋掏出来的。

罗丝娜　这封信，我可认得很清楚。

霸尔多洛　瞧一瞧碍什么事？

罗丝娜　我不知道把它放在什么地方了。

霸尔多洛　（指着她的小口袋）你把它放在这儿了。

罗丝娜　啊，啊！我心不在焉地把它放进去了。

霸尔多洛　啊！当然啦。你很快就会看到出乱子的。

罗丝娜　（旁白）我如果不把他惹火，我就没有法子拒绝他了。

霸尔多洛　那么，你给我吧，我的心肝。

罗丝娜　但是,先生,您一定要这封信到底是什么意思?难道您又起了什么疑心吗?

霸尔多洛　但是你呢,你有什么理由不把它拿出来看看?

罗丝娜　我跟您再说一遍,先生,这张纸不是别的,只不过是我的表哥的信,是您昨天把它的封口拆开以后交给我的。既然说到这封信,我干脆告诉您:您这样随随便便拆我的信,我是极不喜欢的。

霸尔多洛　我不明白你的意思。

罗丝娜　难道您收到的信,我也要检查一番吗?为什么人家寄给我的信,您偏要大模大样地擅自处理?假若是吃醋的话,这就是对我的侮辱。如果是出于滥用权力,那我更要反抗了。

霸尔多洛　什么,反抗!你从来没有用这样的态度同我说过话。

罗丝娜　我所以一忍再忍,一直忍到今天,并不是给您权利,让您白白侮辱我而不受惩罚。

霸尔多洛　你跟我说的是哪一种侮辱?

罗丝娜　真岂有此理,随便拆开别人的信。

霸尔多洛　拆我自己妻子的信?

罗丝娜　我还不是您的妻子。即便是的话,为什么这种对谁都做不出来的不体面的事情,偏偏选上自己的妻子,要在她身上做出来?

霸尔多洛　你想叫我上你的圈套,使得我不注意你那封信。没错儿,这封信准是某个情人的情书。但是,我一定要看看它,一定要看看它。

罗丝娜　我决不让您看。您如果走过来,我就逃出这所房子,不管遇上谁,我就请他收容我。

霸尔多洛　谁也不会收容你的。

罗丝娜　那就得看了。

霸尔多洛　我们这儿不是法国;在法国,人家总是偏袒女人。但是,为了打消你的狂妄念头,我去把门关上。

罗丝娜　(在他走去关门的时候,自语)啊,天呀!怎么办……赶快把表哥的信放在口袋里,他爱拿就让他拿去吧。(调换信,把表兄的信放在小口袋里,并且故意露出一个角来)

41

霸尔多洛 （回来）啊！现在我希望可以看信了。

罗丝娜 凭什么权利，请您说？

霸尔多洛 凭世界公认的权利，最强有力的人的权利。

罗丝娜 您把我杀死也不能从我身上把信拿走。

霸尔多洛 （跺脚）小姐！小姐……

罗丝娜 （倒在软椅上，假装昏过去）啊！真侮辱人……

霸尔多洛 把信给我，不然的话，当心我发火。

罗丝娜 （歪着身子）不幸的罗丝娜！

霸尔多洛 你怎么啦？

罗丝娜 我的命运多么可怕呀！

霸尔多洛 罗丝娜！

罗丝娜 我气得连气都喘不上来了。

霸尔多洛 她病了。

罗丝娜 我浑身发软，我要死了。

霸尔多洛 （按着她的脉搏，旁白）天呀！信在这儿！且不让她知道，把它看一下吧。（继续给她按脉，把信拿在手上，稍微转过身去，打算看信）

罗丝娜 （一直歪着身子）我多么命苦呀！唉……

霸尔多洛 （放开她的臂膀，旁白）我们害怕知道的事情，越忙着要知道它！

罗丝娜 唉！可怜的罗丝娜！

霸尔多洛 经常使用香水就会……发生这种痉挛的毛病。（一面按着她的脉搏，一面在软椅后面看信。）

〔罗丝娜把身体稍微抬起一点，偷偷地看他一眼，点点头，一声不响又倒了下去。

霸尔多洛 （旁白）啊，天呀！是她的表兄的信。我瞎疑心，真该死！现在应该怎样安慰她呢？至少不能让她知道我看了她的信！（假装扶她，把信放回她的小口袋里）

罗丝娜 （叹气）唉……

霸尔多洛　好了！没什么,孩子。稍微怄了一点气,没别的,你的脉搏没什么变化。(走开,在小桌上拿一个小瓶)

罗丝娜　(旁白)他把信又放回去了！好得很。

霸尔多洛　亲爱的罗丝娜,你喝一口药酒。

罗丝娜　我什么都不要您的。您给我走开。

霸尔多洛　我承认,为了这封信我做得未免太过火了。

罗丝娜　那封信的问题倒好办！您跟人家要东西的方式,实在令人起反感。

霸尔多洛　(跪下)请你饶恕我。我很快就觉得这完全是我的不对。你看,我给你跪下,准备弥补我的过错。

罗丝娜　是的,饶恕！您还以为这封信不是我表哥寄来的。

霸尔多洛　是别人寄来的也好,是你表哥寄来的也好,我并不要求任何解释。

罗丝娜　(把信递给他)您瞧,只要好好说,您要什么,我没有不给您的。拿去看吧。

霸尔多洛　即便我原先不幸犯了疑心病,我的疑心也给你这种诚实的举动一扫而空了。

罗丝娜　您拿去看吧,先生。

霸尔多洛　(往后退)上帝不允许我这样侮辱你！

罗丝娜　让您看您倒不看,这可叫我不高兴了。

霸尔多洛　这是我对你完全信任的表示,希望你明白,我这样表示也就是我向你赔罪。我要去看看可怜的马尔斯琳,我不明白为什么费加罗要在她脚上放血。你不和我一起去吗?

罗丝娜　我待一会儿再上去。

霸尔多洛　既然我们已经言归于好,我的宝贝,我们握握手吧。你要是能够爱我,唉！你会多么幸福呀！

罗丝娜　(眼睛下垂)假若您能够叫我喜欢您,唉！我会多么爱您呀。

霸尔多洛　我会叫你喜欢我的,我会叫你喜欢我的。既然我告诉你我会叫你喜欢我的。(下)

第十六场

〔罗丝娜看着他下。

罗丝娜　啊！兰多尔！他居然说他会叫我喜欢他！……我还是看看这封信吧，它几乎给我带来很大的苦恼。（看信，喊道）啊！……我看晚了。他教我跟我的监护人公开大闹一场。刚才我有很好的机会，而我把机会错过了。我接信的时候，我觉得我的脸臊得通红，啊！我的监护人说得对。他常常对我说：我处世的经验还差得远，有阅历的女人在任何场合下，态度总是很镇静的！但是，蛮不讲理的男人很可能做到使最天真的少女也变成狡猾的女人。

第 三 幕

第 一 场

〔霸尔多洛独自一个人,面带愁容。

霸尔多洛　她好大脾气!好大脾气!她这会儿才好像把气消下去……可是,我真希望有人告诉我,什么鬼东西钻进了她的脑袋,叫她不肯再上唐巴齐勒的课!她知道他正在忙着我的婚礼……(有人敲门)要讨好女人,非样样周到不可。只要漏掉一丁点儿……我说的是一丁点儿……(第二次敲门)我去看看谁在敲门。

第 二 场

〔霸尔多洛;伯爵,作大学生打扮。

伯　爵　敬祝府上永远平安快乐。
霸尔多洛　(粗暴地)您给人祝福可真会挑好时候。您要什么?
伯　爵　先生,我是大学生,阿隆佐学士……
霸尔多洛　我不需要家庭教师。
伯　爵　……大修道院风琴师唐巴齐勒是我的老师,他很荣幸在府上教音乐,给您的……
霸尔多洛　唐巴齐勒!风琴师!他很荣幸……这我都知道。说您的来意吧。
伯　爵　(旁白)这个混蛋!(高声)他得了急病,离不了床……

霸尔多洛　离不了床！唐巴齐勒！他打发您来通知我,很好。我马上就看他去。

伯　爵　（旁白）啊,糟了！（高声）我说他离不了床,先生,我的意思是……他离不了屋子。

霸尔多洛　就是他不过有点不舒服,我也要去看看他。您前面走,我跟着您……

伯　爵　（窘）先生,他托我……我们说话没人听见吗?

霸尔多洛　（旁白）他是个骗子。（高声）没人听见的,鬼鬼祟祟先生！您要是能够的话,请您说话不要慌慌张张的。

伯　爵　（旁白）该死的老头！（高声）唐巴齐勒托我告诉您……

霸尔多洛　说大声点儿,我有一只耳朵聋了。

伯　爵　（提高嗓门）啊,好。说阿勒玛维华伯爵原来住在大广场……

霸尔多洛　（惊慌）小声点,小声点！

伯　爵　（更大声）……今天早上已经搬走了。因为他是从我这儿才知道阿勒玛维华伯爵……

霸尔多洛　小声点,小声点,我求您。

伯　爵　（还是那么大声）……到这个城市来的,并且我还发现罗丝娜小姐给他写过信……

霸尔多洛　给他写过信?亲爱的朋友,把声音放低些,我恳求您！喏,我们坐下来,好好地谈一下。您说您发现罗丝娜……

伯　爵　（骄傲地）千真万确。唐巴齐勒因为他们互相通信而替您担心,他托我把信拿来给您看看。但是,看您的样子并不把这当做一回事儿……

霸尔多洛　唉,天呀！我很重视这件事情;但是,难道您不能把声音放低些吗?

伯　爵　您刚才说过,您有一只耳朵聋了。

霸尔多洛　对不起,对不起,阿隆佐少爷,假如您觉得我刚才不大相信您,态度又很不客气。但是,在我周围,小人实在太多啦,到处都是陷阱……而且,您的相貌、您的年纪、您的神气……对不起,对不起。好吧,您把信带来了吗?

伯　爵　幸亏您用这种语气说话,先生!但是,我怕有人在偷听我们。

霸尔多洛　唉!您想有谁呢?我的用人全都累倒了!罗丝娜在屋子里,生她的气!我的家简直不像个样子了。不过,我还是小心点好……(走过去,轻轻推开罗丝娜的门)

伯　爵　(旁白)我这是自投罗网。如果现在不马上把信拿出来,那我就待不下去,非走不可;这样,就不如不来了……把信给他看吧!……假如我能够预先告诉罗丝娜一声,给他看倒是很巧妙的一招。

霸尔多洛　(蹑手蹑脚走回来)她在窗口坐着,背向着门,又在读她的当军官的表兄寄给她的信,是我把它拆开的……咱们看看她写的信吧。

伯　爵　(把罗丝娜的信交给他)就是这封。(旁白)罗丝娜正在读我写给她的信。

霸尔多洛　(读)"自从您告诉我您的名字和身份"。啊!狡猾的东西!这确是她的笔迹。

伯　爵　(害怕)该您把声音放低些。

霸尔多洛　我多么感激您,亲爱的朋友!……

伯　爵　等事情完了以后,如果您认为欠我的情,那您爱怎么谢就怎么谢吧。根据唐巴齐勒和一个律师正在进行的一件事情……

霸尔多洛　跟一个律师?为了我的婚姻问题吗?

伯　爵　不是这个,我会来打扰您吗?他托我告诉您,到明天事情就可以准备妥当了。到时候,如果她抵抗……

霸尔多洛　她一定要抵抗的。

伯　爵　(想把信收回,霸尔多洛紧紧拿住不放)那么,我替您效劳的时候就到了。我们把她的信给她看,而且,假若有必要的话,(更神秘地)我就对她说:这封信是我从一个女人手里得来的,是伯爵给她的。您可以想象,她会又惊慌,又羞愧,又气愤,可能马上……

霸尔多洛　(笑)来一个造谣,好!亲爱的朋友,现在,我很明白您真是唐巴齐勒介绍来的了。但是,为了使得我们这一招看起来不像是经过事先安排的,好不好叫她先和您认识认识?

47

伯　　爵　（抑制住喜极欲狂的心情）这也是唐巴齐勒的主意。但是,您看怎么办呢……时间晚了……时候不多了……

霸尔多洛　我去对她说,您是代替唐巴齐勒来的。您能不能给她上一课？

伯　　爵　为了叫您高兴,我什么事情都可以做。不过,您得小心点,这种假装老师的把戏已经是陈旧的花样,千篇一律的喜剧手法了。假若她疑心……

霸尔多洛　由我来介绍,她还可能疑心吗？而且,您的外表不太像帮忙的朋友,倒像个化装的情人。

伯　　爵　真的？您认为我的外表能帮助您骗她？

霸尔多洛　您的外表,我敢说,最机灵的人也猜不透。她今天晚上大发脾气,可厉害啦。但是,只要她一看见您……她的琴就在这间屋子里。您先消遣消遣,等候她一会儿。哪怕事情不好办,我也去努力一番,劝她出来。

伯　　爵　当心不要跟她提起这封信。

霸尔多洛　不到紧要关头就提这封信？这样,就会落空,什么效果都得不到了,这种事情没有必要跟我说两遍,没有必要跟我说两遍的。（下）

第 三 场

〔伯爵独自一人。

伯　　爵　这一下我可得救啦。好家伙！这个鬼东西真不好对付！费加罗很了解他的为人。当时我明明是在说谎,我的神气显得又笨又呆板,而他的眼睛也真够厉害的！……实在说,假若我不是灵机一动,把信掏出来,我不能不承认,那我一定像个傻瓜似的让他请出去了。天呀！他们在里面吵起来了。她会不会说什么也不出来呀！我听听看……她不肯走出屋子,我的诡计所获得的结果,眼看要化为乌有了。（又过去听一下）她出来了。先别让她看见我。（走进琴室）

第 四 场

〔伯爵,罗丝娜,霸尔多洛。

罗丝娜 (假装生气)您说什么都白费,先生。我已经拿定了主意,我不愿意听您说什么音乐不音乐的。

霸尔多洛 你听我说,我的孩子。他是阿隆佐少爷,唐巴齐勒的学生,同时也是他的朋友。唐巴齐勒选定他当我们的结婚证人之一……音乐能够使你的心情安定下来,你相信我的话吧。

罗丝娜 哼!关于这一点,您就死了心吧。今天晚上我还唱什么歌!……您不敢撵走的那位教师在哪儿?我用三言两语把他打发走,同时也打发打发唐巴齐勒。(看见她的情人,大喊一声)啊……

霸尔多洛 你怎么啦?

罗丝娜 (两手放在胸前,非常惊慌)啊!天呀,先生……啊!天呀,先生……

霸尔多洛 她又犯病了!阿隆佐少爷!

罗丝娜 不,我没犯病……但是,我转身时候……啊……

伯 爵 您把脚扭了一下,是不是,小姐?

罗丝娜 啊!是的,我把脚扭了一下,痛死我了。

伯 爵 我看得很清楚。

罗丝娜 (注视着伯爵)这一下疼到我心里去了。

霸尔多洛 坐下,坐下。这儿连一张椅子都没有!(去找椅子)

伯 爵 啊!罗丝娜!

罗丝娜 您太鲁莽了!

伯 爵 我有千言万语要跟您说。

罗丝娜 他一步也不离开我们。

伯 爵 费加罗会来帮我们的忙。

霸尔多洛 (搬一张软椅过来)喏,我的宝贝,你坐下。——看这样子,大学生,她今天晚上不能上课了,改天再上吧。再见。

49

罗丝娜　（对伯爵）不，请您等一等。我痛得好一点了。（对霸尔多洛）我觉得刚才很对不起您，先生。我愿意学您的样，马上给您赔罪……

霸尔多洛　啊！女人天性多么善良呀！但是，在你那一阵感情激动之后，我的孩子，我不忍叫你再费一点气力了。再见，大学生，再见吧。

罗丝娜　（对伯爵）请您等一下！（对霸尔多洛）先生，如果您不许我上课，以此来向您道歉，我就会认为您不愿意对我表示好感了。

伯　爵　（旁白，对霸尔多洛）请您听我的话，别招她不高兴。

霸尔多洛　好吧，好吧，我的情人。我不但不会叫你不高兴，并且打算在你上课的时候，一直待在这儿，陪着你。

罗丝娜　不用您陪了，先生。我知道音乐对您是毫无吸引力的。

霸尔多洛　我可以向你保证，今天晚上我倒非常喜欢音乐。

罗丝娜　（旁白，对伯爵）我这罪可受上了。

伯　爵　（在桌上拿一张乐谱）您要唱的就是这个吗，小姐？

罗丝娜　是的，这是《防不胜防》里面非常好听的一段。

霸尔多洛　又是《防不胜防》！

伯　爵　这是现在最时兴的调子，春天的形象，风格很活泼。小姐愿意试试看……

罗丝娜　（瞧伯爵）非常愿意。春天的景象叫我喜悦，这是大自然的青春呀。冬天过去了，心灵的感觉好像达到了更高的阶段：好比一个奴隶，长年累月地受着监禁，一旦获得自由，会更加快乐地享受自由的乐趣。

霸尔多洛　（低声，对伯爵）她脑袋里装满了一套浪漫思想。

伯　爵　（低声）您觉得她的一套思想有什么实际的表现吗？

霸尔多洛　（低声）天知道！（坐在罗丝娜坐过的软椅上）

罗丝娜　（唱）——

　　　　　爱神呀

　　　　　把春天

　　　　　带回大地，

　　　　情侣的宝贵春天呀！

　　　　万物苏醒，
　　　　春天的火焰
　　　　深入花丛，
　　钻进了少年人的心。
　　　　瞧呀，羊群
　　　　出了小村；
　　　　漫山遍野
　　　　到处响着
　　　　羔羊的叫声。
　　　　它们跳跃；
　　　　万物滋生，
　　　　一切成长；
　　　　小羊啃着
　　　　含苞初放的花。
　　　　忠心的牧犬
　　　　护卫着它们。
　　但是，兰多尔呀！他那颗燃烧着的心！
　　　　希望有这种幸运，
　　　　获得那牧女的爱情！

（同前调）
　　　　这个牧女，
　　　　离开她的亲娘，
　　　　歌唱着走到
　　她的情人等候着她的地方。
　　　　爱人用了巧计，
　　　　使她坠入了情网；
　　　　可是，单凭歌唱，
　　　　又怎能使她平安无事？
　　　　柔和的牧笛，

　　　　鸟儿的歌声,
　　　　她成长着的美姿,
　　　　她十五六岁的妙龄,
　　　　一切都在刺激她,
　　　　扰乱她的心灵。
　　　　可怜的小姑娘呀,
　　　　情绪多么不安!
　　　　兰多尔躲着,
　　　　窥伺她的行径。
　　　　她向前走过去,
　　　　兰多尔扑过来。
　　他拥抱她,吻她:
　　　　她很舒畅,
　　　却装出非常生气,
　　　　好叫他赔不是。

(迭唱小调)
　　　　长吁又短叹,
　　　　献殷勤,作盟誓,
　　　　柔情蜜意,
　　　　欢娱,
　　　　戏谑,
　　　　样样都不欠缺。
　　于是那牧女呀,
　　　　很快就平息了她的娇嗔。
　　　　如果有嫉妒的人
　　　　来扰乱他们,
　　　　我们的情侣就会
　　　　同心合力,谨慎小心……
　　隐藏他们的激动的心情;

但在恋爱时期，

一切阻力

甚至是一种乐趣！

〔霸尔多洛一面听她唱歌一面打起盹来。唱到"迭唱小调"时，伯爵放胆拿起罗丝娜的手，连连吻它。激动的心情使罗丝娜的歌唱缓慢微弱下来；当她唱到后半节的"谨慎小心"这一句的时候，简直完全唱不下去了。乐队配合着罗丝娜的动作，声音逐渐微弱；后来也和她的歌声一起停止下来。由于原来使霸尔多洛入睡的声音停止，他就醒了。伯爵站起来。罗丝娜和乐队赶快又继续演唱后半节。如果"迭唱小调"再唱一次，同样的表演再重复一次。

伯　　爵　说真的，这是一支很好听的歌，小姐有很高的理解力，把它唱得那么……

罗丝娜　您太夸奖我了，先生。这完全要归功于教师的指导。

霸尔多洛　（打呵欠）我呢，我想在你唱这支很好听的歌的时候，有一阵我竟睡着了。我有我的病人。我整天东奔西走，忙得团团转。一坐下来，我可怜的腿就动弹不了啦。（站起来，推开软椅）

罗丝娜　（低声，对伯爵）费加罗还不来！

伯　　爵　我们把时间拖下去吧。

霸尔多洛　但是，大学生，我对唐巴齐勒那个老家伙说过：有没有办法，教她唱些比这种大曲子更好听的东西？这些大曲子一下子高，一下子低，转来转去，噫、哦、啊、啊、啊、啊，好像给死人送葬似的。能不能教她唱，喏，像我年轻时候人家唱的那些小调，谁都很容易上口的？我以前还会唱呢……譬如说……

〔乐队奏迭句歌谱时，他摇了一下头，然后一面用两手的大拇指掴出响声，一面唱将起来。同时他还和一般老人一样，屈着膝跳舞。

霸尔多洛　　你愿意不,我的罗丝涅特①,
　　　　　　　挑选一个
　　　　　　　最出色的丈夫……
　　　　（对伯爵,笑着说)歌里原来是芳松涅特,我用罗丝涅特替代了,好使她觉得这个歌更有意思,更符合现实的情景。哈,哈,哈,哈!太好了!是不是?
伯　　爵　　(笑)哈,哈,哈!是的,好极了。

第 五 场

〔费加罗在舞台后面,罗丝娜,霸尔多洛,伯爵。

霸尔多洛　　(唱)——
　　　　　　　你愿意不,我的罗丝涅特,
　　　　　　　挑选一个
　　　　　　　最出色的丈夫?
　　　　　　我固然不是蒂尔西②,
　　　　　　但是,晚上,在黑暗中,
　　　　　　我还是有我的价值。
　　　　　　　在漆黑的夜里,
　　　　　　最美丽的猫也会变成灰色③。
　　　〔他一面跳舞,一面重唱迭句。费加罗在他后面,模仿他的动作。
　　　　　　我固然不是蒂尔西。
　　　　(看见了费加罗)啊!进来,理发师先生。到前面来。您真可爱呀!
费加罗　　(行礼)先生,不瞒您说,我妈妈也跟我说过这样的话;但是,打那以后,我就有点改样了。(旁白,对伯爵)好极了,大人!

---

①　罗丝涅特,罗丝娜的爱称。
②　蒂尔西,维吉尔的《牧歌》第七篇的牧童,以美貌著称。
③　法国有一句成语:"在夜里所有的猫都是灰色的。"意谓在黑夜里美丑难分。

〔在这一场,自始至终,伯爵想尽方法,要和罗丝娜说话。但是,监护人的一双多疑而机灵的眼睛一直妨碍着他们。这样,在演员们之间就形成了一种哑剧;这与医生和费加罗之间的争吵同时分别进行。

霸尔多洛　您又来灌肠、放血、开药方,想把我一家弄得天翻地覆吗?

费加罗　先生,我们不能天天都过节呀!但是,先生,您看得出来,除了我的经常照顾外,他们只要需要我的时候,我总是那么热心,不等您家里的人吩咐,我就……

霸尔多洛　您热心,您不等我家里的人吩咐!那么,热心先生,对整天打呵欠,醒着跟睡着一样的那个可怜人,您怎么说?还有,对三个钟头以来一直打着喷嚏,打得连脑袋都要炸开,脑髓都要迸出来的那一个,您又怎么说?您对他们怎么说?

费加罗　您问我对他们怎么说?

霸尔多洛　是呀!

费加罗　我对他们说……唉,可不是嘛!我对打喷嚏的说:"上帝保佑你!"对打呵欠的说:"去睡你的觉吧。"而且,先生,我还不会因为说了这几句话就给您多开一笔账!

霸尔多洛　不错,说几句话您不会多开账。但是,假若我答应的话,放血费和药费就会把账单上的钱数大大地增加了。您把骡子的眼睛包扎起来,难道也是出于您的热心吗?您给它的瞎眼贴上膏药,就能使它瞽目重明吗?

费加罗　即使不能使它瞽目重明,但是,妨碍它看东西的可也不是膏药呀。

霸尔多洛　看您敢把膏药费写在账上!……我们不能这样瞎胡闹呀!

费加罗　老实说,先生,既然一个人只能在愚蠢和疯狂之间做个选择,在无利可图的时候,至少我要图个快活。快活万岁!谁知道世界能不能再存在三个星期呢?

霸尔多洛　道学先生,您最好还是把我的一百块银币连本带利还给我吧,别再拖了。我先告诉您一声。

费加罗　您对我的信用有所怀疑吗,先生?您的一百块银币!我宁愿欠您一辈子,也不愿意有一会儿不认账。

霸尔多洛　您跟我说说,您带给小费加罗的糖果,她觉得怎么样?

费加罗　什么糖果?您说的是什么?

霸尔多洛　是的,就是今天早上的糖果,放在纸袋里的,纸袋是用信笺做的。

费加罗　见鬼,如果……

罗丝娜　(插话)至少,您没忘了替我把糖果交给她吧,费加罗先生?我拜托过您的。

费加罗　啊!啊!今天早上的糖果?我多么糊涂,我!我怎么忘得干干净净了……啊!小姐,这些糖果好得很,美极了!

霸尔多洛　好得很!美极了!是的,没有疑问,理发师先生,您赶快改行吧!这一行,您干得实在漂亮,先生!

费加罗　怎么啦,先生?

霸尔多洛　它会叫您得到好名声,先生!

费加罗　我会维持我的好名声,先生。

霸尔多洛　您还不如说,您会忍受您的好名声吧,先生。

费加罗　您爱怎么样就怎么样吧,先生。

霸尔多洛　先生,您的嘴倒很硬!您放明白些:我和傻瓜争吵的时候,是永远不会让步的。

费加罗　(转过去,把背向着他)先生,我们的区别就在这一点上。我呢,我总是对傻瓜让步的。

霸尔多洛　嗯?他说什么,大学生?

费加罗　您以为您是在和一个只会使剃刀的乡下理发匠打交道吗?先生,我告诉您,我在马德里是个耍笔杆的,如果没有那些嫉妒我的人……

霸尔多洛　哼!您干吗不待在马德里?干吗改行到这儿来?

费加罗　一个人能做什么就做什么。您处在我的地位看看。

霸尔多洛　我处在您的地位!啊,老实说,我就会说傻话了!

费加罗　先生,您这一开头倒不太坏。我请您这位同行来评评理吧,他一个人在那儿发呆呢。

伯　爵　(恢复常态)我……我不是这位先生的同行。

费加罗　不是吗?看见您在这儿等候人家来诊病的样子,我以为你们是一个鼻孔出气的人呢。

霸尔多洛　(生气)说了半天,您到底为什么到这儿来?是不是还有什么信件,要在今天晚上交给小姐?说呀,要不要我躲开?

费加罗　您对待穷人怎么这样粗暴呀!唉!说正经的,先生,我是来给您刮胡子的,没有别的事。今天不是您刮胡子的日子吗?

霸尔多洛　您回头再来吧。

费加罗　啊!是的,回头再来!明天早上,当地驻军全体人员都要来取泻药。这是许多人帮我的忙,我才拿到这笔生意的。您想想看,我有多少时间可以耽搁!先生您到您自己的屋子去吧?

霸尔多洛　不,我不到我的屋子去。不过,哦……谁不让您在这儿给我刮胡子?

罗丝娜　(蔑视地)您真有礼貌!为什么不到我的屋子去呢?

霸尔多洛　你生气了!对不起,我的孩子,你的课马上要结束了;我呢,我很高兴听你唱歌,哪怕一分钟也不愿意放过。

费加罗　(低声,对伯爵)没法子把他支出去!(高声)喂,警觉!青春!把脸盆、水、先生刮胡子要用的一套东西全拿来。

霸尔多洛　对了,喊他们吧!他们已经疲倦不堪,您替他们施的手术真高明,他们全给您折腾坏了,难道不应该让他们躺躺吗?

费加罗　好吧!我自己去把东西拿来吧。是不是在您的屋子里?(低声,对伯爵)我会想法把他支出去。

霸尔多洛　(解下一串钥匙,经过考虑后说道)不,不,我自己去吧。(出去时候,低声对伯爵说)盯着点他们,我求您。

第 六 场

〔费加罗,伯爵,罗丝娜。

费加罗　唉!我们错过了好机会!他正要把他那一串钥匙交给我。百叶窗的钥匙不是也在这一串里面吗?

罗丝娜　是里面最新的那一把。

第 七 场

〔霸尔多洛,费加罗,伯爵,罗丝娜。

霸尔多洛　(回来,旁白)好家伙!我太糊涂了,竟把该死的理发师留下在这儿。(对费加罗)拿去吧。(把一串钥匙递给他)在我的书房里,书桌底下。但是,可别拿我的东西!

费加罗　哎哟哟!像您这样对谁都不信任的人,拿您一点东西倒是件好事!(出去时候,旁白)瞧!好人自有好报!

第 八 场

〔霸尔多洛,伯爵,罗丝娜。

霸尔多洛　(低声对伯爵)他就是带信给伯爵的那个坏蛋。

伯　爵　(低声)我看他像个骗子。

霸尔多洛　他可再也骗不了我啦。

伯　爵　关于这一方面,我相信,他最大的坏招已经使过了。

霸尔多洛　经过很仔细的考虑,我想最妥当的办法,还是打发他到我的屋子去,不让他和她在一起。

伯　爵　有我在这儿,他们甭打算交谈一句话。

罗丝娜　先生们,你们没完没了地低声说话,倒挺有礼貌!我的功课怎么样了?

〔这时候，人们听见好像是打翻碗碟的声音。

霸尔多洛 （大喊）什么东西打碎了！可恶的费加罗也许把所有的东西都从楼梯上摔下去了，我的最漂亮的一套用具呀……（跑下）

第 九 场

〔伯爵，罗丝娜。

伯　爵　费加罗真有办法，替我们安排下这几分钟，我们得好好利用这个时间。我求您，小姐，答应我，今天晚上和您谈一会儿话，这件事非常要紧，不然，您眼看就要一辈子做人家的奴隶。

罗丝娜　啊！兰多尔！

伯　爵　我可以爬上您的百叶窗。至于今天早上我收到的那封信，我实在是迫不得已……

第 十 场

〔罗丝娜，霸尔多洛，费加罗，伯爵。

霸尔多洛　我没说错。全砸坏了，全都摔得粉碎了。

费加罗　你们看，有什么不得了的事儿，值得这样大惊小怪！楼梯上，什么都看不见。（拿一把钥匙给伯爵看）上楼梯时候，我的脚踩着一把钥匙……

霸尔多洛　做事情总得当心呀。踩着一把钥匙，好个能干的人！

费加罗　说良心话，先生，您去找一个比我更细心的人吧。

第 十 一 场

〔前场人物，唐巴齐勒。

罗丝娜　（惊骇，旁白）唐巴齐勒！……

伯　爵　（旁白）天哪！

59

费加罗　（旁白）鬼来了！

霸尔多洛　（迎上前去）啊！唐巴齐勒,我的朋友,您完全好了吧？您那场急病没给您引起别的毛病吧？老实说,关于您的情况,阿隆佐少爷叫我吓了一大跳。您问问他,我刚才正想去看您。不是他挡住了我……

唐巴齐勒　（诧异）阿隆佐少爷？……

费加罗　（跺脚）唉,怎么啦！总要我碰钉子？为了一把臭胡子,要我花上两个钟头……真不是人干的！

唐巴齐勒　（看着大家）先生们,可否请你们告诉我……

费加罗　等我走了您再跟他说吧。

唐巴齐勒　但是,难道我应该……

伯　爵　您应该别说话,唐巴齐勒。您以为先生有什么事情不知道,需要您告诉他吗？我已经跟他说过,是您委托我来替您上音乐课的。

唐巴齐勒　（更诧异）上音乐课？……阿隆佐？……

罗丝娜　（旁白,对唐巴齐勒）唉！别说了。

唐巴齐勒　她也这样说！

伯　爵　（低声,对霸尔多洛）轻点告诉他,说我们早就商量好了。

霸尔多洛　（旁白,对唐巴齐勒）您不要否认我们的话,唐巴齐勒。如果您说他不是您的学生,您就把事情全弄糟了。

唐巴齐勒　啊！啊！

霸尔多洛　（高声）说真的,唐巴齐勒,没有人比您的学生更有才能了。

唐巴齐勒　（莫名其妙）比我的学生？……（低声）我来告诉您伯爵搬家了。

霸尔多洛　（低声）我知道了,您别说话。

唐巴齐勒　（低声）谁告诉您的？

霸尔多洛　（低声）就是他,您还看不出来吗？

伯　爵　（低声）就是我,没错儿。您只管听着好了。

罗丝娜　（低声对唐巴齐勒）不让您说话,真就这么困难吗？

费加罗　（低声,对唐巴齐勒）哦！大高个儿！他是个聋子！

唐巴齐勒　（旁白）真见鬼！这儿他们要欺骗的到底是谁？所有的人都

知道内幕!

霸尔多洛 （高声）那么,唐巴齐勒,您的律师怎么样啦?

费加罗 你们可以有整个晚上的时间来谈律师的。

霸尔多洛 （对唐巴齐勒）一句话,只要您告诉我,您对律师还满意吗?

唐巴齐勒 （惊慌）律师?

伯　爵 （微笑）律师,您没看见他吗?

唐巴齐勒 （不耐烦）唔!没有,我没看见什么律师。

伯　爵 （旁白,对霸尔多洛）难道您要他在这儿当着她的面把话讲明白吗?您打发他走吧。

霸尔多洛 （低声,对伯爵）您说得对。（对唐巴齐勒）您到底得的什么病,来得这么急?

唐巴齐勒 （生气）我不明白您的意思。

伯　爵 （偷偷地把一袋钱递到他手里）对啦,先生问您,您病得这样,还到这儿来干什么?

费加罗 他脸色苍白得像个死人!

唐巴齐勒 啊!我明白了……

伯　爵 回家睡觉去吧,亲爱的唐巴齐勒。您病得很厉害,您叫我们害怕死了。回家睡觉去吧。

费加罗 他的脸色整个儿变了样啦,回家睡觉去吧。

霸尔多洛 老实说,老远就觉出他在发烧。回家睡觉去吧。

罗丝娜 您干吗出门?听说您这种病会传染别人的。回家睡觉去吧。

唐巴齐勒 （诧异万分）要我回家睡觉去?

全体 唉!当然啰!

唐巴齐勒 （看了看大家）真的,诸位先生,我相信我这就走开倒也不错。我觉得我在这儿待着,并不像平常那么舒服。

霸尔多洛 还是明天见吧,如果您身体好一点的话。

伯　爵 唐巴齐勒,明天我一清早就去看您。

费加罗 相信我的话,上床的时候,盖得暖一点。

罗丝娜 晚安,唐巴齐勒先生。

唐巴齐勒　（旁白）见鬼,我真不明白这是怎么一回事!如果不是这袋钱……
全体　晚安,唐巴齐勒,晚安。
唐巴齐勒　（一面走一面说）好吧!晚安吧,晚安。
　　　〔他们全体笑嘻嘻地送他出去。

第十二场

　　　〔前场的人物,只少了唐巴齐勒。
霸尔多洛　（神气活现）这个人病得可不轻。
罗丝娜　他的眼睛有点斜。
伯　爵　也许他在外面受了寒。
费加罗　您看见他一个人在那儿自言自语吗?他是在谈论我们呀!（对霸尔多洛）啊,得,这回您可拿定主意了吧?（给霸尔多洛推张软椅过来,离伯爵很远,把围布递给他）
伯　爵　我很荣幸地教您一门艺术,在下课以前,小姐,我应该跟您说一句话,这句话对您以后的进步来说,是非常重要的。
　　　〔伯爵走过去,轻轻地在她耳边说话。
霸尔多洛　（对费加罗）喂,喂!好像您故意靠近我,站在我前面,好让我看不见……
伯　爵　（低声,对罗丝娜）我们有了百叶窗的钥匙,今晚半夜里我们到这儿来。
费加罗　（把围布围在霸尔多洛的脖子上）有什么可看的?如果是上跳舞课,让您瞧瞧还有的可说。但是,唱歌!……嗐!嗐!
霸尔多洛　什么事?
费加罗　不知道是什么东西跑到我眼睛里去了。（把头伸过去）
霸尔多洛　别用手揉呀!
费加罗　是左眼。劳您驾给我使劲吹一下。
　　　〔霸尔多洛抱住费加罗的头,打上面看过去;然后用力把费加罗推开,走到两个情人后面,听他们谈话。

伯　　爵　（低声,对罗丝娜）至于您那封信,刚才我非常为难,简直没有法子在这儿待下去了……

费加罗　（远远地,警告他们）嘿！嘿！……

伯　　爵　我实在难受,眼看我的化名乔装又要落空……

霸尔多洛　（插在他们当中）您的化名乔装又要落空！

罗丝娜　（害怕）啊……

霸尔多洛　好得很,小姐,用不着不好意思。怎么啦！就在我眼皮子底下,当着我的面,居然敢这样侵害我！

伯　　爵　怎么啦,老爷？

霸尔多洛　好个阴险的阿隆佐！

伯　　爵　霸尔多洛老爷,假如您经常无理取闹,像今天偶尔让我遇见的这个样子,那么,我就一点不奇怪,为什么小姐那么不愿意做您的妻子了。

罗丝娜　做他的妻子！我！跟一个爱吃醋的老头儿过日子！让我年纪轻轻就过那种可怕的奴隶生活,这就是他贡献给我的幸福！

霸尔多洛　啊！你说的是什么话！

罗丝娜　是的,我要公开宣布：我的人身和财产都被他非法侵占着,谁能够把我从这个可怕的监狱里营救出去,我就把我的心和我的终身都献给他。（罗丝娜下）

第十三场

〔霸尔多洛,费加罗,伯爵。

霸尔多洛　气死我了。

伯　　爵　事实上,老爷,一个年轻女人是很难……

费加罗　是的,一个年轻貌美,一个老态龙钟,这就是叫老头子头脑昏乱的原因。

霸尔多洛　什么！我是当场把他们逮住的！该死的理发师！我恨不得……

费加罗　我走吧,他发疯了。

伯　爵　我也走吧。说真的,他发疯了。

费加罗　他发疯了,发疯了……

　　　　〔众下。

第十四场

　　　　〔霸尔多洛独自一人,追他们。

霸尔多洛　我疯了！这些不要脸的勾引妇女的流氓！魔鬼派来的奸细！你们给魔鬼办事,让魔鬼把你们全都抓走吧……我发疯了……我看见了他们,跟我看见这张书桌一样清楚……他们居然厚着脸皮假装帮我的忙……啊！只有唐巴齐勒能够给我把这件事弄明白。是的,我派人去把他找来。喂,来人哪！……啊！我忘了,我这儿一个人都没有了……左邻右舍来个人吧,来个人,随便来个人吧。可把我气糊涂了！可把我气糊涂了！

　　　　〔闭幕时,舞台上逐渐变黑暗。人们听见暴风雨的声音,乐队演奏《理发师》音乐集第五乐章的一节。

第 四 幕

舞台上一片黑暗。

第 一 场

〔霸尔多洛；唐巴齐勒手里拿着一个纸灯笼。

霸尔多洛　什么,唐巴齐勒,您不认识他！您说的话可靠吗？

唐巴齐勒　您就是问我一百遍,我也是这样回答您。既然是他把罗丝娜的信交给您,毫无疑问,他一定是伯爵派来的奸细。但是,从他送给我的那份儿厚礼来看,很可能他就是伯爵。

霸尔多洛　怎么可能是他？不过,谈起这份礼,唉！您干吗把它收下？

唐巴齐勒　您刚才好像是同意的,我一点也不知道是怎么回事。在事情很难判断的情况下,一口袋钱,在我看来,总是很充分的理由,要驳斥也驳斥不了的。而且,俗话说得好:可以拿……

霸尔多洛　我知道:就可以……

唐巴齐勒　……留。①

霸尔多洛　(吃惊)啊！啊！

唐巴齐勒　是的,我这样把格言改头换面地运用,已经有好几次了。不过,还是谈我们的事情吧,您决定怎么办？

霸尔多洛　假如您处在我的地位,唐巴齐勒,难道您不尽最后的努力去占有

---

① 原来的成语是:可以拿就可以还。指可以拿的东西就是可以退还的东西,著者故意将"还"改为"留",变成"可以拿的东西就是可以留下的东西"。

她吗?

唐巴齐勒　老实说,医生,我可不那么办。不管什么财产,占有算不了什么,享受才是幸福。我的意见是:娶一个不爱自己的女人等于去冒那……

霸尔多洛　您害怕出事吗?

唐巴齐勒　嘿,嘿,先生……这个年头,这种事儿见得太多了。我可不用强暴的手段去强迫别人爱我。

霸尔多洛　不用您操心,唐巴齐勒。宁可让她嫁了我而哭,也不能叫我娶不着她而死……

唐巴齐勒　这是性命攸关的事儿吗?那么,娶她吧,医生,娶她吧。

霸尔多洛　所以我就要这么干,而且今天晚上就干。

唐巴齐勒　再见吧……您跟您的被监护人说话的时候,千万别忘了把他们说得比地狱更黑暗可怕。

霸尔多洛　您说得对。

唐巴齐勒　造谣,医生,造谣!还是非走这条路不可。

霸尔多洛　这是罗丝娜写的信,是阿隆佐那个家伙交给我的。他无意中指点了我,教我应该怎样利用这封信对付她。

唐巴齐勒　再见吧。我们四点钟来。

霸尔多洛　为什么不能早一点?

唐巴齐勒　办不到。公证人有事不能早来。

霸尔多洛　为了别处的婚礼?

唐巴齐勒　是的,在费加罗理发师那儿。他的侄女儿出嫁。

霸尔多洛　他的侄女儿?他没有侄女儿。

唐巴齐勒　他们就是这样跟公证人说的。

霸尔多洛　这个坏蛋参加了他们的阴谋,糟糕透了!……

唐巴齐勒　是不是您想……

霸尔多洛　天知道,他们这些人机灵透了!喏,我的朋友,我很不放心。您再到公证人那儿走一趟,请他马上跟您一块儿上这儿来。

唐巴齐勒　现在正下着雨,天气坏透了,不过,什么也挡不住我替您效劳的。您这是干吗?

Bazile
Si c'était un particulier, on viendrait bien a bout de
l'écarter.   Bart.
En s'embusquant le soir, armé, cuirassé !?
Bazile
Bons Dieux ! Se compromettre ! Susciter une méchante
affaire, a la bonne heure. et pendant la fermentation,
calomnier a dire d'experts, concedo.
            Bart.
Singulier moyen de se défaire d'un homme !
            Bazile
La calomnie Monsieur ! vous ne savés guerre ce que vous
refusés dédaignés. J'ai vu les plus honêtes gens prèts d'en
être accablés. croyés qu'il n'y a pas de platte méchanceté,
pas d'horreurs, pas de conte absurde, qu'on né fasse adopter
aux oisifs d'une grande ville en s'y prenant bien. Et
nous avons ici des gens d'une adresse....... D'abord un bruit
leger, rasant le sol, comme hirondelle avant l'orage,
pianissimo, murmure, et file, et sème en courant le
trait empoisonné. Telle bouche le recueille et piano
piano, vous le glisse en l'oreille adroitement. Le mal est fait
Il germe, il rampe, il chemine, et rinforzando de bouche
en bouche, il va le Diable. Puis tout a coup, ne sais
comment, vous voyés Calomnie se dresser, siffler, s'enfler,
grandir a vue d'œil. Elle s'élance, étend son vol,
tourbillonne, enveloppe, arrache, entraine, éclatte
étonne — et devient grace au ciel un cri general, un
crescendo public, un chorus universel de haine et de
proscription. Qui Diable y resisterait ?

霸尔多洛　我送您出去。我所有的用人全让费加罗弄得七颠八倒！这儿只剩我一个人了。

唐巴齐勒　我有灯笼。

霸尔多洛　喏,唐巴齐勒,这是我的万能钥匙。我等着你们,我不睡。不管是谁,除了公证人和您,晚上休想进我的门。

唐巴齐勒　您这样小心提防,您的事情一定是万无一失的了。

第 二 场

〔罗丝娜,单独一人,从她的寝室出来。

罗丝娜　我刚才好像听见有人说话。半夜十二点已经打过了。兰多尔还不来！这样坏的天气对他非常有利,准碰不上任何人……啊！兰多尔呀！难道您骗我！……这是什么声音？……天呀！是我的监护人。我回屋子去吧。

第 三 场

〔罗丝娜,霸尔多洛。

霸尔多洛　(拿着灯)啊！罗丝娜,既然你还没回屋里去……

罗丝娜　我就要回去了。

霸尔多洛　雨下得这么可怕,你睡也睡不好。我有很紧急的事情跟你谈谈。

罗丝娜　您还要对我打什么主意,先生？是不是白天把我折腾得还不够？

霸尔多洛　罗丝娜,你听我说。

罗丝娜　有什么话我明天再听您的吧。

霸尔多洛　只消一会儿,我求你。

罗丝娜　(旁白)他来怎么办！

霸尔多洛　(把她的信给她看)你认得这封信吗？

罗丝娜　(认出她的信)啊！天呀……

霸尔多洛　罗丝娜,我的意思并不是要责备你。在你这样的年纪,是很可能误入歧途的。不过,我是你的朋友,你听我说。

罗丝娜　我受不了!

霸尔多洛　这封你写给阿勒玛维华伯爵的信……

罗丝娜　(大吃一惊)阿勒玛维华伯爵!

霸尔多洛　你看这个伯爵是多么可怕的人。一收到你的信,他就到处夸耀。这封信是我从一个女人那儿得来的,是伯爵给她的。

罗丝娜　阿勒玛维华伯爵?……

霸尔多洛　你很难想象这种可怕的事。罗丝娜,你们女人没有经验,所以很容易信任别人,轻信他们的话。不过,你得知道,人家要把你引诱到一个什么样的陷阱里面去。那个女人把一切情形都告诉了我,显然,她是要排挤像你这样危险的一个情敌。我气得直打哆嗦!那个阿隆佐,冒充唐巴齐勒的学生,连名字都是假的,他不过是伯爵的下贱走狗。阿勒玛维华、费加罗和阿隆佐,他们一块安排了极其可怕的圈套,要把你拖入深渊,使你永远翻不了身。

罗丝娜　(愤懑)多么可怕呀!……什么!兰多尔!……什么,这样一个青年……

霸尔多洛　(旁白)啊!原来就是兰多尔。

罗丝娜　他是为了阿勒玛维华伯爵……为了别人?……

霸尔多洛　人家把你的信交给我的时候就是这样说的。

罗丝娜　(愤恨)啊!多么卑鄙……他非受到惩罚不可……先生,您不是想要和我结婚吗?

霸尔多洛　你知道我的心多么火热。

罗丝娜　假若您还有这个念头的话,我就嫁给您。

霸尔多洛　好极了!公证人今天晚上就会来的。

罗丝娜　我的话还没说完呢。天呀!我受够羞辱了!……我告诉您,这个坏蛋胆子可不小,一会儿就要打这扇百叶窗跳进来,他们很有办法,把百叶窗的钥匙偷走啦。

霸尔多洛　(看了看他那一串钥匙)啊!这些恶棍!我的孩子,我可不再

69

离开你了。

罗丝娜　（恐怖地）啊,先生！万一他们带着武器?

霸尔多洛　你说得对;那我的仇就报不成啦。你上马尔斯琳那儿去,躲在她屋里,把门关得紧紧的。我去找些帮手来,在房子附近等着他。把他当贼逮住,我们这样既可以报仇又可以脱险,该是多么高兴！你呢,你可以相信,我对你的爱情会补偿你的损失……

罗丝娜　（绝望地）我只求您忘掉我的过错。（旁白）啊！我把我自己惩罚得够瞧的了！

霸尔多洛　（一面走一面说）我赶紧埋伏去。这一下,我可把她弄到手了。（下）

第 四 场

〔罗丝娜独自一人。

罗丝娜　他对我的爱情会补偿我的损失！……我的命好苦呀……（掏出手绢,痛哭）怎么办?……他就要来了。我想就在这儿待着,假意哄骗他一下,好仔细看看,他这个人到底阴险到什么程度。看出他的卑鄙肮脏,我就能够自卫了……啊！我很需要有自卫的力量。相貌那么高贵,态度那么文雅,声音那么柔和！……原来他不过是一个伤风败俗的人的下贱走狗！啊,我的命好苦呀！我的命好苦呀！……天呀！他在开百叶窗了！（逃下）

第 五 场

〔伯爵;费加罗披着一件长外衣,在窗口出现。

费加罗　（向外面说话）有人跑掉。我还进去吗?
伯　爵　（在外面）是男的吗?
费加罗　不是。
伯　爵　那就是罗丝娜。你那可怕的样子把她吓跑了。

费加罗　（跳进屋子）是的,我想是的……不管雨多么大,雷多么响,电闪得多么厉害,我们还是到这儿来了。

伯　爵　（披着一件长外衣）扶我一把。(他也跳进来)胜利属于我们了!

费加罗　（脱掉外衣）我们浑身湿透了。可爱的天气!赴情人的约会真是好时候!大人,这样的一个晚上,您觉得怎么样?

伯　爵　对情人来说,太好了。

费加罗　是的。但是,对他的心腹人呢?……会不会有人给我们来个出其不意,把我们抓住?

伯　爵　怕什么?你不是和我在一起吗?我担心的倒是另外一个问题:就是怎么样才能教她下决心,马上离开她的监护人的家。

费加罗　对女性,您有三种强烈无比的情感:爱、恨、怕。

伯　爵　（在黑暗中张望一下）叫我怎么样突然地跟她说,公证人在你家等候着她,要给我们办结婚手续?她要是觉得我的计划太鲁莽,她会说我是个胆大妄为的人。

费加罗　她如果说您是个胆大妄为的人,您只管说她是个狠心的女人。女人最喜欢人家说她心狠。而且,假若她的爱情真是您所希望的那样,您就告诉她,您是什么人。那么,她对您的爱情就不会再有所怀疑了。

第 六 场

〔伯爵,罗丝娜;费加罗,他把桌上所有的蜡烛都点着了。

伯　爵　她来了。——我美丽的罗丝娜呀……

罗丝娜　（用很矜持的声调）先生,我正怕您不来。

伯　爵　您这样担心,实在太可爱了!……小姐,我很不应该利用您的境遇向您提出要求,请您分担一个苦命人的命运。但是,不管天涯海角,只要您选择了,我以我的名誉发誓……

罗丝娜　先生,如果我只倾心于您,而不同时把我的终身也许给您,您现在就不可能到这儿来。我们这个会面虽然有点不合规矩,但是您应该看得出来,这是迫不得已的,我们有充分的理由这样做。

伯　爵　您,罗丝娜!做不幸的人的伴侣!我没有财产,出身微贱!……

罗丝娜　出身,财产!这完全是归命运摆布的事,我们不必提它了。只要您能给我保证,您的心地是纯洁的……

伯　爵　(跪下)啊!罗丝娜!我太爱您了……

罗丝娜　(怒)闭嘴,您这个可恶的东西!……您居然敢污蔑我……你①爱我?……去你的吧!你再也害不了我。我就等你这句话,好憎恨你。但是,我还要让你后悔莫及,(哭泣)我告诉你,我本来是爱你的。我告诉你,我本来把分担你不幸的命运作为我的幸福。可恨的兰多尔!我正要抛弃一切,跟你走。但是,你卑鄙地利用我的好心,你把我出卖给可怕的下流无耻的阿勒玛维华伯爵,这一切反倒使这个证据又回到我的手里,说明我意志薄弱。你认得这封信吗?

伯　爵　(兴奋地)是您的监护人交给您的吗?

罗丝娜　(高傲地)是的,我很感激他。

伯　爵　天呀,我多么幸福呀!这封信是他从我手里拿去的。昨天,在我狼狈不堪的时候,我只得利用这封信骗取他的信任,而我始终没有机会告诉您。啊,罗丝娜!这是真的,您确实是爱我的!

费加罗　大人,您不是一向要找一个为了您本人可爱而爱您的女人吗?……

罗丝娜　大人!……他说什么?

伯　爵　(脱掉宽大外衣,现出华丽的服装)哦,最可爱的女人!现在不是再瞒着您的时候了。拜倒在您的石榴裙下的幸运者并不是兰多尔。我就是阿勒玛维华伯爵,我爱您爱疯了,整整半年我到处寻找您,找得我好苦。

罗丝娜　(倒在伯爵身上)啊……

伯　爵　(害怕)费加罗!

费加罗　别担心,大人。因为快乐而产生的激动一定是甜蜜的,绝不会发

---

① 罗丝娜改用"你"字,表示对伯爵的鄙视。

生什么意外。您瞧,她醒过来了。说老实话,她多么美呀!

罗丝娜　啊,兰多尔……啊,先生!我犯了多么大的错误!就在今天晚上,我正要嫁给我的监护人。

伯　爵　您,罗丝娜!

罗丝娜　您只消想一想我所受的惩罚!我几乎要憎恶您一辈子。啊,兰多尔!我觉得我是为爱而活着的,憎恨岂不是对我最可怕的刑罚?

费加罗　(在窗口张望)大人,我们回去的路给切断了,梯子被人家拿走了。

伯　爵　梯子拿走了!

罗丝娜　(心慌)哦,是我……是医生把它拿走了。这就是我轻信他的结果。他欺骗了我。我什么都承认了,什么都泄露了。他知道您要到这儿来,他就要带着他的一帮人来了。

费加罗　(再探望)大人,有人开街门。

罗丝娜　(恐怖地扑到伯爵的怀里)啊,兰多尔……

伯　爵　(坚定地)罗丝娜,您爱我!我谁也不怕,我一定要叫您做我的妻子。我一定要痛痛快快地惩罚一下那个可恶的老头!……

罗丝娜　不,不。饶了他吧,亲爱的兰多尔!我的心是那么快乐,完全没有报仇这个念头了。

第 七 场

〔前场人物,公证人,唐巴齐勒。

费加罗　大人,是我们的公证人来了。

伯　爵　还有,唐巴齐勒朋友和他一起!

唐巴齐勒　啊!我看见什么?

费加罗　哎!多么巧呀,朋友……

唐巴齐勒　真想不到,先生们……

公证人　这两位就是未来的夫妇吗?

伯　　爵　是的,先生。今天晚上您本来应该在费加罗理发师家替罗丝娜小姐和我签订婚约。但是,现在我们觉得在这个地方举行更好一点,理由回头您就会明白。您把我们的结婚证书带来了吗?

公证人　我很荣幸地见到的这位先生,就是阿勒玛维华伯爵大人吗?

费加罗　就是他。

唐巴齐勒　(旁白)他把万能钥匙交给我,如果就是为了这个……

公证人　大人,我所以要问一声,是因为我带来了两份结婚证书。我们可别搞错了。这一份是您的。这一份是霸尔多洛老爷和……也是和罗丝娜小姐?显然女方是两姐妹,同名同姓的两个人。

伯　　爵　我们先签字再说吧。请唐巴齐勒当我们的第二证人。

〔他们签字。

唐巴齐勒　不过,大人……我不明白……

伯　　爵　唐巴齐勒老师,一点儿小事情,您就为难得了不得,什么您都觉得奇怪。

唐巴齐勒　大人……假如医生……

伯　　爵　(扔给他一袋钱)您何必装腔作势!快签字吧。

唐巴齐勒　(惊讶)啊!啊……

费加罗　要您签字,到底有什么困难?

唐巴齐勒　(掂一掂钱袋的重量)现在没什么困难了。不过,我这个人,一旦答应过人家,非有很大分量的理由……(签字)

第 八 场

〔前场人物,霸尔多洛,一个西班牙法官,几个警察,几个拿着火把的仆人。

霸尔多洛　(看见伯爵吻罗丝娜的手,费加罗滑稽地拥抱唐巴齐勒,便掐住公证人的脖子,大喊)罗丝娜和这些流氓在一起!把他们全逮住。

我抓住一个了。

公证人　我是您的公证人。

唐巴齐勒　他是您的公证人。您开什么玩笑？

霸尔多洛　啊！唐巴齐勒。干吗您也在这儿？

唐巴齐勒　您不如问问您自己，干吗您不在这儿？

法　官　（指费加罗）等一等！我认识这个人。你夜深人静到这所房子里来干什么？

费加罗　夜深人静？先生看得明白，这会儿您说它是晚上也成，说它是早上也成。而且，我是跟阿勒玛维华伯爵大人阁下一起来的。

霸尔多洛　阿勒玛维华？

法　官　他们不是强盗吗？

霸尔多洛　我们不用谈这个了。——伯爵大人，在别处，在任何地方，我都可以唯大人之命是从。但是，您明白，爵位不管怎么高，在这儿是不管事的。劳您驾，请出去吧。

伯　爵　是的，爵位在这儿是不管事的。但是，最管事的是：在您我之间，小姐刚才选择的是我，而不是您，她已经自愿地把终身许给我了。

霸尔多洛　他说什么，罗丝娜？

罗丝娜　他说的是实话。您有什么可惊讶的？我不是要在今天晚上对一个骗子报仇吗？我的仇报了。

唐巴齐勒　医生，我不是早跟您说过，他就是伯爵本人吗？

霸尔多洛　这和我有什么关系？可笑的结婚！证人在哪儿？

公证人　证人一个也不缺少。这两位先生做了证，帮助了我。

霸尔多洛　什么，唐巴齐勒！您也签了字啦？

唐巴齐勒　有什么办法？这个奇怪的人口袋里有的是无法抗拒的说服力。

霸尔多洛　我管不着他有没有说服力。我要行使我的权力。

伯　爵　您滥用权力，因此您丧失了您的权力。

霸尔多洛　小姐还没成年。

费加罗　她现在可以自主了①。

霸尔多洛　谁跟你说话,你这流氓头子?

伯　爵　小姐人品高尚,相貌美丽;我是个贵族,年轻、富有。她是我的妻子。这一婚姻对我们双方都是同样体面的事,难道您还打算和我争她吗?

霸尔多洛　您永远不用打算从我手里把她夺走。

伯　爵　她已经不在您的权力支配之下了。我把她交给了法律的执行者的手里。这位先生是您自己请来的,您要是对她使用暴力,他一定会保护她的。真正的法官是维护一切被压迫者的利益的。

法　官　一定的。他明知没用,还要抗拒最体面的婚姻,这充分证明他是做贼心虚,在保管被监护人的财产上准有毛病。我看非叫他把他代管的财产交代清楚不可。

伯　爵　啊!只要他完全同意我们的婚姻,我就不要求他什么了。

费加罗　但要他把我的一百块银币的账一笔勾销。我们可别糊里糊涂的。

霸尔多洛　(愤怒)他们全跟我作对。我把脑袋伸到马蜂窝里去了。

唐巴齐勒　什么马蜂窝不马蜂窝?您虽然娶不着老婆,但是,您可以想想,医生,钱总算给您留下了,是的,给您留下了。

霸尔多洛　哼!唐巴齐勒,您别跟我唠唠叨叨的!您心里惦记的只是钱。我很在乎钱吗,我?我把钱保住了,最好不过。但是,您以为我这个人是受钱支配的吗?(签字)

费加罗　(笑)哈,哈,哈,大人!他们是一路的货。

公证人　可是,诸位先生,我简直莫名其妙了。她们不是两位同名同姓的小姐吗?

费加罗　不是的,先生,原来就是一个人。

---

① 当时法国法律规定,未成年人一结了婚就脱离了父母或其他监护人的权力,可以自主。

霸尔多洛 （懊丧）我呢,我把梯子搬开,结果倒把他们的婚姻弄得更稳当了！啊！我这次所以一败涂地,完全是因为我太不小心,提防不够。

费加罗 常识不够。我们老实说吧,医生。青春和爱情同心协力地要骗一个老头子的时候,他无论怎样提防也是徒然无益的。这就叫做"防不胜防"。

剧　终

费加罗的婚礼

又名:狂欢的一日
（1784）

吴达元 译

人　物

阿勒玛维华伯爵——
　　安达卢西亚省首席法官。

伯爵夫人——
　　伯爵的妻子。

费加罗——
　　伯爵的随身仆人兼伯爵府的门房。

苏姗娜——
　　伯爵夫人的第一侍女，费加罗的未婚妻。

马尔斯琳——
　　管杂务的女仆。

安东尼奥——
　　伯爵府的园丁，苏姗娜的舅舅，芳舍特的父亲。

芳舍特——
　　安东尼奥的女儿。

薛侣班——
　　伯爵的第一侍从武士。

霸尔多洛——
　　塞维勒的医生。

巴齐勒——
　　伯爵夫人的大键琴教师。

唐居斯曼·比里杜瓦松——
　　代理首席法官。

两只手——
　　法庭书记员，唐居斯曼的秘书。

法警一人。

格里普·索莱尔——
年轻牧童。

年轻牧女一人。

佩得里尔——
伯爵的马夫。

不说话的登场人物

一批仆人。

一批农妇。

一批农夫。

地　点

离塞维勒三法里①的清泉府第

喜剧人物的性格和服装

阿勒玛维华伯爵　要表演得很贵族气派,而又潇洒风流,倜傥不羁。万不要因为心灵的腐败而失去华贵的仪态。依照当时的风气,贵族们和女性周旋,一向采取开玩笑的态度。这角色很难表演得好,尤其是他在剧中是一个不能博得同情的人物。但是,卓越的喜剧演员莫雷先生②扮演这个角色时,表演得恰如其分,使其他角色的特点都发挥出来,保证了这出戏的成功。

　　第一、二两幕穿西班牙的古猎装,半筒统靴。从第三幕到最后一幕,穿一套极华丽的古装。

伯爵夫人　被两种矛盾的情绪激动着,只能表现出被抑制的情感或极有分寸的愤怒。尤其是不应有任何举动,在观众心目中削弱她可爱的

---

① 指法国古里,一法里约相当于四公里。
② 莫雷,《费加罗的婚礼》第一次公演时阿勒玛维华伯爵的扮演者。

贤德性格。这角色是本剧最难表演的角色之一,曾给予天资过人的小圣华勒女士①无限的光荣。

第一、二、四幕,她身穿舒适的长袍,头上没有任何装饰。她待在家里,别人以为她生病了。第五幕,她穿上苏姗娜的衣服,戴着苏姗娜的高冠。

费加罗　对担任这个角色的演员,要好好地叮嘱他像达散库尔先生②那样深入钻研这一角色的精神。如果演员在这个人物身上看见的是别的东西,而不是那又快乐又带刺儿的理智的表现,尤其是如果他的表演稍微有点过火的话,他就会糟蹋了这个角色。依照著名喜剧演员普雷维勒先生③的意见,这个角色很可以发挥任何演员的天才,只要他能掌握住它的复杂的感情变化,努力体会它的性格。

服装和在《塞维勒的理发师》剧中一样④。

苏姗娜　年轻姑娘,伶俐,聪明,爱笑,但和扮演堕落女性的演员那种几乎无耻的嬉皮笑脸毫无共同之处。

她的服装,在头四幕,是一件束紧上身的白色短服,衣服和裙子都很讲究。她的帽子成为后来的帽商叫做"苏姗娜帽子"⑤的式样。在第四幕的婚礼,伯爵拿一顶有长面纱、高羽毛、白丝带的帽子给她戴在头上。在第五幕,她穿着她的女主人的长袍,头上没有任何装饰。

马尔斯琳　聪明的女人,天性相当活泼,但是过去的错误和生活经验已经改变了她的性格。担任这个角色的女演员,如果使她的骄傲心理在适当的场合表现出来,把自己的思想感情提到第三幕母子团圆后所产生的道德高度,就会在很大程度上增加这部剧的趣味。

---

① 小圣华勒女士,《费加罗的婚礼》第一次公演时伯爵夫人的扮演者。
② 达散库尔,《费加罗的婚礼》第一次公演时费加罗的扮演者。
③ 普雷维勒曾在《塞维勒的理发师》中扮演费加罗,后来年纪大了,不适合在《费加罗的婚礼》中演费加罗,改演比里杜瓦松;但他给达散库尔很多指导。
④ 参阅《塞维勒的理发师》的"人物"。
⑤ 《费加罗的婚礼》公演后,苏姗娜的帽子成为巴黎最时髦的式样,有"苏姗娜帽子"之称。

　　　　　身穿西班牙保姆的服装,颜色朴素,头戴黑帽子。
安东尼奥　　只能显出半醉的样子,醉态逐渐减退,第五幕就几乎看不出他的醉容了。
　　　　　身穿西班牙乡下人的服装,两只袖管拖在后面。帽子和鞋子都是白色的。
芳舍特　　十二岁的天真女孩。她的服装是:一件镶边的、有银纽扣的、束紧前胸的褐色衣服和一条颜色很鲜艳的裙子,头上戴一顶有羽毛的黑帽子。这是一般乡下女人参加婚礼的服装。
薛侣班　　这个角色只能依照老办法,请一位美丽的年轻姑娘扮演。我们的戏班里还找不到一个年纪轻轻但相当成熟的男演员,能充分领会这个角色的细腻感情。在伯爵夫人面前显得非常胆小,在别的场合却是一个在女人面前并不怎么老实的可爱孩子。抱着惶惶不安和缥缈不定的愿望,就是他的性格的基础。他恨不得赶快到结婚的年龄,但这并不是因为有什么计划,有什么认识;他是不管什么事情,都喜欢参与的;总而言之,任何母亲心里也许都愿意有这样一个儿子,虽然她会因他而感觉十分痛苦。
　　　　　在第一、二两幕,穿西班牙宫廷侍从武士的白色、镶银边的富丽服装,披一件蓝色的轻外衣,帽子上有很多羽毛。在第四幕,他穿戴的女紧身、裙子、帽子等都和把他领进来的乡下女人的一样。在第五幕,他身穿军官制服,帽上有军队帽徽,还带一把剑。
霸尔多洛　　性格和服装跟在《塞维勒的理发师》一剧中一样[①]。在这个剧本中,他只是一个次要角色。
唐巴齐勒　　性格和服装跟在《塞维勒的理发师》剧中一样[②]。在这个剧中,他也只是一个次要角色。
比里杜瓦松　　该有那种坦然自在的安定神气,像个不再怕人的畜生。他的口吃不过是给他添加一些风趣,只让观众稍微有所感觉就够了。演员如果想在口吃上面寻找这个角色的噱头,就大错而特错,表演得

[①②]　参阅《塞维勒的理发师》的"人物"。

不对头了。他整个妙处表现在他那尊严的身份和可笑的性格之间的矛盾上。演员表演愈不过火,愈显示出真正的演剧天才。

  身穿西班牙法官的长袍,但没有法国检察官的袍子那样肥大,仅和僧袍的大小差不多。头上戴着假发,脖子上围着一块西班牙领巾,手拿一根白色的法杖。

两只手 和法官的打扮一模一样,可是白色的法杖要短些。

庭丁或法警 克里斯潘①式的服装、外套和剑。剑佩在一边,没用佩剑的皮带。不穿靴子,穿一双黑鞋。白色的假发长而蓬乱。手执一根白色的法杖。

格里普·索莱尔 乡下人打扮:长长的袖子,颜色鲜明的外衣,白色的帽子。

年轻牧女 服装和芳舍特的相同。

佩得里尔 身穿短上衣和背心,束一条腰带,带一条马鞭,脚蹬马靴,头上束着发网,戴着信差帽子。

不说话的登场人物 一部分穿法官衣服,一部分穿乡下人衣服,其余的穿仆人衣服。

剧中人物的位置

  为了便利舞台表演起见,作者特意在每一场的开始,把各个角色的名字依照观众所看见的先后顺序写下。如果他们的位置在表演过程中有重要的变动,就在变动的时候,把他们的名字重新排列,在注上注明。保留舞台上的正确位置是很重要的事。如果忽略了第一次演出的演员所留下的传统表演方法,很快就会产生全面松弛的坏习惯,表演方面粗枝大叶的剧团结果就走上毫无叫座能力的戏班的道路了。

---

① 克里斯潘是法国舞台上滑稽仆人的典型,带短剑,用牛皮腰带束身。

第 一 幕

舞台布景：一间屋子,有半间的家具已经挪开;正当中放一张病人用的大沙发椅。费加罗用尺量着地板。苏姗娜在镜子面前,把叫做"新娘帽子"的一束橙花戴在头上。

第 一 场

〔费加罗,苏姗娜。

费加罗　十九尺宽,二十六尺长。

苏姗娜　喂,费加罗,瞧我的小帽子。这样你觉得比较好些吗?

费加罗　(拿住她的手)再好没有了,我心爱的人。啊!这束象征贞洁的鲜花①高高地戴在美丽姑娘的头上,结婚那天的早晨,在丈夫的情眼里,多么甜蜜呀!……

苏姗娜　(走开)你在量什么,亲爱的?

费加罗　亲爱的苏姗娜,我看看大人给我们的这张漂亮的床放在这里合适不合适。

苏姗娜　放在这屋里?

费加罗　他赏给我们的。

苏姗娜　我、我决定不要。

费加罗　为什么?

苏姗娜　我决定不要。

---

① 法国风俗,橙花象征处女的贞洁,只有初次结婚的女子才有权利戴这种花。

费加罗　到底为什么？

苏珊娜　我不喜欢这间屋子。

费加罗　你说出个道理来呀。

苏珊娜　要是我不乐意说呢？

费加罗　嘿！一个女人，她要是拿准了我们……

苏珊娜　要证明我对，就是承认我也会错。你到底是听我的呢，还是不听？

费加罗　府里这样方便的一间屋子，你居然不喜欢！这间屋子正在两个大房间的当中，晚上，夫人要是不舒服，在她那边按一下铃，噌的一下！两步路，你就到她的房间了。大人要有什么吩咐嘛，只要在他那边按一下铃，噔的一声！跳三跳，我就到了。

苏珊娜　这都很好！不过，要是大人清早按一下铃，打发你出去办一桩很费时间的差使，噌的一下！两步路，他就到了我的房门口，噔的一声！跳三跳……

费加罗　你这些话是什么意思？

苏珊娜　你安安静静地听我说。

费加罗　老天爷！什么事呀？

苏珊娜　就是这么一回事，我的好人。阿勒玛维华伯爵追逐附近的美人追腻了，他想回府第来，可是并不是回到他的太太那儿，而是看上了你的老婆，你明白吗？他希望这间屋子不至于妨碍他的计划。这就是那位忠心耿耿的唐巴齐勒，为他寻欢作乐而极力帮闲的老实人，教我唱歌的高贵教师，每天给我上课的时候，对我说了又说的话。

费加罗　唐巴齐勒！啊，我的小宝贝！假如拿根棍子照某个人的背上狠狠地揍一顿，就可以把他的脊梁骨揍得很直很直的话……

苏珊娜　亲爱的！人家给我那份嫁妆，你当是单为犒劳你的勤劳，而没有其他目的吗？

费加罗　我卖过不少力气①，当然可以这么希望。

---

① 指他在《塞维勒的理发师》里帮助伯爵冲破了霸尔多洛的提防，和罗丝娜结婚。

87

苏姗娜　聪明人够多么傻呀！

费加罗　人家都这么说。

苏姗娜　可是谁也不信。

费加罗　那是他们错了。

苏姗娜　告诉你吧：那份嫁妆是用来要我偷偷地答应他，单独和他在一起，待上那么一刻钟，就是以前贵族权利①所要的一刻钟……你知道这件事是不是好受？

费加罗　我知道得这么清楚，如果伯爵大人结婚的时候，没有放弃那个可耻的权利的话，我绝不会在他的庄园内和你结婚。

苏姗娜　那个权利的确是取消了，他可懊悔着呢。今天他正想在你的未婚妻身上秘密赎回这个权利呢。

费加罗　（搓脑袋）我的脑袋受这一惊，吓软了，我的额头恐怕要长东西了……

苏姗娜　那就别搓它！

费加罗　怕什么？

苏姗娜　（微笑）要是长出一颗小疙瘩，迷信的人②……

费加罗　你还笑，狡猾的女人！啊，假若有办法抓住那个大光棍，骗他上钩，把他的钱弄到我的口袋里面来！

苏姗娜　捣鬼和弄钱，这正是你的拿手好戏。

费加罗　我不是因为怕丢脸才不干。

苏姗娜　是害怕吗？

费加罗　干一件危险的事情，算不了什么；问题是如何把事情办得好好的，而又能够平安脱险。因为，夜里走进人家里，偷人家的老婆，为这个吃一顿鞭子，没有比这更容易办到的了。好些浑小子都这么干过。但是……（里面按铃声）

苏姗娜　夫人醒了。她吩咐过我，要我结婚那天的早上，我是第一个跟她

---

① 指封建时代贵族地主对农奴结婚时的初夜权。
② 西欧俗语，丈夫头上长了犄角，就是说他的妻子不贞。苏姗娜想说："迷信的人就要笑你，说你头上长了犄角。"

说话的人。

费加罗　这里面又有什么讲究吗?

苏姗娜　爱神说,这样做就给被抛弃的妻子带来好运气。回头见,我的费、费、费加罗。想想我们的事吧。

费加罗　给我一个小小的吻,好打开我的思路。

苏姗娜　今天,给我的恋人!你倒想得好!明天我的丈夫会说什么?(费加罗吻她)嗯,嗯!

费加罗　你不了解我对你的爱情。

苏姗娜　(脱身)讨厌东西,你究竟要到什么时候才不从早到晚对我谈你的爱情?

费加罗　(神秘地)等我能够从早到晚证明给你看,我怎样地爱你。(第二次按铃声)

苏姗娜　(远远地,把手指并拢放在嘴上)先生,这就是你要的吻。我没有别的给你啦。

费加罗　(追她)啊!但是我给你的吻,可不是这个样子的呀。

第 二 场

〔费加罗。

费加罗　(自语)这个迷人的姑娘!总是笑嘻嘻的,显得那么活泼、愉快、聪明、多情、温柔!可是,多么守身如玉!(一面搓手,一面激动地走着)呀!大人!我亲爱的大人!您想给我……给我当上?我也想过,为什么他派我当府第的门房,又要带我上他的大使馆,叫我去当送公文的信差?我明白伯爵大人的用意了!有三个人同时高升:您呢,外交大臣;我呢,政治舞台上的小卒;苏姗娜呢,随时应急的贵妇人,可以随便携带的大使夫人,然后我这个当信差的就该快马加鞭!当我这一方面在拼命跑的时候,您那一方面可就把我的美人带上一条好美的路上去了!我为了您的门第的光荣,弄得满身是泥,腰酸背痛。您呢,不惜屈尊俯就,为增加我家庭的光荣而努力!多么甜美的互惠互利呀!不过,大人你也未免太僭妄了一点。在伦敦,您同时办您主人的事又办您仆人的事!在外国朝廷上,您又代表国王又代表我!这里面有一半是多余的,太过分了。——至于你,唐巴齐勒!你这个光棍老弟呀!你这样班门弄斧,我得教训教训你,我要……不,跟他们不可太实心眼,叫他们自相残杀吧。费加罗先生,现在应该留神今天的事!首先把你的婚礼提前举行,以免你的婚事发生意外,把马尔斯琳调开,她爱你爱疯了;把金钱和礼物弄上手;骗过伯爵大人这段小小的春情。结结实实地揍唐巴齐勒老爷一顿,然后……

第 三 场

〔马尔斯琳,霸尔多洛,费加罗。

费加罗　（打断自己的话）……哎,哎,哎,哎!胖大夫来了,这一下,婚礼可就齐全了。啊!您早,我亲爱的大夫!您是不是因为我和苏姗娜的婚礼才到府第来的?

霸尔多洛　（蔑视地)啊!我亲爱的先生,绝不是的。

费加罗　如果是的话,那您就太宽宏大量了!

霸尔多洛　当然啦,而且还非常傻呢。

费加罗　我、我不幸曾把您的婚姻搅了①!

霸尔多洛　您还有别的话要对我们说吗?

费加罗　我们真不该照顾您的骡子②!

霸尔多洛　（怒)这臭油嘴!给我滚开。

费加罗　您生气吗,大夫?干您这行职业的人心真狠!连对可怜的畜生,也和对人一样没有一点怜悯之心……!再见,马尔斯琳,您总想控告我吗?

---

① 指《塞维勒的理发师》中,他帮助阿勒玛维华伯爵冲破了霸尔多洛的提防,和罗丝娜结婚。

② 参阅《塞维勒的理发师》第二幕第四场。

不相爱,就非互相憎恨不可吗?①

我请大夫评评理。

霸尔多洛　什么事?

费加罗　反正她要告诉你的。(下)

第 四 场

〔马尔斯琳,霸尔多洛。

霸尔多洛　(瞅着费加罗下)这个怪家伙总是这副样子!我敢断言,除非活生生地把他的皮剥下来,他至死也是个最狂妄无礼的坏小子!……

马尔斯琳　(拉他过来)到底,你来了,你这个招人讨厌的大夫!你总是这样又严肃又呆板,等你来帮忙可能把人等死;难怪你从前无论怎样提防你那位被监护人,人家仍旧同她结了婚②。

霸尔多洛　你总是又刻薄又好挑人的短处!好吧,是谁非要我到城堡来不可的?伯爵大人有什么病吗?

马尔斯琳　不,大夫。

霸尔多洛　他那骗人的伯爵夫人罗丝娜不舒服吗?谢天谢地!

马尔斯琳　她简直憔悴不堪!

霸尔多洛　为什么?

马尔斯琳　她丈夫对她冷淡了。

霸尔多洛　(高兴)呀,她那位好丈夫替我报仇了!

马尔斯琳　我没法说清伯爵的性格:他又嫉妒又荒唐。

霸尔多洛　荒唐因为厌烦,嫉妒因为虚荣。这是不言而喻的。

马尔斯琳　比方说吧,今天他把我们的苏姗娜嫁给他的费加罗。为了这桩婚事,他赏给费加罗很多好处……

---

①　伏尔泰的《纳妮娜》第三幕第六场第一行诗。
②　指《塞维勒的理发师》中阿勒玛维华和罗丝娜结婚的经过。

霸尔多洛　是不是伯爵大人已经无法收场,非要苏姗娜结婚不可?

马尔斯琳　也不尽然,但是伯爵大人想偷偷地和新娘子欢庆这个吉日良辰……

霸尔多洛　和费加罗的新娘?跟他做这样的买卖,那一定可以成功。

马尔斯琳　唐巴齐勒说一定不成功。

霸尔多洛　那个无赖也住在这儿?真是个匪窟!呃,他在这儿干吗?

马尔斯琳　干他干得出的一切坏事。最糟糕的是我发现他很久以来对我就产生了一种讨厌的爱情。

霸尔多洛　要是我,我早就摆脱他的追逐了。

马尔斯琳　怎样摆脱法?

霸尔多洛　干脆跟他结婚。

马尔斯琳　狠心的老贫嘴,你干吗不用这个代价来摆脱我对你的追逐?难道你不应该吗?你还记得你当初的誓言吗?我们的小宝宝爱玛努艾勒,你忘得干干净净的一段恋情的结晶现在怎么样啦?有了这个结晶,我们早就应该结婚了。

霸尔多洛　(把帽子脱下)你把我从塞维勒请来就是为了听这些废话吗?你忽然也犯起结婚的瘾来了……

马尔斯琳　好吧,我们别谈这个了。但是,既然无法叫你讲理和我结婚,至少你得帮助我和别人结婚吧。

霸尔多洛　啊!愿意得很。我们谈谈吧。但是,到底是哪个被老天和女人抛弃的男人?……

马尔斯琳　唉!大夫,除了那位漂亮愉快、可爱的费加罗,还可能是谁?

霸尔多洛　那个光棍?

马尔斯琳　他从来不生气,总是那么一团高兴。用愉快心情对待现在,不愁将来,也不追悔过去。活泼、豪爽、大方,大方得……

霸尔多洛　像个贼。

马尔斯琳　像个贵族。总之,可爱。但是,他是一个最奇怪不过的怪物。

霸尔多洛　那么,他的苏姗娜呢?

马尔斯琳　那个狡猾的女人得不着他,倘若你,我的好大夫,肯帮助我叫

　　　　　费加罗实现他答应过我的诺言。
霸尔多洛　在她结婚的那一天?
马尔斯琳　就是在结婚前几分钟,也破坏得了。假若我不怕泄露妇女们的一种小秘密……
霸尔多洛　对治病的医生,妇女还有什么秘密吗?
马尔斯琳　呀!你明白,对你我是没有秘密的!我们女性是热情的,可是胆小。尽管某种迷人的东西吸引我们去追求快乐,但最冒险的女人也感觉她的内心有一种呼声在对她说:"你要漂亮也成,只要你办得到;你要正经也成,只要你愿意;可是,你得叫人看得起,这是必要的。"那么,既然至少一定要叫人看得起,既然所有的女人都感觉到这是最重要的事,那么,我们先吓唬苏姗娜一下,说要把伯爵答应她的好处给嚷嚷出去。
霸尔多洛　这又会怎么样呢?
马尔斯琳　让她羞得没有脸见人,她就会继续拒绝伯爵;而伯爵呢,为了报复,就会支持我反对她的婚姻。这么一来,我的婚姻就稳当了。
霸尔多洛　有理有理。他妈的!这倒是个好主意,就让我的老管家婆嫁给那个无赖,他使过坏帮助别人抢走了我的年轻恋人。
马尔斯琳　(快语)他为了求自己的快乐就哄骗我,叫我失望!
霸尔多洛　(快语)他那时候赖掉了我一百块银币,我还心疼着呢①。
马尔斯琳　啊!多么痛快……
霸尔多洛　惩罚一个匪徒……
马尔斯琳　跟他结婚,大夫,跟他结婚!

第 五 场

　　　〔马尔斯琳,霸尔多洛,苏姗娜。
苏姗娜　(手里拿着一顶女帽和一条大丝带,臂上搭着一件女袍)跟他结

---

① 参阅《塞维勒的理发师》。

婚,跟他结婚！跟谁呀？跟我的费加罗？

马尔斯琳 （尖酸地）为什么不？您不是跟他结婚吗？

霸尔多洛 （笑）女人生了气说话真带劲！美丽的苏松①,我们正谈论着,他娶着您,真好福气。

马尔斯琳 我们还没有算上大人呢！

苏姗娜 （行礼）您别见怪,太太。您的话里总带点刻薄味儿。

马尔斯琳 （行礼）您也别见怪,小姐。我的话哪点儿带刻薄味？一位慷慨的大人和他的仆人分享一点他赏给他的快乐,不是很公道的吗？

苏姗娜 他赏给他的？

马尔斯琳 是的,小姐。

苏姗娜 太太,幸亏您的醋劲儿是谁都知道的,您对费加罗并没有什么权利,也是谁都知道的。

马尔斯琳 小姐,倘若依照您的方式巩固一下我的权利,我的权利早就可以变得很牢固了。

苏姗娜 啊,太太,这种方式就是才女们的方式呀。

马尔斯琳 孩子已经不是个孩子了！她天真得像个老法官！

霸尔多洛 （拉开马尔斯琳）再见吧,我们的费加罗的漂亮的未婚妻。

马尔斯琳 （行礼）大人的秘密情人。

苏姗娜 （行礼）她很尊敬您,太太。

马尔斯琳 （行礼）将来她肯不肯也赏我脸,稍微疼疼我,小姐？

苏姗娜 （行礼）关于这方面,太太您没有什么可求我的。

马尔斯琳 （行礼）小姐您真是个美人儿！

苏姗娜 （行礼）哪儿的话！不过足够叫太太您难受的。

马尔斯琳 （行礼）尤其是非常叫人看得起！

苏姗娜 （行礼）管家婆才叫人看得起。

马尔斯琳 （怒）管家婆！管家婆！

霸尔多洛 （拉住她）马尔斯琳！

---

① 苏松是苏姗娜的爱称。

马尔斯琳　我们走吧,大夫,我实在受不了啦。再见吧,小姐。(行礼,下)

第 六 场

〔苏姗娜。

苏姗娜　(自语)去你的吧,太太!去你的吧,你这个又迂又酸的东西!我既不怕你捣鬼,也不屑听你的辱骂。——瞧这个老巫婆!因为她念过书,夫人年轻时候受过她的折磨,她就想在这府第里作威作福。(把手里的袍子扔在一张椅子上)我连我要来拿什么东西都想不起来了。

第 七 场

〔苏姗娜,薛侣班。

薛侣班　(跑上)啊!苏松,我等了整整两小时,希望这些人走开,好跟你谈一谈。唉,你结婚啦,我呢,我要离开这儿了。

苏姗娜　我结婚怎么会叫大人的第一侍从武士离开这个城堡呢?

薛侣班　(可怜口吻)苏姗娜,他撵我走。

苏姗娜　(模仿薛侣班的口吻)薛侣班,准是你干了什么荒唐事儿!

薛侣班　昨天晚上他在你的表妹芳舍特家里碰见我,我正在教她练习今天庆祝晚会她要担任的天真女郎那个角色。他一看见我就火得不得了,他对我说:"滚出去,小……"我不敢在女人面前说出他那句野话,"滚出去,从明天起就不许你待在城堡里。"如果夫人,如果我美丽的教母劝不了他,那就完了,苏松,我就永远没有福气看见你了。

苏姗娜　看见我!我?又轮上我了!那么,难道你暗中长吁短叹不是为了我的女主人吗?

薛侣班　啊!苏松,她多么高贵!多么美丽!可是她架子多么大。

苏姗娜　这就是说:我架子不大,你就可以对我大胆……

薛侣班　你很明白,坏东西,我是不敢大胆的。但是你多么幸福呀！时时刻刻都能看见她,跟她说话,清早替她穿衣服,晚上替她脱衣服,把别针一个又一个替她解下来……啊,苏松,我宁愿给……你拿着的是什么?

苏姗娜　(讥笑地)唉！是一顶幸福的帽子和一条走运的丝带,它们夜里紧紧挨着美丽的教母的头发。

薛侣班　(兴奋地)她夜里扎头的丝带！把它给我吧,我的心肝呀。

苏姗娜　(收起它)嘿,那可不成。——"我的心肝!"多么亲密!他要不是个微不足道的小孩……(薛侣班把丝带抢过去)啊！丝带呀！

薛侣班　(围着大沙发椅转)你说把它搁忘了地方,说把它弄脏了,说它丢了。你爱怎么说就怎么说吧。

苏姗娜　(跟着他转)啊,我敢说,不出三四年,你就会变成一个最坏的小无赖……你把丝带还给我！(打算把丝带夺回来)

薛侣班　(从兜里掏出一张歌谱)留下给我吧！啊！苏松,把丝带留给我吧。我把我的歌谱送给你。将来我想起你美丽的女主人,感到难受的时候,你的回忆会成为我唯一的一线快乐,会使我的心感到舒畅。

苏姗娜　(把歌谱接了过去)你的心感到舒畅,小贼骨头,你以为你是在对你的芳舍特说话吧。你在她家里叫人家逮住,你想追求夫人;这都不算,你还跟我胡缠！

薛侣班　(兴奋)我用人格担保,这是真的！我简直不知道我是怎样一个人了;这些日子,我觉得我的心非常激动。一看见女人就心跳,一听见爱情和肉欲这些字眼,我就坐立不安,心烦意乱。总之,我需要对人说:"我爱你。"这个需要对我是那么迫切,我竟自己一个人也说,往花园里跑着的时候也说,对你的女主人说,对你说,对树说,对云彩说,对把我那些无的放矢的话和云彩一起吹散的风也说。——昨天,我遇见马尔斯琳……

苏姗娜　(笑)哈哈哈哈。

薛侣班　为什么跟她就不能说?她也是个女人,她也是个姑娘！姑娘！

女人！啊！这些名词多么甜蜜,多么有味道!

苏姗娜　他疯了!

薛侣班　芳舍特温柔极了,至少她听我说话。你可不温柔,你!

苏姗娜　我很抱歉!听我说,少爷!（想把丝带夺回来）

薛侣班　（转身逃走）啊,得了!你看,你抢不回去的,除非连我的性命一起拿去。不过,假如这个代价你还不满意的话,我再添上一千个吻。（又转过来追她）

苏姗娜　（转身逃走）我给你一千个耳刮子,要是你敢走过来。我去夫人那儿告你一状;我不但不替你求情,我还要亲自对大人说:"大人,这事情办得真好。替我们把这个小鬼头撵走,把这个小坏蛋打发回他爹娘家去吧。他表面上装作爱夫人,还拐弯抹角,老想拥抱我。"

薛侣班　（看见伯爵走进来,惊恐万状地跳到沙发椅后面）这下我算完蛋了!

苏姗娜　看你吓成这个样子!

第 八 场

〔苏姗娜,伯爵,薛侣班藏着。

苏姗娜　（看见伯爵）啊!（走近沙发,挡住薛侣班）

伯　爵　（向前走）你很激动,苏松!你自言自语,你小小的心儿好像乱得很……可是,这也难怪,像今天这个日子。

苏姗娜　（不知所措）大人,您有什么吩咐吗? 倘若有人看见您跟我在一起……

伯　爵　如果有人闯进来,那就太扫兴了。可是,你知道我是多么关心你。唐巴齐勒不会没告诉你我爱你吧。我只有很短的时间跟你谈谈我的心事。你听着。（坐在沙发椅上）

苏姗娜　（激烈地）我什么也不要听。

伯　爵　（拿住她的手）只说一句话。你知道国王任命我当驻伦敦大使。我带费加罗跟我去,我给他一个很好的位置。既然当妻子的责任是嫁夫从夫……

苏姗娜　啊,我要是敢把我想说的话说出来!

伯　爵　(把她拉近点)说呀,说呀,我亲爱的。你满有权利支配我一辈子,今天你就行使这个权利吧。

苏姗娜　(害怕)我可不要这个权利,大人,我可不要这个权利。我求您离开我。

伯　爵　可是,你得先跟我说一说呀。

苏姗娜　(生气)我不知道我刚才说过什么。

伯　爵　关于当妻子的责任。

苏姗娜　好吧!那时候大人从大夫手里把夫人争到手,因为爱她而和她结了婚,那时候您为了她而放弃了某种可怕的贵族权利……

伯　爵　(愉快地)给姑娘们很大苦恼的一种权利!啊!苏赛特①!这个权利多么可爱呀!要是黄昏时候你到花园来聊一聊这个权利,我会大大地酬报你那美妙的感情……

唐巴齐勒　(在外面说话)大人不在家。

伯　爵　(站起来)谁在说话?

苏姗娜　我多么倒霉!

伯　爵　你出去吧,别让人进来。

苏姗娜　(慌乱)我让您一个人待在这儿?

唐巴齐勒　(在外面大声说)大人本来在夫人屋里,后来出去了。我去看看。

伯　爵　竟没有一个地方可以让我躲起来!啊!这张沙发椅后面……真够糟的。你快点打发他走。

〔苏姗娜拦住他,他轻轻地推开她,她往后一退,正好站在他和侍从武士当中。不过,当伯爵蹲下去,占好他的位置时,薛侣班转过来,惊惶地跳上沙发,跪着,然后蜷伏起来。苏姗娜拿起她带来的袍子盖在侍从武士身上,自己则站在沙发前面。

---

① 苏赛特也是苏姗娜的爱称。

98

第 九 场

〔伯爵和薛侣班两个人都藏起来;苏姗挪,唐巴齐勒。

唐巴齐勒　小姐,您没看见大人吗?

苏姗娜　(很不客气地)怪事!我怎么会看见他?您给我走开。

唐巴齐勒　(向她走过去)你要是明白事理的话,对我的问题就不会感到奇怪了。是费加罗找他。

苏姗娜　这么说,他是在找跟您一道最想害他的那个人了。

伯　爵　(旁白)看看他怎么样替我办事。

唐巴齐勒　希望一个有夫之妇得点好处,难道就是想害她的丈夫吗?

苏姗娜　照您那一套理论,那当然不算害他了,您这个伤风败俗的人!

唐巴齐勒　不是您将要毫无保留地送给别人的东西,我们会问您要吗?一行过结婚典礼,昨天不许您做的事,明天就会命令您,要您去做了。

苏姗娜　可恶的东西!

唐巴齐勒　结婚是一切重要的事情里面最滑稽不过的一件事,因此我有过这样想法……

苏姗娜　(愤怒)您想的全是些肮脏事情!谁准您进来的?

唐巴齐勒　得啦,得啦,坏东西!安静点吧!您的前途是可以由您自己来安排的。但是,您也别以为在我心目中,对大人不利、妨碍着大人的就是费加罗先生。要是没有小侍从武士的话……

苏姗娜　(胆怯地)薛侣班?

唐巴齐勒　(模仿她)爱神薛侣班①。他一天到晚在您身边打转。今天早上我离开您的时候,他还在这儿走来走去,想进来。您敢说这不是真的吗?

苏姗娜　满口胡说!滚出去,您这恶人!

---

① 薛侣班,法文为"小天使"之意。

唐巴齐勒　我是恶人,因为我的眼睛明察秋毫。还有,他弄得很神秘的那首小曲子难道不是送给你的吗?

苏姗娜　(生气)啊!是的,是送给我的……

唐巴齐勒　要不就是为夫人编的!是的,听说他伺候夫人吃饭的时候,老看着夫人,他那两只眼睛!……不过,该死的东西!他别拿这闹着玩!对这种事儿,大人可凶得很呢。

苏姗娜　(愤怒)您真黑心,到处散布谣言,陷害一个失掉主人欢心的可怜孩子。

唐巴齐勒　是我造的谣吗?大家都在谈论,我才说的。

伯　爵　(站起来)什么,大家都在谈论!

苏姗娜　啊!天呀!

唐巴齐勒　哈哈!

伯　爵　赶快,唐巴齐勒,把他撵走。

唐巴齐勒　啊!我不该进来,太抱歉了!

苏姗娜　(慌乱)天呀!天呀!

伯　爵　(对唐巴齐勒)她受惊了。我们扶她坐在沙发上吧。

苏姗娜　(用力推开他)我不要坐。这样随随便便走进人家的屋里,多么可恶!

伯　爵　现在我们两个人和你在一起,亲爱的,一点危险都不会有的。

唐巴齐勒　我呢,关于侍从武士的问题,刚才我是逗着玩的,给您听见了,我心里很不安。我这样做不过想探探她的心。其实呢……

伯　爵　给他五十个皮斯托尔,一匹马,打发他回他爹娘家里去。

唐巴齐勒　大人,就因为我开了这一点小玩笑?

伯　爵　这个小荒唐鬼,昨天我还碰见他和园丁的女儿在一块儿……

唐巴齐勒　和芳舍特?

伯　爵　而且在她的屋里。

苏姗娜　(愤怒)在她的屋里,大人上那儿去一定也有点事儿吧。

伯　爵　(愉快地)你这句话,我倒挺喜欢的。

唐巴齐勒　这是个好苗头。

伯　　爵　（愉快地）你猜错了。我去找你的舅舅安东尼奥，给我看园子的那个醉鬼，想吩咐他点事儿。我敲门，等了好半天门才打开。你的表妹神色仓皇，我起了疑心，我跟她说话，一面说，一面留心看。在门后面有块东西，有点像布帘子，有点像包袱皮，我说不清是什么，盖着一些衣服什物。我装作没事儿的样子，慢慢地轻轻地拉开那块布帘子，（想模仿当时的动作，拉开沙发上面的袍子）我就看见……（看见了侍从武士）呀！……

唐巴齐勒　哈哈！

伯　　爵　这个把戏和昨天的一模一样。

唐巴齐勒　更高明一些。

伯　　爵　（对苏姗娜）妙极了，小姐。刚刚订过婚，你就做下这种准备？原来你是为了要招待我的侍从武士，所以才不愿有人跟你在一起？至于你，少爷，你一点也不改你的品行。只差夫人的第一侍女，你朋友的妻子，你还没招惹过，你好不尊敬你的教母！不过，我绝不能让我敬爱的费加罗做这种欺骗行为的牺牲品。唐巴齐勒，他是和你在一起的吗？

苏姗娜　（愤怒）谈不到什么欺骗行为，也谈不到什么牺牲品。您跟我说话的时候，他就在这里。

伯　　爵　（狂怒）你说这句话，简直是在撒谎！就是他最凶恶的敌人也不

101

至于敢这样害他。

苏姗娜　他求我托夫人在您面前替他求求情。您走进来,他慌得了不得,就拿这张沙发椅把自己遮起来。

伯　爵　(生气)真狡猾!我进来时还坐在沙发上面来着。

薛侣班　唉,大人,那时候我在后面直打哆嗦。

伯　爵　又是一套鬼话!我自己刚才就是藏在沙发后面的。

薛侣班　请您原谅,就是那个时候我跳起来,蜷在沙发上面。

伯　爵　(更愤怒)真是一条蛇,这条小……长虫!他听我们说话来着!

薛侣班　正相反,大人,我尽我的力量一个字也不听你们的。

伯　爵　啊,你简直是出卖我!(对苏姗娜)你别想和费加罗结婚了。

唐巴齐勒　不要生气啦,有人来了。

伯　爵　(把薛侣班从沙发椅上拉下来,要他站住)让他当着众人站在这儿!

第 十 场

〔薛侣班,苏姗娜,费加罗,伯爵夫人,伯爵,芳舍特,巴齐勒,很多穿白衣服的仆人,乡下女人,乡下男人。

费加罗　(手里拿着一顶插上白羽毛结上白丝带的女冠,对伯爵夫人说)只有您,夫人,可以替我们求得这个恩典。

伯爵夫人　您看他们,伯爵,他们以为我有一种我实在没有的力量。但是,既然他们的要求并不是不合情理的……

伯　爵　(窘)也许是很不合情理的,所以……

费加罗　(低声对苏姗娜)好好支持我一把。

苏姗娜　(低声对费加罗)不会有效果的。

费加罗　(低声)总得试一试。

伯　爵　(对费加罗)你们要什么?

费加罗　大人,您由于爱夫人而取消了某种使人厌恶的权利,您的佃农们受了感动……

伯　　爵　　不错呀！这个权利不再存在了。你还有什么意见？……

费加罗　（恶作剧地）把这样一位好主人的美德宣扬出去，现在该是时候了。这个美德今天对我的好处是那么大，因此我很想开个头，在我举行婚礼的时候庆祝它一下。

伯　　爵　（更窘）朋友，你开玩笑！废除一种可耻的权利，只不过是履行了我们在道义上应尽的责任。西班牙人可以愿意用体贴温存来征服美人的心，但是，如果硬要她们把那最甜蜜的东西交给我们第一次使用①，像要求奴隶贡赋似的，啊！这是汪达尔人②的专制暴政，而不是高贵的卡斯蒂利亚人公认的权利。

费加罗　（用手拉着苏姗娜）您的贤明保全了这位少女的贞洁，请您答应，让她公开地，从您的手里，接受这顶用白羽毛和白丝带装饰起来的处女冠，您的心地纯洁的象征。以后所有的婚礼，请您规定都采用这个仪式。我们合唱一首四行诗，永远纪念……

伯　　爵　（窘）如果我不知道用情人、诗人、音乐家这三种名义，人们就可以任意装疯卖傻的话……

费加罗　朋友们，跟我一起求求大人呀。

全　　体　大人！大人！

苏姗娜　（对伯爵）为什么躲避您那当之无愧的颂扬？

伯　　爵　（旁白）好奸诈的女人！

费加罗　您瞧瞧她，大人。世界上不会有更美丽的未婚妻，像她这样显示出您的牺牲的伟大。

苏姗娜　不要谈我的容貌，只颂扬他的美德吧。

伯　　爵　（旁白）这整个是一套把戏。

伯爵夫人　我也加入他们一起向您请求，伯爵。这个仪式对我永远是宝贵的，因为它的起因是出于您一度对我的爱情。

伯　　爵　是出于我永远对您的爱情，夫人。就是以这个名义，我才同

---

① 指贵族的初夜权。
② 汪达尔人，第五、六两世纪侵略西班牙的日耳曼民族。

意了。

全　体　万岁!

伯　爵　（旁白）我上当了。（高声）我只想把举行婚礼的时间挪后一点,好把它办得更风光些。（旁白）我得快点派人把马尔斯琳找来。

费加罗　（对薛侣班）你呢,小顽皮！你不鼓掌吗？

苏姗娜　他正难受呢。大人要撑他走。

伯爵夫人　啊,伯爵,我求您饶恕他。

伯　爵　他不配。

伯爵夫人　唉！他这么年轻。

伯　爵　并不像您想象的那么年轻。

薛侣班　（哆嗦）宽宏大量地饶恕一切,并不是您和夫人结婚时候所放弃的贵族权利！

伯爵夫人　他只放弃了使你们大家痛苦的那种权利。

苏姗娜　假若大人曾经放弃了饶恕人的权利,他一定愿意头一个把它秘密地赎回来。

伯　爵　（窘）一定的。

伯爵夫人　干吗说赎回来？

薛侣班　（对伯爵）我的举动轻浮,这是真的,大人。但是,我的嘴可够严的,我从来不乱说话……

伯　爵　（窘）得啦,得啦！

费加罗　他这是什么意思？

伯　爵　（激动地）得啦。大家都要我饶恕他,我就饶恕他吧。而且,我更进一步,我派他在我的联队里带一连人。

全　体　万岁！

伯　爵　可是,他得马上动身赶到加泰罗尼亚去。

费加罗　啊,大人,让他明天去吧。

伯　爵　（坚持）这是我的命令。

薛侣班　我服从。

伯　　爵　向你的教母致敬,请求她的保护①。

〔薛侣班一膝着地,跪在伯爵夫人面前,说不出话来。

伯爵夫人　(感动)既然连今天一天都不能容你待下去,你就动身走吧,年轻人。一种新的职务叫你去,你就好好地去完成它吧。要为你的恩人增光。别忘了我们这个家,在这里你的年轻时代受过多少宽大的待遇。你要服从,要诚实,要勇敢。我们将要把你的成功看做我们的成功。

〔薛侣班站起来,回到原来的位置。

伯　　爵　您很激动,夫人!

伯爵夫人　我承认我是有点激动了。谁知道一个孩子,投入这样危险的职业,会遇上什么样的命运呢!他是我娘家的亲戚,而且,又是我的教子。

伯　　爵　(旁白)我看唐巴齐勒说得有理。(高声)年轻人,你拥抱拥抱苏姗娜……和她作最后一次的拥抱……

费 加 罗　为什么说最后一次,大人?他还要回来过冬呢。你也亲我一下,队长!(拥抱薛侣班)再见,亲爱的薛侣班。你去过一种完全不同的生活,孩子。哼!不再天天在妇女堆里打转。不再吃酥点心,不再吃奶油糕,不再玩打手背,不再玩捉迷藏。你将带领一些好战士,天呀!晒得黑黑的,穿得破破烂烂的。你背着一支重重的枪,向右转,向左转,开步走,向光荣的道路前进。别在半路上摔下来,除非遇到砰的一声飞来的一颗子弹……

苏 姗 娜　别说了!怪可怕的!

伯爵夫人　多么不吉利呀!

伯　　爵　马尔斯琳在哪儿?很奇怪,她不跟你们在一起!

芳 舍 特　大人,她从农场的小道走上了往镇里去的大路。

伯　　爵　她就回来吗?……

唐巴齐勒　什么时候老天爷高兴要她回来,她就回来。

---

① 欧洲中世纪风俗,每个骑士都得找一个有地位的贵妇作"保护人"。

费加罗　但愿老天爷永远不高兴才好……

芳舍特　霸尔多洛大夫刚才还用胳臂扶着她呢。

伯　爵　（兴奋地）大夫来了吗？

唐巴齐勒　大夫一来，她就抓住他不放……

伯　爵　（旁白）他来得正是时候。

芳舍特　马尔斯琳的样子很生气，一面走，一面大声说话。随后她站住，这样伸开两只胳臂……大夫用他的手对她这样子，叫她安静下来。她好像生气极啦！她提到我的表姐夫费加罗的名字。

伯　爵　（拧她的下巴）表姐夫……未来的。

芳舍特　（指着薛侣班）大人，昨天的事儿您饶恕我们了吗？

伯　爵　（打断她）你好，你好，小姑娘。

费加罗　就是她那股子讨厌的爱情把她弄昏头。她也许会来扰乱我们的婚礼。

伯　爵　（旁白）我给你保证，她一定会来扰乱的。（高声）走吧，夫人，我们回里面去吧。唐巴齐勒，你到我屋子来一下。

苏姗娜　（对费加罗）回头你到我这儿来吗，亲爱的？

费加罗　（低声对苏姗娜）这一下他该认输了吧？

苏姗娜　（低声）好孩子！

〔全体下。

第十一场

〔薛侣班，费加罗，唐巴齐勒。

〔全体下的时候，费加罗拉住薛侣班和唐巴齐勒两个人，把他们拉回来。

费加罗　过来，过来，你们俩走过来！结婚仪式已经决定了，跟着来的就是今天的庆祝晚会了。我们得好好练习练习。我们不要像某些演员一样，在批评家最注意的那一天，反而演得比任何时候都差。我们可不能拿第二天重演作为借口，来原谅自己。我们今天就得把每人担任的角色练习得好好的。

唐巴齐勒　（恶作剧地）我担任的角色比你所想象的要困难得多。

费加罗　（背着他做要揍他的姿态）你可不知道你担任的角色将使你获得多大的成功。

薛侣班　我的朋友,你忘了我马上就得离开这儿。

费加罗　可是你,你倒真想待下来!

薛侣班　啊!我怎么不想呀!

费加罗　那得使个巧计。你动身的时候,什么话都别说。把出门的大衣披在肩上。当着大家准备行装,让人家看见你的马在铁栅栏门旁边。骑上马跑一阵儿,一直跑到农场。然后从后面徒步走回来。大人以为你动身走了。只要你躲着点儿,不让他看见,等庆祝会完了以后,我负责叫他不生你的气。

薛侣班　但是芳舍特担任的那个角色,她还不会呢!

唐巴齐勒　你整整一星期没离开过她一步,你到底教会了她什么鬼把戏?

费加罗　你今天闲着没有事,看在我的面子上教教她吧。

唐巴齐勒　小心点儿,年轻人,小心点儿!她的爸爸不高兴呢,她挨了耳刮子,她不会跟你学了。薛侣班,薛侣班!你将给她添烦恼!"老拿瓦罐去打水……"

费加罗　啊!你这个满口陈词滥调的傻瓜!喂!书呆子!世界各国的哲理名言到底是怎样说的?"老拿瓦罐去打水,临了……"

唐巴齐勒　"……打满了完事。"①

费加罗　（一面走一面说）还好,你还不那么蠢,不那么蠢!

---

①　原来的俗语是:"老拿瓦罐去打水,临了打碎了完事",唐巴齐勒把它改为"……临了打满了完事"。

第 二 幕

舞台布景：一间华丽的寝室。墙凹处是一张大床，舞台前面有一个平面台。进出的门开在右面第三道幕上；梳妆室的门在左面第一道幕上。舞台后部有一道门，通往女下人的屋子；另一面有一扇窗。

第 一 场

〔苏姗娜；伯爵夫人从右面的门上。

伯爵夫人　（急促地坐在一张有垫子的沙发椅上）苏姗娜，把门关上，把经过情形详详细细地讲给我听。

苏姗娜　我什么也没有瞒着夫人。

伯爵夫人　什么！苏松，他想引诱你？

苏姗娜　啊，不是的！大人对他的女仆用不着这许多虚礼的。他想收买我。

伯爵夫人　当时小侍从武士也在场吗？

苏姗娜　就是说，藏在大沙发后头。他来要我求您饶恕他。

伯爵夫人　为什么他不直接来跟我说？难道我会拒绝他吗，苏松？

苏姗娜　我也是这样说的。的确，他舍不得走，特别是舍不得离开夫人！他对我说："呀，苏松，她多么高贵！多么美丽！可是她架子多么大！"

伯爵夫人　我是这样的吗，苏松？我一向是庇护着他的呀。

苏姗娜　后来他看见我手里拿着您晚上扎头用的丝带，他就扑上前来要……

伯爵夫人　（微笑）我的丝带……多么孩子气！

苏姗娜　我想把它夺回来。夫人,他活像只狮子,眼睛发亮……他提高他那又嫩又甜的嗓子使劲嚷嚷:"你抢不回去的,除非连我的性命一起拿去。"

伯爵夫人　（若有所思）后来怎么样,苏松?

苏姗娜　怎么样,夫人,跟这小鬼能有个完吗?东一句我的教母,西一句我很想她。因为他连吻一下夫人的袍子都没有胆量,就总想吻我。

伯爵夫人　（若有所思）别谈了……别谈这些傻事了……后来,我的好苏姗娜,我丈夫临了就对你说……

苏姗娜　我要是不肯依顺他呀,他就要保护马尔斯琳啦。

伯爵夫人　（站起来,一面走一面用力扇扇子）他一点也不再爱我了。

苏姗娜　那么,为什么他的醋劲儿却又那么大呢?

伯爵夫人　做丈夫的全一样,我亲爱的!还不是因为自以为了不起。啊!我爱他爱得太过分了!我对他处处体贴温存,他嫌腻了。这是我对待他的唯一差错。可是我决不让你因为讲了老实话受连累,你一定能够和费加罗结婚的。只有他能够帮助我们。他现在就来吗?

苏姗娜　他一看见猎队出发就来。

伯爵夫人　（扇扇子）把靠花园那边的窗户打开一点儿。这儿怪热的……

苏姗娜　那是因为夫人说话、走路都有些激动的缘故。（过去打开舞台后部的窗户）

伯爵夫人　（沉思许久）他要不是经常躲着我……男人们真是罪过!

苏姗娜　（从窗口大声说）啊!大人在那边,骑着马,穿过大菜园。佩得里尔跟着他,带着两条、三条、四条猎犬。

伯爵夫人　我们有的是时间。（坐下）苏松,有人敲门。

苏姗娜　（一面唱,一面跑去开门）啊,是我的费加罗!啊,是我的费加罗!

第 二 场

〔费加罗,苏姗娜,伯爵夫人坐着。

苏姗娜　我亲爱的,来吧！夫人等急啦……

费加罗　你呢,我亲爱的苏姗娜,你急吗？——夫人没有什么理由要这样急。说实话,这有什么？一桩鸡毛蒜皮的事。伯爵大人觉得我们的年轻女人可爱,想叫她做他的情妇,本来是很自然的。

苏姗娜　很自然的？

费加罗　再说,他派我当送公文的信差,苏松当大使馆的顾问。他并不糊涂！

苏姗娜　你的话有完没有？

费加罗　因为我的未婚妻苏姗娜不肯接受这个头衔,他就支持马尔斯琳的想头。还有比这更简单的吗？谁妨害我们的打算,就破坏谁的打算作为报复。人人都这样做,我们自己也要这样做。好,我说完了。

伯爵夫人　费加罗,他的主意破坏着我们大家的幸福,你说起来,怎么可以像没事儿人似的？

费加罗　谁说我是这样的,夫人？

苏姗娜　你不但不为我们的痛苦而难受……

费加罗　难道我还没有为我们的痛苦忙够了吗？现在,我们也要像他一样,有条不紊地行动起来,我们先叫他担心担心他的事,免得他老是不放松我们的事。

伯爵夫人　说得很好,但是怎么办呢？

费加罗　已经办过了,夫人。我给了他一个假警告,说您……

伯爵夫人　说我！你发昏了！

费加罗　啊！发昏的应该是他。

伯爵夫人　像他那样爱嫉妒的人……

费加罗　最好不过。要想从这种性格的人身上捞一把,最好是刺激他们一下；女人们很懂得这种办法。等到他们气得冒火的时候,用一个

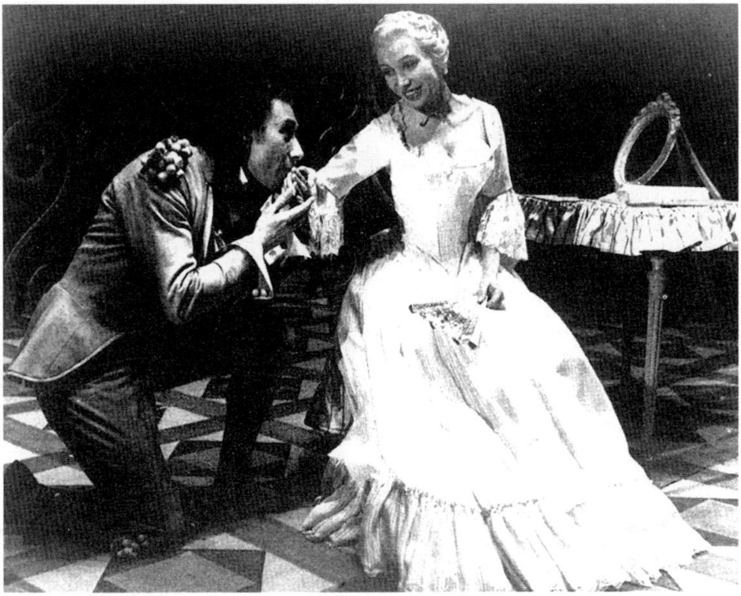

小小的诡计,揪着他们的鼻子,要他们上哪儿就上哪儿,一直揪进瓜达尔基维尔河①。我叫人交给唐巴齐勒一张匿名条子,警告大人,说跳舞的时候会有一个情人来会您。

伯爵夫人　你这样歪曲事实,诽谤一个贤德的妇人?

费加罗　夫人,女人里面没有几个能使我放心使用这方法的,怕的是正巧她真有情人……

伯爵夫人　这样说来,我倒不能不感谢你了!

费加罗　那么,你们说,好玩不好玩?一整天把他的心搅得七上八下,他本来打算和我的未婚妻一起心满意足地度过的时候,却要他走来走去,东张西望,咒骂他的太太!他已经走迷了路。他追逐这一个?还是留神那一个?在他头脑昏乱的时候……瞧,瞧,他在那面,跑过平地,追一只走投无路的野兔。结婚时间很快就到了。他拿不定主意,要不要反对,他永远不敢在夫人面前公开反对的。

苏姗娜　他不敢。但是马尔斯琳这位女才子,她可敢呢,她。

费加罗　这个呀,说实话,我也担心得很!你让大人知道,说你黄昏时候上花园去吧。

苏姗娜　你依靠这一招吗?

费加罗　啊,天呀!你听我说。不愿意无中生有的人,什么也得不着,而且也不配得着什么。这就是我的话。

苏姗娜　好漂亮的话!

伯爵夫人　和他的想头一样漂亮。你同意她上那儿去吗?

费加罗　决不同意。我叫别人穿苏姗娜的衣服去。在约会上让我们抓住,伯爵有办法抵赖吗?

苏姗娜　叫谁穿我的衣服去?

费加罗　薛侣班。

伯爵夫人　他已经走了。

费加罗　我看没有。你们愿意听我安排吗?

---

① 瓜达尔基维尔河,西班牙的大河,经过科尔多瓦和塞维勒两城,然后流入大西洋。

苏姗娜　进行一桩诡计,我们可以信得过他。

费加罗　同时进行两桩、三桩、四桩也不在乎,纠缠一起的、错综复杂的……全行。我是天生当政客的。

苏姗娜　有人说这是很困难的行当呀!

费加罗　收钱、拿钱、要钱;这三句话就是当政客的秘诀。

伯爵夫人　他这样有信心,临了我也相信他了。

费加罗　这就是我的计划。

苏姗娜　你刚才说什么?

费加罗　我说大人不在的时候,把薛侣班给你们送过来。你们替他梳好头,穿好衣服。我再把他藏起来,给他一些指导。然后嘛,大人,有您好看的。(下)

第 三 场

〔苏姗娜,伯爵夫人坐着。

伯爵夫人　(拿起人工黑痣盒子)天呀!苏松,我的样子好难看!……那个年轻人快来了……

苏姗娜　夫人,您不想让他逃出危险吗?

伯爵夫人　(对着小镜子,若有所思)我……你看我怎么样骂他。

苏姗娜　您叫他唱唱他编的小曲子吧。(把曲谱放在伯爵夫人身上)

伯爵夫人　可是,我的头发也实在太乱了……

苏姗娜　(笑)我只要把这两绺发卷儿拢上去,夫人骂他就骂得更好了。

伯爵夫人　(恢复常态)苏松,你说什么?

第 四 场

〔薛侣班面有愧色,苏姗娜,伯爵夫人坐着。

苏姗娜　进来吧,军官少爷。夫人可以接见你了。

薛侣班　(哆嗦地向前走)啊!这个称呼,使我多么苦恼呀,夫人!它告诉我非离开这个地方不可……离开教母,那样……好……!

苏姗娜　又那样美!

薛侣班　(叹气)唉!是啊。

苏姗娜　(模仿地)"唉!是啊。"年轻人,眼皮长长的伪君子!得啦,美丽的青鸟儿,唱你的小曲儿给夫人听吧。

伯爵夫人　(摊开曲谱)究竟是谁编的?

苏姗娜　瞧,做贼心虚,脸都红了。你脸上抹了胭脂,还是怎么的?

薛侣班　难道不许人家……热爱?……

苏姗娜　(拿拳头威吓他)我要全说出来了,你这个无赖!

伯爵夫人　得啦……他唱吗?

薛侣班　啊!夫人,我直哆嗦!……

苏姗娜　(笑他)咩、咩、咩、咩、咩、咩。一到夫人要他唱,瞧他这个谦虚的作家!我来伴奏。

伯爵夫人　用我的吉他吧。

〔伯爵夫人坐着,看着曲谱听他唱。苏姗娜站在沙发后面,从主妇头上看曲谱,开始试弹。小侍从武士在伯爵夫人面前,两眼下垂。① 这个场景就是依照梵洛②的画刻成的木刻《西班牙会话》。

〔故事曲,用《马乐勃鲁从军曲》③的调子。

第 一 节

我的战马喘着气,
(我的心,我的心好苦!)
跑到东来跑到西,

---

① 薛侣班,伯爵夫人,苏姗娜组成一幅画面,显然受到狄德罗的《家长》及《私生子》等剧的影响。——作者注
② 加尔·梵洛(1705—1765),法国画家。
③ 《马尔勃鲁从军曲》,十八世纪很流行的歌曲。马尔勃鲁(1650—1722),英国将军,西班牙王位战争中的英军指挥官。

任凭战马之所至。

第 二 节

任凭战马之所至,
无侍从又无马夫;
在这儿,泉水之旁,
(我的心,我的心好苦!)
想念我的教母,
想得我泪满襟。

第 三 节

想得我泪满襟,
真个是悲苦万分。
我在榛树上刻字,
(我的心,我的心好苦!)
单刻她的名字;
国王恰巧经过。

第 四 节

国王恰巧经过,
带着侍臣和僧侣。
王后说:——侍从武士,
(我的心,我的心好苦!)
谁给你折磨苦恼?
谁使你痛哭流涕?

第 五 节

谁使你痛哭流涕?

你一定得告诉我们。
——启禀王后和陛下,
(我的心,我的心好苦!)
我有过一个教母,
我永远永远敬爱她。①

第 六 节

我永远永远敬爱她:
我看,我爱她会爱到死。
王后说:——侍从武士,
(我的心,我的心好苦!)
难道教母只有一个?
我来当你的教母。

第 七 节

我来当你的教母;
我收你做侍从武士,
我把年轻的爱莲娜给你,
(我的心,我的心好苦!)
我的上校的女儿,
总有一天,我把她嫁给你。

第 八 节

总有一天,我把她嫁给你。
——不要,请您不要说了;
我宁愿拖住我的铁链,

---

① 唱到这一行,伯爵夫人叫薛侣班停止,把纸折上,其余的不在舞台上唱了。——作者注

（我的心，我的心好苦！）

为这个痛苦死去，

也不愿以此自慰。

伯爵夫人　唱得自然……而且有感情。

苏姗娜　（把吉他放在沙发上）哼！讲到感情，他是一个年轻人，他……呃！军官少爷，是不是有人告诉过你，为了要使今天晚会热闹些，我们想先知道一下，把我的衣服穿在你的身上，看看合身不合身？

伯爵夫人　我怕他穿不了。

苏姗娜　（和他比较身量）他和我一样高。我们先脱掉他的外衣。（脱了他的外衣）

伯爵夫人　有人进来怎么办？

苏姗娜　难道我们在做什么坏事吗？我去把门关上。（跑过去）不过，我要考虑的倒是戴什么帽子好。

伯爵夫人　拿我的帽子吧，在梳妆台上。

〔苏姗娜走进紧靠舞台前面的梳妆室。

第 五 场

〔薛侣班,伯爵夫人坐着。

伯爵夫人　从现在到舞会这段时间内，伯爵是不会知道你在府第里的。我们以后再对他说，他们赶办你的委任状的时候，我们起了念头……

薛侣班　（拿委任状给她看）唉，夫人，委任状就在这儿；他叫唐巴齐勒交给我的。

伯爵夫人　已经发给你了？他连一分钟都怕耽误。（看委任状）他们办得太匆忙，竟忘了打上他的漆印。（把委任状还给他）

第 六 场

〔薛侣班,伯爵夫人,苏姗娜。

苏姗娜 （拿着一顶大帽子上）漆印？打在什么上面？

伯爵夫人 他的委任状。

苏姗娜 已经发给他了？

伯爵夫人 谁说不是呢。这是我的帽子吗？

苏姗娜 （坐在伯爵夫人旁边）而且是最漂亮的一顶。（嘴里衔住别针,唱）
　　　　向这面转过来吧,
　　　　好朋友冉·德·列拉。

（薛侣班跪下,苏姗娜替他把帽子戴上）夫人,他真可爱！

伯爵夫人 把他的领子整理一下,看上去可以更像个女的。

苏姗娜 （整理薛侣班的领子）嘿……看你这个娃娃,扮起女人来多美呀！连我都嫉妒他,我！（拧他的下巴）你别这样好看成不成？

伯爵夫人 她简直疯啦！把袖口卷得再高一些,亚玛迪①袖子就更……

（她卷起薛侣班的袖口）他胳臂上有什么东西？丝带！

苏姗娜 是您的丝带。夫人看见,我太高兴啦。我早就对他说过,我要把这件事说出来的！啊！不是大人走进来,我会把丝带夺回来的,我的力气并不比他小。

伯爵夫人 丝带上面有血渍！（她解开丝带）

薛侣班 （羞愧）今天早上,我打算动身,整理马勒。马头一仰,马缨把我的胳臂擦了一下。

伯爵夫人 有谁用过丝带作纱布的！

苏姗娜 尤其是偷来的丝带。——嘿,什么马缨……什么马跳……什么骑兵旗子……我不懂这些名堂。——啊！他的胳臂有多白！像女人

---

① 这是一种狭狭的袖口,手腕有纽扣的袖子。在《亚玛迪》歌剧里面的人物都穿这种衣服,所以有这样的名称。

的一样！比我的还白！您瞧！（比较他们的胳臂）

伯爵夫人　（冰冷的口气）你还是忙你的,把梳妆台上的胶布拿来给我吧。

〔苏珊娜含笑把薛侣班的头推一下。他往后一倒,手扶着地。她走进紧靠舞台前面的梳妆室。

第 七 场

〔薛侣班跪着,伯爵夫人坐着。

〔伯爵夫人好大一会儿不说话,眼睛看着丝带。薛侣班馋涎欲滴地注视她。

伯爵夫人　我的丝带,少爷……那颜色我最喜欢……丢了我非常生气。

第 八 场

〔薛侣班跪着,伯爵夫人坐着,苏珊娜。

苏珊娜　（重上）扎上他的胳臂吗？（把胶布和剪刀交给伯爵夫人）

伯爵夫人　你去把你的衣服取来给他穿,把另外一顶帽子的丝带也拿来。

〔苏珊娜从舞台后面的门走出去,把侍从武士的外衣带走。

第 九 场

〔薛侣班跪着,伯爵夫人坐着。

薛侣班　（两眼下垂）您给我拿走的那一条,很快就会治好我的伤口的。

伯爵夫人　它有什么功效？（把胶布给他看）这个才有用呢。

薛侣班　（吞吞吐吐地）一根丝带……扎过一个人的头……或者挨过一个人的皮肤……一个……

伯爵夫人　（打断他的话）一个跟你不相干的人用过的丝带,对伤口会有好处吗？我还不知道有这种功效。我留下这条绑过你的胳臂的丝带试验试验看,一擦破皮……我的侍女一擦破皮,我就试试它看。

薛侣班　(激动)您把它留下,而我呢,我却要离开这儿了。

伯爵夫人　并不是永远离开。

薛侣班　我多么不幸呀!

伯爵夫人　(感动)这会儿他哭了,都是那个坏家伙费加罗说的不吉利的话把他吓坏了。

薛侣班　(兴奋)啊!我倒愿意像他预言的那样死了的好!我要是拿得稳立刻就死去,我也许就敢吻……

伯爵夫人　(打断他的话,用她的手帕替他擦眼睛)住嘴,住嘴,孩子!你说的话没有半点道理。(敲门声音,她提高嗓门说)谁这样敲我的房门?

第 十 场

〔薛侣班,伯爵夫人,伯爵在外面。

伯　爵　(在外面)您干吗把自己锁在里面?

伯爵夫人　(慌张,站起来)是我的丈夫!天呀……(对薛侣班,他也站起来了)你没穿外衣,脖子胳臂都光着!就你一个人和我在一起!这种乱糟糟的样子,他收到一张小纸条,他的醋劲……

伯　爵　(在外面)您怎么不开门?

伯爵夫人　是因为……就只有我一个人……

伯　爵　(在外面)一个人!那么,您跟谁说话?

伯爵夫人　(找话说)……毫无疑问,跟您说话呀。

薛侣班　(旁白)刚出了昨天和今天早上的岔子,他会马上杀死我的!(跑进梳妆室,关上门)

第 十 一 场

〔伯爵夫人独自一人,拿掉梳妆室的钥匙,跑去给伯爵打开门。

伯爵夫人　啊！多么糟心！多么糟心呀！

第十二场

〔伯爵,伯爵夫人。

伯　爵　（有点声色俱厉地）您一向不是这样把自己关在屋子里的呀！

伯爵夫人　（慌乱）我……我正在忙着打扮……是的,我和苏姗娜正在忙着打扮。她刚到她的屋子去了一会儿。

伯　爵　（端详她）您的脸色、声音全变了。

伯爵夫人　这没有什么奇怪的……一点都不奇怪……我敢这么说……我们正讲起了您……我跟您说,她到她的屋子去了

伯　爵　你们正讲起了我！……我心里很不安定,所以赶着回来。我上马的时候,有人交给我一张小纸条。上面的话,虽然我一点也不信,可……可是毕竟使我不放心。

伯爵夫人　什么,伯爵……什么小纸条？

伯　爵　夫人,我们不能不承认,不是您就是我,身边有一些……一些很坏的人！有人给我警告,说在今天这一天里,我以为现在不在这儿的某一个人要来会您。

伯爵夫人　不管那个胆大的人是谁,要会我呀,就得进这屋子来,因为我打算整天不离开我的屋子。

伯　爵　今天晚上,苏姗娜的婚礼呢？

伯爵夫人　不管有什么事,我也不出去。我很不舒服呢。

伯　爵　幸亏大夫来了。（侍从武士在梳妆室弄翻了一张椅子）什么声音？

伯爵夫人　（更慌乱）声音？

伯　爵　有人弄翻了一件家具。

伯爵夫人　我……我什么都没听见,我。

伯　爵　您一定有很大的心事！

伯爵夫人　心事！什么心事？

121

伯　　爵　夫人,梳妆室里面有人。

伯爵夫人　呃……您想能有谁,伯爵?

伯　　爵　我正该这么问您,我是刚进来的。

伯爵夫人　呃,不过……很显然,是苏姗娜,她正在收拾东西。

伯　　爵　您刚才不是说她到她屋子去了吗?

伯爵夫人　到她屋子去了……也许进了梳妆室。我不清楚。

伯　　爵　如果是苏姗娜,为什么您这样慌张?

伯爵夫人　慌张,为了我的侍女?

伯　　爵　是不是为了您的侍女,我可不知道。但是慌张,这是千真万确的。

伯爵夫人　千真万确,伯爵,那个姑娘让您心慌意乱,您关心她比关心我更甚。

伯　　爵　(怒)我是那样关心她,所以我要马上看看她。

伯爵夫人　是的,我知道您是经常想看她的。但是,您这种最没有根据的疑心病……

第十三场

〔伯爵,伯爵夫人,苏姗娜拿着一些衣服,推开舞台后面的门,上。

伯　　爵　这种疑心病是很容易消除的。(对着梳妆室大声说)出来,苏松,我命令你。

〔苏姗娜在舞台后部墙凹处站住。

伯爵夫人　她差不多光着身体呢,伯爵。您能够这样打扰女人吗?人家躲起来,您还要来打扰她?她出嫁,我送给她一些衣服,她正在试这些衣服。她听见您的声音,就躲起来了。

伯　　爵　就算她这样怕见人,至少她会答句话呀。(转身对着梳妆室的门)回答我一声,苏姗娜,是你在里面吗?

〔苏姗娜原在舞台后面,一下跳进墙凹处,藏起来。

伯爵夫人 （激动地,对着梳妆室说）苏松,我不许你回答。（对伯爵）从来没有人专制到这种地步的!

伯　爵 （朝梳妆室走过去）好吧!既然她不言语,不管她穿着衣服没有,我也要看看她。

伯爵夫人 （挺身向前）在别处,在任何地方,我不能阻拦您。但是,在我的屋子,我可希望……

伯　爵 我呢,我希望马上知道那个神秘的苏姗娜到底是谁。我也看出来了,问您要钥匙,那算白费事。但是,我有一个拿得稳稳的办法,就是打破这扇薄薄的门。喂,来人!

伯爵夫人 您要把用人都喊来,把您的疑心病弄成公开的丑事,叫整个府第都拿咱们当笑料吗?

伯　爵 您说得对,夫人。其实,我一个人也办得了事。我现在马上到我屋子拿应用的东西去……（刚要走出去,又走回来）但是,既然您那么不喜欢我叫用人来,为了使这儿的一切保持原状,您可以不闹笑话地、不声不响地陪我走一趟吗?……这样简单的事情,您当然不至于拒绝我啰。

伯爵夫人 （慌乱）呃!伯爵,谁想跟您作对呢?

伯　爵 啊!我差点儿忘了通到女用人屋子的那扇门。我应该也把它锁上,好充分证明您有道理。（走过去锁上舞台后部的门,拿掉门上的钥匙）

伯爵夫人 （旁白）啊,天呀!真倒霉,我太大意了!

伯　爵 （回到她身边）现在,那间屋子锁上了,请允许我挽着您。（提高嗓门）至于梳妆室里面的苏姗娜,只好劳她驾,等等我吧。我回来的时候,她可能受到的小苦头……

伯爵夫人 老实说,伯爵,这件事实在可耻……

〔伯爵挽着她下,把门锁上。

第十四场

〔苏姗娜,薛侣班。

苏姗娜 (从墙凹处走出来,往梳妆室跑,对着门钥匙眼说话)开门,薛侣班,快点开。我是苏姗娜。开门,出来。

薛侣班 (出)啊,苏松,吓死我啦!

苏姗娜 出去,你一分钟都耽搁不得。

薛侣班 (害怕)呃,从哪儿出去?

苏姗娜 我不知道,反正你得出去。

薛侣班 没有门可出去啊!

苏姗娜 刚才闹过那一场,现在又来这一场,他一定会把你打个稀烂;夫人和我全都完蛋了!——你赶快去告诉费加罗……

薛侣班 花园那面的窗子也许不很高吧。(跑过去看)

苏姗娜 (害怕)有一层楼房那么高! 不行,不行! 啊,我可怜的主妇呀! 我的婚礼,天呀!

薛侣班 (走回来)窗子下面是一片瓜田,至多不过弄坏一些土块罢了……

苏姗娜 (拉住他,大声叫)你要摔死的!

薛侣班 (兴奋地)就是火坑,苏松,是的,我也跳进去,我不愿意连累她……这一个吻会给我带来好运气的。(吻苏姗娜,跑开,从窗口跳下)

第十五场

〔苏姗娜。

苏姗娜 (惊呼)啊……(倒在地上,坐一会儿,痛苦地走到窗口,往下看了看,又走回来)——他走得老远了。啊,小淘气鬼! 又敏捷又漂亮! 他要是没有女人爱呀……我赶快去藏在他原来藏起来的地方。

（进梳妆室的时候）伯爵大人，现在，您觉得好玩的话，您可以砸破门板了。谁答应您，谁不是人！（把自己关在里面）

第十六场

〔伯爵和伯爵夫人回到寝室来。

伯　　爵　（把手里的钳子扔在沙发上面）这儿一切和刚才离开的时候一模一样。夫人，您逼我砸破这扇门，您想想后果吧。我再说一遍，您愿意自己把门开开吗？

伯爵夫人　呃，伯爵，您哪来的这样可怕的坏脾气？它把我们夫妻关系搞得这么糟！假如是爱情把您气成这个样子，虽然您蛮不讲理，我也原谅得了。也许，我会因为您的动机，忘却您对我的侮辱。可是，单只虚荣就能够叫一个多情的丈夫这样走上极端吗？

伯　　爵　不管是爱情还是虚荣，您得把门开开。不然，我立刻就要……

伯爵夫人　（向前走）等一等，伯爵，我求您等一等。您认为我会不守妇道吗？

伯　　爵　随您爱说什么就说什么，夫人。但是，我一定要看看在梳妆室里面的到底是谁。

伯爵夫人　（害怕）好吧，伯爵，您看吧。您听我说……平心静气地听我说。

伯　　爵　那么，不是苏姗娜？

伯爵夫人　（胆怯地）至少也不是一个……值得您害怕的人。我们正在布置一桩逗乐的事……实在是清白无辜的，预备今天晚上热闹热闹……我向您发誓……

伯　　爵　您向我发誓……

伯爵夫人　我们两个人全没有损害您的意图，他和我。

伯　　爵　（快语）他和您？是个男的。

伯爵夫人　是个孩子，伯爵。

伯　　爵　嘿，是谁？

伯爵夫人　我可不敢说出他的名字!

伯　爵　(狂怒)我非杀死他不可!

伯爵夫人　天呀!

伯　爵　您说!

伯爵夫人　是年轻的……薛侣班……

伯　爵　薛侣班!无法无天的家伙!我的疑心和那张纸条都得到解答了。

伯爵夫人　(合手)啊,伯爵,别以为……

伯　爵　(跺脚,旁白)我到处碰上这个该死的侍从武士!(高声)得了,太太,把门打开。现在我什么都明白了。要是这里面没有什么罪恶的话,今天早上您送他走的时候,不会那样动感情;我命令他走,他不会不走;您不会这样耍花样,说苏姗娜这样那样;他不会这样巧妙地躲起来。

伯爵夫人　他怕您看见他生气。

伯　爵　(狂怒,转身对着梳妆室大声叫)滚出来,倒霉的小鬼!

伯爵夫人　(抱住他的腰,拉开他)啊!伯爵,伯爵,您这样生气,我替他害怕。我请求您别这样不公正,乱疑心人!回头您看见他乱糟糟的,请您别以为……

伯　爵　乱糟糟的!

伯爵夫人　唉!是的。他准备扮女装,戴上我的帽子,单穿短褂,没穿外衣,敞着领子,光着胳臂,他正要试……

伯　爵　所以刚才您要待在屋里!您这不要脸的女人呀!嘿,您将来可以长期地待在一间屋子里的①。但是我必须首先赶走一个混账小子,消灭他,任何地方不再碰见他。

伯爵夫人　(跪下,把手举起)伯爵,饶了一个孩子吧。您要那样,我的心会难过一辈子的,因为是我造成……

伯　爵　您越害怕,他的罪过越重。

---

① 按照封建制度,丈夫发现妻子对他不忠实,就有权利把她关在修道院里。

伯爵夫人　他没什么罪过,他本来要走的。是我叫他来的。

伯　爵　(狂怒)站起来。走开……你这贱人①,好大胆子,敢在我面前替男人说话!

伯爵夫人　好吧!我这就走开,伯爵,我这就站起来,我把梳妆室的钥匙交给您。可是,看在您爱我的分上……

伯　爵　看在我爱您的分上!淫妇!

伯爵夫人　(站起来,把钥匙交给他)答应我,放那个孩子走,千万别伤害他。以后,您如果仍然不相信我的话,您就朝我生气好了……

伯　爵　(拿钥匙)我什么话也听不下去了。

伯爵夫人　(倒在一张靠背椅子上,手帕放在眼睛上面)啊,天呀!他活不成了!

伯　爵　(打开门,往后退)原来是苏姗娜!

第十七场

〔伯爵夫人,伯爵,苏姗娜。

苏姗娜　(笑着出来)"我非杀死他不可!我非杀死他不可!"杀死他呀,把可恶的侍从武士给杀死吧!

伯　爵　(旁白)啊,多么荒唐呀!(瞧着呆若木鸡的伯爵夫人)怎么您也装着吃惊的样子?……不过,在里面的也许不止她一个人。(走进梳妆室)

第十八场

〔伯爵夫人坐着,苏姗娜。

苏姗娜　(跑到她的主妇旁边)您放心吧,夫人,他走得远远的了。刚才

---

① 在贵族家庭,夫妻谈话用"您",不用"你",表示互相敬重。这里,伯爵忽然改用"你",表示对伯爵夫人的鄙视。

127

他一跳就……

伯爵夫人　啊！苏珊娜,吓死我了。

第十九场

〔伯爵夫人坐着,苏珊娜,伯爵。

伯　　爵　（惶恐不安地走出梳妆室。短时间的沉默后）没有人。这下是我错了。——夫人……这场喜剧您演得真好。

苏珊娜　（愉快地）我呢,大人?

〔伯爵夫人将手帕放在嘴上,使自己安定下来,不言语。

伯　　爵　（走过来）什么！夫人,您这不是开玩笑吗?

伯爵夫人　（稍微安定点）哦！干吗不,伯爵?

伯　　爵　这个玩笑闹得多么凶！您的动机是什么? 我求您告诉我……

伯爵夫人　您这样瞎胡闹,值得原谅吗?

伯　　爵　把名誉攸关的事叫做瞎胡闹!

伯爵夫人　（声音渐渐镇定）我跟您结婚,难道是为了永远作遗弃和嫉妒的牺牲品吗? 只有您才敢这样又要遗弃人,又要嫉妒人。

伯　　爵　啊！夫人,我做事太没分寸啦。

苏珊娜　刚才夫人还不如让您把用人都叫来才好呢。

伯　　爵　你说得对。是我自讨没趣……对不起,我非常抱歉……

苏珊娜　大人,您应该承认多少有点活该。

伯　　爵　你真坏！刚才我叫你,你干吗不出来?

苏珊娜　我要赶紧把衣服重新穿上,有许多许多的别针要别上。而且,夫人禁止我出来……当然她有她的道理。

伯　　爵　别再提我的错误了,你还是帮着我劝劝她吧。

伯爵夫人　不,伯爵。像这样严重的侮辱是没法弥补的。我进于絮利安修道院去。我看得非常清楚,现在是时候了。

伯　　爵　您这么做不会懊悔吗?

苏珊娜　我敢说她一离开这个家,立刻会非常伤心的。

128

伯爵夫人　啊！就算这样,苏姗娜,我宁可懊悔,也不愿自甘下贱就这样饶恕他。他太侮辱我了。

伯　爵　罗丝娜……

伯爵夫人　我不再是罗丝娜,不再是您曾经热烈追求过的罗丝娜！我是可怜的阿勒玛维华伯爵夫人,是您不再爱的悲哀的弃妇。

苏姗娜　夫人……

伯　爵　（恳求）可怜我……

伯爵夫人　您可没可怜过我呀。

伯　爵　不过,那张纸条……把我气糊涂了！

伯爵夫人　我可没答应人家写那张纸条。

伯　爵　您知道这件事吗？

伯爵夫人　就是费加罗那个糊涂虫……

伯　爵　这里面也有他吗？

伯爵夫人　……是他交给唐巴齐勒的。

伯　爵　唐巴齐勒对我说是一个乡下人交给他的。噢！他这个阴险小人,两头使坏！我们大家非跟他算账不可。

伯爵夫人　您不肯饶恕人,倒要人家饶恕您。男人就是这个样子！啊,既然您的错误是那张纸条惹出来的,我可以答应饶恕您;不过,我有一个要求:要饶恕,大家都饶恕。

伯　爵　好吧,伯爵夫人,我完全接受。但是,这样可耻的过错,我怎样才消除得了？

伯爵夫人　（站起）这个过错对我们两个人都是可耻的。

伯　爵　啊,您就说对我一个人是可耻的吧——不过,我还不明白女人们怎么会那么快、那么随机应变地改变神色,变化语调。刚才您脸红,您流泪,您的脸色发白……是的,现在还发白呢。

伯爵夫人　（努力微笑）我脸红……因为恨您疑心我。但是,诚实的心灵受到了侮辱而产生的愤怒,毕竟不同于给人家揭穿了隐私而引起的惭愧。你们男人的眼睛够不够敏锐,把它们区别出来？

伯　爵　（微笑）还有,那个乱糟糟的、穿短裤的、差不多光着身体的侍从武士……

伯爵夫人　（指苏珊娜）他就在您面前。您不是看见她比看见侍从武士更喜欢吗？总的说来，您不讨厌碰见这一位的。

伯　爵　（笑得更大声）还有，您的哀求和眼泪装得那么像……

伯爵夫人　您逗我笑，我可一点都不想笑。

伯　爵　我们男人自以为在政治上有一手，其实幼稚得很。你们，夫人，你们女人，国王应该派你们到伦敦当大使去！你们女性一定用心研究过表情艺术，才获得这样大的成功！

伯爵夫人　总是你们把我们逼成这样的。

苏姗娜　只要我们接受诺言的束缚，您就可以认识我们是不是守信的人。

伯爵夫人　别谈这个了，伯爵。也许我刚才做得太过分点。但是，像这样严重的事件，我也宽容过去；那么，至少我也应该得到您的宽容吧。

伯　爵　但是，请您再说一遍，您饶恕了我。

伯爵夫人　我说过这话吗，苏松？

苏姗娜　我没听见，夫人。

伯　爵　好吧，这句话就算是您脱口而出的吧。

伯爵夫人　您配吗，您这个忘恩负义的人？

伯　爵　我那么后悔，当然配了。

苏姗娜　疑心夫人梳妆室里面有一个男人！

伯　爵　她已经严厉惩罚过我了！

苏姗娜　夫人说是她的侍女，您还不相信！

伯　爵　罗丝娜，您就真这么狠心吗？

伯爵夫人　啊！苏松，我多么软弱！我给你什么样的榜样！（伸出手给伯爵）他们男人再也不相信女人会生气的了。

苏姗娜　好吧，夫人，和他们打交道，结果必然是这个样子。

　　〔伯爵热烈地吻他太太的手。

第二十场

〔苏姗娜,费加罗,伯爵夫人,伯爵。

费加罗 (气喘喘地走进来)听说夫人不舒服,我赶快跑来。……我很高兴夫人没有什么。

伯　爵 (冷冷地)你倒很周到!

费加罗 这是我应该做的事。但是,大人,既然没有什么问题,您的年轻佃农,有男的也有女的,都在下面,带着小提琴和风笛,等候您吩咐我们举行婚礼的时候,为我和我的未婚妻奏乐。

伯　爵 那么,谁在府第里看着伯爵夫人?

费加罗 看着夫人?她并没生病。

伯　爵 没生病。不过,那个不在这儿、要和她会面的人呢?

费加罗 哪个不在这儿的人?

伯　爵 你交给唐巴齐勒的那张纸条上面所说的那个人。

费加罗 这是谁告诉您的?

伯　爵 就算我不能从别的地方知道,骗子!你的脸色在告发你,给我证明了你在撒谎。

费加罗 假如事情是这样的话,撒谎的不是我,是我的脸色。

苏姗娜 算啦,可怜的费加罗,别在失败时候强辩了。我们已经全说出来了。

费加罗 说什么?你们把我看成唐巴齐勒一类的人!

苏姗娜 说你刚才写了那张纸条,欺骗大人,说他进这儿来的时候,侍从武士在梳妆室里面,其实关在里面的是我。

伯　爵 你还有什么可说的?

伯爵夫人　费加罗,没有什么好隐瞒的了,那场玩笑已经告一段落了。

费加罗 (努力揣测她的意思)那个玩笑……已经告一段落了?

伯　爵 是的,告一段落了。在这上面,你有什么话说?

费加罗 我!我说……我很希望关于我的婚礼也能说已经告一段落了。

131

如果您马上盼咐……

伯　　爵　你到底承认那张纸条吗？

费加罗　既然夫人要我承认，苏姗娜要我承认，您自己也要我承认，那么，我就非承认不可了。不过，老实说，如果我站在您的地位，大人，所有我们对您说的话，我一个字也不会相信的。

伯　　爵　证据摆在面前，你还要狡赖！总之，你就是要我生气。

伯爵夫人　（笑）呃，这个可怜的孩子！伯爵，干吗您非要他说一次老实话不可呢？

费加罗　（低声对苏姗娜）我警告他，说他有危险。这是一个诚实的人所能做的事。

苏姗娜　（低声）你看见小侍从武士了吗？

费加罗　（低声）满身还都带着伤呢。

苏姗娜　（低声）啊！怪可怜的！

伯爵夫人　得了，伯爵，他们急于要结婚。他们这种急不可待的心情是很自然的。我们进去参加婚礼吧。

伯　　爵　（旁白）马尔斯琳，马尔斯琳……（高声）我要……至少我要换件衣服呀。

伯爵夫人　对我们的用人，用不着的！难道我换过衣服了吗？

第二十一场

〔费加罗，苏姗娜，伯爵夫人，伯爵，安东尼奥。

安东尼奥　（半醉，手里拿着一盆压坏了的丁香花）大人，大人！

伯　　爵　你要什么，安东尼奥？

安东尼奥　这回您可得派个人把对着我的花池子的窗户安上铁栅栏了。人家从这些窗户，不管什么乱七八糟的东西都往下扔，刚才还扔下一个人来。

伯　　爵　从这些窗户？

安东尼奥　您看看把我的丁香花弄成什么样子了！

苏姗娜　（低声对费加罗）注意！费加罗,注意！

费加罗　大人,他一清早就喝醉了。

安东尼奥　你没说对。是昨天剩下来的一点点儿醉意。你下判断下得多么……糊涂。

伯　爵　（怒）那个人！那个人！他在哪儿？

安东尼奥　他在哪儿？

伯　爵　在哪儿？

安东尼奥　我也这样说呀。早就应该替我把他找出来。我是您的用人。只有我照管您的花园。居然会掉下一个人,您体会得出,我的名誉可受到损害了。

苏姗娜　（低声对费加罗）快打岔,快打岔！

费加罗　你还要喝酒吗？

安东尼奥　如果不喝,我就会发疯了。

伯爵夫人　但是,不需要的时候也喝……

安东尼奥　口不渴的时候也喝,随时随地寻欢作乐,夫人,我们人和畜生之间的差别就是这个。

伯　爵　（激动地）回答我的话,否则我撵你走。

安东尼奥　难道我会走吗？

伯　爵　什么？

安东尼奥　（摸他自己的脑袋）要是您的这个东西不够使唤,不知道保留一个好用人的话,我可不会傻到要离开一个这样好的主人。

伯　爵　（生气地摇他）你说从这个窗户扔下一个人？

安东尼奥　对啦,大人,还是刚才不久的事,一个穿白短褂的家伙。他逃跑了,混账王八蛋,跑得飞快。

伯　爵　（不耐烦）后来呢？

安东尼奥　我要追他,但是我在栏杆上撞了一下,把手撞得好麻哟,这个手指头,我休想能够动它一动。（举起手指）

伯　爵　至少,你认得出那个人吧？

安东尼奥　啊,认得出……我要是刚才看见他就好了！

苏姗娜　（低声对费加罗）他没看见他。

费加罗　为了一盆花这样大惊小怪！你的丁香花值几个子儿,脓包？用不着找,大人,跳下去的那个人就是我。

伯　爵　什么,是你？

安东尼奥　"值几个子儿,脓包？"难道这么一会儿工夫,你就长得这么高？因为,我刚才看见你矮得多,小得多啦。

费加罗　可不是,跳下去当然会缩成一团……

安东尼奥　依我看呀,也许是……怎么说,也许是瘦猴精侍从武士吧。

伯　爵　你的意思是说薛侣班？

费加罗　对啦,也许他早就在塞维勒城了,他特意骑马出城跑回来。

安东尼奥　啊！不！我没这样说,没这样说。我没看见他跳下马,如果我看见了,也会跟你一样说的。

伯　爵　真急死人！

费加罗　刚才我在女用人屋子,穿着白短褂,天气怪热的！我在那儿等候苏姗娜,忽然听见大人的声音,接着又听见有人在大吵大闹。我不知道怎的想起那张纸条,害怕得不得了。我得承认我未免有点傻,我不假思索就跳下花池子,把右脚也摔痛了。（搓脚）

安东尼奥　既然是你,我应当把这张破纸条还给你,是你跌下地的时候打你的短褂飞出来的。

伯　爵　（抢上前去）交给我。（打开那张纸条,又把它折上）

费加罗　（旁白）可把我逮住了。

伯　爵　（对费加罗）就是害怕,你也不至于忘记这张纸上写的是什么和它怎么会到你的口袋里吧？

费加罗　（窘,翻他的口袋,掏出一些纸张）当然忘不了……但是,我有这些张,非一张一张点过不成……（看其中的一张）这一张？啊！是马尔斯琳的信,整整四页,真漂亮！……难道是关在监牢里的违法猎户①那

---

① 封建时代,贵族的山林禁止老百姓打猎,以打猎为生的人因为生活关系,偷着进去打猎,被捕后往往坐牢受刑,甚至被杀死。

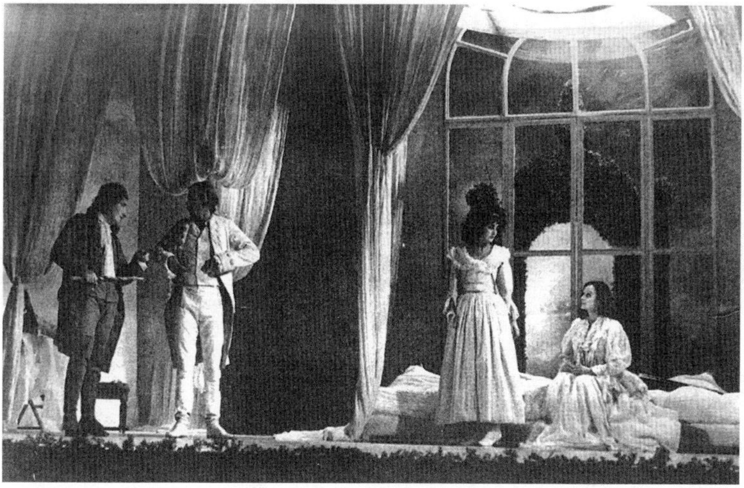

个可怜东西的请求书吗……不,它在这儿……小堡子的家具清单一向是放在另外一个口袋里的……(伯爵再打开他手上的纸条)

伯爵夫人　(低声对苏姗娜)啊!天呀!苏松,是军官委任状。

苏姗娜　(低声对费加罗)糟了,是委任状。

伯　爵　(折上那张纸条)好吧!诡计多端的人,你猜不出来?

安东尼奥　(走近费加罗)大人问你是不是猜不出来?

费加罗　(推开他)呸!你这个农奴,你冲着我的鼻子说话。

伯　爵　到底是什么,你想不起来了吗?

费加罗　啊,啊,啊,啊!怪可怜的!一定是不幸的孩子的委任状,他交给我的,我忘了还给他。啊,啊,啊,啊!我这个糊涂虫!他没有委任状怎么办呢?我非赶快……

伯　爵　他干吗交给你?

费加罗　(窘)他……他说委任状上面要添点东西。

伯　爵　(看他的纸条)什么也不缺呀。

伯爵夫人　(低声对苏姗娜)漆印。

苏姗娜　(低声对费加罗)没打漆印。

伯　爵　(对费加罗)你回答不出来?

费加罗　是……真的,缺一点小小东西。他说,按习惯……

伯　爵　习惯!习惯!什么习惯?

费加罗　应该打上您的纹印。也许,用不着这样费事。

伯　爵　(再把纸条打开,很生气地把它揉烂)算了吧,反正我是注定了什么都追问不出来的。(旁白)给他们出主意的就是费加罗这个东西,难道我不能报复他一下吗?(生气地想走出去)

费加罗　(拦住他)您没吩咐我们举行婚礼就走了吗?

第二十二场

〔唐巴齐勒,霸尔多洛,马尔斯琳,费加罗,伯爵,格里普·索莱尔,伯爵夫人,苏姗娜,安东尼奥,伯爵的仆从和佃农。

马尔斯琳　（对伯爵）别吩咐他们结婚,大人。在您对他施恩以前,请您替我们裁判裁判。他和我有约在先。

伯　爵　（旁白）我的报复机会到了。

费加罗　有约在先?哪一类约?你说清楚点。

马尔斯琳　对,我自然会说清楚的,你这个没有信用的家伙!

〔伯爵夫人在一张靠背椅上坐下。苏姗娜站在她后面。

伯　爵　什么事,马尔斯琳?

马尔斯琳　关于一件履行婚约的事。

费加罗　天大事情也不过是一张借款条子。

马尔斯琳　（对伯爵）借款条件是和我结婚。您是位大贵人,全省的首席法官……

伯　爵　你上法庭去吧,我会替大家主持公道的。

唐巴齐勒　（指着马尔斯琳）这样的话,我对马尔斯琳的权利,大人也允许我提出要求吗?

伯　爵　（旁白）啊,这就是和纸条有关系的那个骗子。

费加罗　又来一个同一类型的疯子!

伯　爵　（生气,对唐巴齐勒）你的权利!你的权利!你倒很配跟我说话,你这蠢货!

安东尼奥　（鼓掌）天知道,他第一下就打中了他的要害:这正是他的名字。

伯　爵　马尔斯琳,在没有审查你的证件以前,一切暂时停止进行。审查程序在大法庭上公开举行。诚实的唐巴齐勒,忠心妥当的办事人,你到镇里找陪审员去。

唐巴齐勒　就为她的事?

伯　爵　你把送纸条的乡下人替我找来。

唐巴齐勒　我不认识他。

伯　爵　你敢违抗?

唐巴齐勒　我进这个府第,不是来当杂差的。

伯　爵　那么,当什么来的?

137

唐巴齐勒　我是这个村子演奏大风琴的名手。我指点夫人学大键琴,教她的侍女唱歌,教侍从武士弹曼陀铃。我的职务特别是在您高兴吩咐我的时候,弹弹吉他,让您的客人开开心。

格里普·索莱尔　(上前)大人,要是您喜欢的话,我去吧。

伯　爵　你叫什么名字?你的职务是什么?

格里普·索莱尔　我叫格里普·索莱尔,我的好大人。我是赶羊的,别人叫我来放烟火。今天是教会节日,我知道在哪儿找到我们这个地方的穷凶极恶、常做打官司买卖的那些穷鬼。

伯　爵　我喜欢你的热心。去吧。但是你,(对唐巴齐勒)你陪着这位先生,一路上弹弹吉他,唱唱歌,让他开开心。他是我的客人。

格里普·索莱尔　(快乐)啊,我,我是他的……

〔苏姗娜用手示意叫他安静,对他指指伯爵夫人。

唐巴齐勒　(惊愕)要我陪格里普·索莱尔弹着?……

伯　爵　这是你的职务。去,否则我撵你走。(下)

第二十三场

〔前场人物,只少伯爵一人。

唐巴齐勒　(自语)啊,我可不同铁罐子碰,我不过是……

费加罗　瓦罐子。①

唐巴齐勒　(旁白)我不给他们的婚礼帮忙,还是把我和马尔斯琳的婚事弄稳当吧。(对费加罗)在我回来以前,相信我的话,你千万别作任何决定。(到舞台后部把沙发上的吉他琴拿在手里)

费加罗　(跟着他)作决定!啊!走吧,不用你担心;即便你永远不回来……你并不像要唱歌的样子。你要我开个头吗……得了,快乐快乐吧!打开嗓门为我的未婚妻唱个"啦咪啦"吧。

---

① 典出拉封丹的寓言诗(第五卷第二篇),叙述瓦罐子和铁罐子一同旅行,车子摇动使他们互相碰撞,结果走不了多少路,瓦罐子就碰破了,铁罐子则安然无恙。

〔他开始往后退,一面跳舞,一面唱后面的《塞克底尔曲》;唐巴齐勒伴奏,大家跟他一同下。

塞克底尔曲①

我不爱黄金万两,
我喜爱苏松
聪明贤惠。
松松松,
松松松,
松松松,
松松松。

所以,她的柔媚
主宰着呀
我的灵性。
松松松,
松松松,
松松松,
松松松。

〔歌声渐远,渐渐听不见了。

第二十四场

〔苏姗娜,伯爵夫人。

伯爵夫人 (坐在她的靠背椅上)你看,苏姗娜,这一场虚惊就是你那位糊涂虫写纸条闹出来的好事。

苏姗娜 啊!夫人,我从梳妆室出来的时候,您要是看得见您自己的脸

---

① 西班牙歌曲。

色！忽然间阴沉下来，不过这只是一块云，云过去了，慢慢地，您就满脸通红，红呀，红呀！

伯爵夫人　结果他是从窗口跳下去的吗？

苏姗娜　一点不犹疑，可爱的孩子！轻得……像一只蜜蜂。

伯爵夫人　啊，那个要命的园丁！所有这一切把我搅得……昏头昏脑。

苏姗娜　啊！夫人，正相反。那时候我倒领会到，上流社会的生活习惯，使高贵的夫人们撒谎撒得多么从容，别人一点都看不出来。

伯爵夫人　你以为伯爵会受骗吗？他如果在府第里碰见那个孩子，那可了不得！

苏姗娜　我去嘱咐他们好好儿把他藏起来……

伯爵夫人　他非走不可。经过刚才的事情，你明白，我可不愿意让他代替你上花园去了。

苏姗娜　我也一定不去。那么，我的婚礼又……

伯爵夫人　（站起来）等一等……不用别人代替，你也不用去，假若我自己去呢？

苏姗娜　您，夫人？

伯爵夫人　那就不会有人冒险了……那时候，伯爵要抵赖也抵赖不了……惩罚过他的嫉妒以后，再证明他对我不忠实！岂不是……得了，第一次冒险成功壮了我的胆，使我敢于作第二个尝试。你赶快通知他，说你上花园去。但是，特别留意，别让任何人……

苏姗娜　啊，费加罗呢？

伯爵夫人　不，不，他会来插上一手的……把我的天鹅绒面罩和手杖拿来，我要到凉台上去好好想一想。

〔苏姗娜走进梳妆室。

第二十五场

〔伯爵夫人。

伯爵夫人　（自语）我这小小的主意够鲁莽的！（转身）啊，丝带！我的可

140

爱的丝带！我把你忘了！（从她的靠背椅把丝带拿起，卷好它）你永远不再离开我了……你会叫我回忆起那一幕，回忆起那个可怜的孩子……啊，伯爵，您干的是什么事？我呢，我在干什么，现在？

第二十六场

〔伯爵夫人，苏姗娜。

〔伯爵夫人偷偷地把丝带放进自己怀里。

苏姗娜　这是您的手杖和面罩。

伯爵夫人　记住，我绝对禁止你和费加罗提这件事。

苏姗娜　（快乐地）夫人，您的计策太好了！我刚想了一下。它连接一切，结束一切，合拢一切。不管发生什么事情，我的婚礼是稳稳当当的了。（吻女主人的手。同下）

〔休息时间，一些仆人在布置法庭。他们把两张预备给律师坐的有靠背的长凳搬进来，放在舞台的两边，后面留下空敞的过道。在舞台中间靠近后面，放一个有两个梯级的座台，座台上放着伯爵的沙发椅。书记员的桌子和板凳斜放在舞台前面。比里杜瓦松和其他法官的座位放在伯爵的座台两旁。

第 三 幕

舞台布景：伯爵府里一间叫做"御殿"的大客厅，准备作法庭使用。旁边有一个华盖，下面挂着国王的肖像。

第 一 场

〔伯爵，佩得里尔穿着短褂和长靴，手里拿着一个密封的文件袋。

伯　爵　（急速地）我的话你明白了没有？

佩得里尔　明白了，大人。（下）

第 二 场

〔伯爵独自一人，大声叫喊。

伯　爵　佩得里尔！

第 三 场

〔伯爵，佩得里尔回来。

佩得里尔　大人？

伯　爵　谁也没看见你吧？

佩得里尔　谁也没有。

伯　爵　您①骑那匹非洲马去。

佩得里尔　我已经把它带到菜园的铁栅栏那儿,马鞍也上好了。

伯　爵　咬紧牙,一口气跑到塞维勒去。

佩得里尔　只有三里路,很好走的。

伯　爵　您一下马就打听侍从武士到了没有。

佩得里尔　到县衙门?

伯　爵　对了,特别要打听一下到了多久。

佩得里尔　我明白了。

伯　爵　你把委任状交给他,赶快回来。

佩得里尔　要是他没在那儿呢?

伯　爵　那您更得赶快回来报告。走吧。

第 四 场

〔伯爵一面走一面沉思。

伯　爵　(自语)我把唐巴齐勒调开,真够愚蠢的!……生气没什么好处。——他交给我的那张纸条,警告我有人对伯爵夫人企图进行……我赶到的时候,却是侍女关在屋里……她的女主人显出很害怕的样子,不知道是假装的还是真的。有个人从窗户跳下去,后来又有人承认……也许他是假冒跳下去的人……线索从我手里失掉了。这里面有不清楚的地方……我的农奴们放肆胡搞,这号人有什么大不了?但是,伯爵夫人呢!如果真有人胆大包天,出坏主意……我在什么地方弄昏了头脑?说真的,气得脑袋发涨的时候,最有条理的想法也会荒诞得像做梦一样!——她自得其乐:她那种憋住的欢笑,那种抑制不了的快乐!——她尊重自己,而我的名誉……却被放在什么鬼地方去了!另一方面,我的事进行得怎么样了?苏姗娜那个狡

---

① 这一场里,伯爵对佩得里尔有时用"你",有时用"您",作者的用意是想描写伯爵烦乱的心情。

143

猾女人是否泄露了我的秘密？……趁他还不知道这个秘密……谁要我这样胡思乱想的？多少次我想放弃这个念头……这都是我犹疑不决所产生的意料不到的后果！假若我想得到她而内心没有什么斗争，也许我对她的欲望倒会大大减少——费加罗这个家伙这么半天还不来！我得巧妙地探探他的口气，（费加罗在舞台后面出现，站住）试试看，跟他说话的时候，用拐弯抹角的方法探询一个究竟，看他知道不知道我爱上了苏姗娜。

第 五 场

〔伯爵，费加罗。

费加罗 （旁白）该挨着我们了。
伯　爵 ……如果他从苏姗娜那儿知道一点点儿消息……
费加罗 （旁白）我早就想到这个了。
伯　爵 ……我就叫他娶那个老的。
费加罗 （旁白）唐巴齐勒先生的恋人？
伯　爵 ……再看我怎样对付那个年轻的。
费加罗 （旁白）啊！我的老婆，劳您的驾。
伯　爵 （转身）嗯，什么？怎么回事？
费加罗 （向前走）是我，我来听您有什么吩咐。
伯　爵 干吗叽里咕噜的？
费加罗 我没说什么。
伯　爵 （重复他的话）"我的老婆，劳您的驾。"
费加罗 那是……我刚回答别人的最后一句话："去告诉我的老婆，劳您的驾。"
伯　爵 （踱来踱去）"他的老婆！"……我很想知道，我打发人叫你来，到底有什么事绊住了你老先生？
费加罗 （假装整理衣服）我跌在花池子里的时候，满身都脏了。我正在换衣服。

伯　爵　用得了一个钟头吗？

费加罗　总需要点时间的。

伯　爵　这儿的仆人……穿衣服比主人花费的时间还要长！

费加罗　这是因为他们没有仆人帮忙呀。

伯　爵　……我还不太明白,刚才是什么逼得你平白无故地去冒险,要你跳下……

费加罗　冒险！简直可以说,我活活地掉进火坑里……

伯　爵　你不用拿假装上当来欺骗我,你这个阴险的奴才！你明明知道,我不放心的不是你所冒的险,而是你冒险的动机。

费加罗　由于一个假的警告,您怒冲冲地来到,像莫雷纳山的急流,冲倒一切。您找一个男人,您非要找着他不可,不然您就砸门拆壁！我恰巧在那儿。在您大怒的时候,谁知道您会不会……

伯　爵　（插口）你可以打楼梯那儿逃走呀。

费加罗　好让您在过道上抓住我？

伯　爵　（生气）在过道？（旁白）我一发火,就会妨害我要知道的事。

费加罗　（旁白）让他来吧,好好跟他斗一下。

伯　爵　（缓和些）这不是我要说的话,算了吧。我本来有意……是的,我本来有意带你到伦敦去,当送公文的信差……但是,经过多方面的考虑……

费加罗　大人改变主意了吗？

伯　爵　头一件,你不懂英文。

费加罗　我懂 God-dam①。

伯　爵　我不明白。

费加罗　我说,我懂 God-dam。

伯　爵　什么？

费加罗　见鬼,英文是美丽的语言。用不着懂多少就吃得开。在英国,凭 God-dam 这一句话,不管在什么地方,什么也缺少不了。——您

---

① God-dam 是在法国最流行的英国字之一；十五世纪,法国人叫英国人为 God-dam。

145

想尝一只小肥鸡吗？走进一家酒店，只要向跑堂的这么比画一下就行了，(做翻烤肉叉子的样子)"God-dam!"他就拿给您一块咸牛脚，不给您面包。妙极了！您喜欢喝一口最好的葡萄酒或淡红酒吗？只要这么一来，(做开酒瓶的姿势)"God-dam!"他就给您端上一大杯啤酒，杯子是真锡做的，边上流着泡沫。多么惬意呀！如果您碰见一个漂亮的、小步急行、眼睛朝下、两肘放在后面、屁股有点摇摆的女人，您合拢您的手指，笑嘻嘻地放在嘴上。呀！"God-dam!"她就会重重地赏您一个耳刮子。这证明她听懂了您的话。英国人，说老实话，谈话时候，东一句，西一句，加上一些其他字眼。但是，很容易看出来，God-dam 就是英文的基础。大人假若没有别的理由把我留在西班牙……

伯　　爵　(旁白)他愿意到伦敦去。苏姗娜没泄露什么。
费加罗　(旁白)他当我什么都不知道。照他的样子激他一下。
伯　　爵　伯爵夫人有什么动机，这样捉弄我？
费加罗　天知道，大人，您比我清楚得多。
伯　　爵　我什么都替她预先想到，并且送给她许多许多礼物。
费加罗　您送她东西，可是您对她不忠实。一个人把我们迫切需要的东西剥夺了，给我们送来一些多余的东西，我们会感谢他吗？
伯　　爵　……以前你什么事情都告诉我。
费加罗　现在我也不瞒您什么。
伯　　爵　你和伯爵夫人一个鼻孔出气，她给了你多少钱？
费加罗　我把她从大夫手里救出来，您给过我多少钱？啊！大人，我们别糟蹋一个替我们卖过力气的人，怕的是把他改变成一个很坏的仆人。
伯　　爵　为什么你做事总有一点儿暧昧不明？
费加罗　您净找碴儿，所以看见什么都觉得可疑。
伯　　爵　你的名誉坏透了！
费加罗　要是我并不那么坏呢？有多少贵族可以跟我说同样的话？
伯　　爵　不知多少次我看见你走上幸运的道路，但是你从来没有一直走下去。

费加罗　那有什么办法？人这么多：谁都想跑，互相拥挤，你推我，我撞你，有的摔倒了，谁有能耐谁就能走到头。剩下的只好给压碎了。所以，也就完了。我呢，我就只好放弃了。

伯　爵　放弃幸运？（旁白）他又有新花样了。

费加罗　（旁白）现在该挨着我了。（高声）大人提拔我，派我当府第的号房。这运气就够好的了。说真的，如果我不当传送有趣消息的快递信差，反过来和我的媳妇快快乐乐住在安达卢西亚的僻静地方……

伯　爵　谁阻拦你把她也带到伦敦去？

费加罗　那么，我非常常离开她不可，结果不多久，我就会把宴尔新婚忘得干干净净了。

伯　爵　有决心，有才智，总有一天你可以高升到部里去。

费加罗　高升的才智？大人太瞧不起我的才智了。本事平常，只要会爬，什么地位都爬得上。

伯　爵　……你只消跟我学学政治。

费加罗　政治，我懂得。

伯　爵　像英文一样：英文的基础！

费加罗　是的，要是有什么可以夸张的话。但是，知道装不知道，不知道装知道，不懂装懂，听见装听不见；尤其是，有一点能干装作很能干；没有一点秘密，却好像常常有很大的秘密要隐瞒。闭门不出，说是要写文章，表面上莫测高深，实际上头脑空空。不管像不像，装个要人，布置间谍，收容奸细，偷拆漆印，截留书信，明明苦于应付，却用事情的重要性来夸大铺张。整个政治就是这样，否则我甘认死罪。

伯　爵　嘿，你这是给阴谋下定义。

费加罗　政治也好，阴谋也好，我都同意。但是，我认为它们有点像孪生姐妹。谁愿意玩政治就玩吧！我呢，正如帝王之歌所说："我还是喜

147

爱我的女友,哈哈!"①

伯　爵　(旁白)他想待下。我明白了……苏姗娜把我出卖了。

费加罗　(旁白)一报还一报,我也骗他一下。

伯　爵　这么说,你和马尔斯琳打的官司,你还是希望打赢?

费加罗　难道大人您可以随意抢夺我们的年轻少女,而我拒绝一个老姑娘就算犯罪了吗?

伯　爵　(嘲笑)在法庭上,法官忘了自己,只看见法律。

费加罗　对大人物宽容,对小人物严厉的法律……

伯　爵　你当我开玩笑吗?

费加罗　嘿!谁知道,大人? 有句意大利成语说得好:"时间是君子人。时间永远说老实话。"时间会告诉我:谁对我坏,谁对我好。

伯　爵　(旁白)我看他什么都知道了。他非娶管家婆不可。

费加罗　(旁白)他跟我耍这半天花样,他发现了什么?

第 六 场

〔伯爵,仆人一人,费加罗。

仆　人　(报告)唐居斯曼·比里杜瓦松到。

伯　爵　比里杜瓦松?

费加罗　嘿,毫无疑问,准是那位常任法官,法院的代理首席,您的陪

---

① 见莫里哀的《恨世者》第一幕第二场的歌:
　　倘若国王赐给我
　　他的大城——巴黎。
　　叫我离开
　　我女友的爱情,

　　我就启奏国王亨利:
　　"收回您的巴黎!
　　我还是喜爱我的女友,哈哈
　　我还是喜爱我的女友。"

审员①。

伯　爵　请他等一等。

〔仆人下。

第 七 场

〔伯爵,费加罗。

费加罗　（注视了一会儿若有所思的伯爵）……大人没什么别的吩咐了吗？

伯　爵　（恢复常态）我？……我吩咐的是把这间大厅收拾收拾,好开庭审判。

费加罗　嘿！有什么缺少的？您坐的沙发椅,陪审员坐的椅子,书记员的板凳,律师的两张长凳,上等社会的人们站在地板上面,贱民站在他们后面。我这就去把擦地板的打发走。（下）

第 八 场

〔伯爵。

伯　爵　（自语）这光棍刚才使我窘极了！跟他斗嘴的时候,他占了上风；他逼迫你,他拿话堵你……啊！你们这一对女骗子男骗子！你们商量好了来捉弄我！你们做朋友,做情人,随你们喜欢做什么,我都同意。但是,天知道,要想做夫妻……

第 九 场

〔苏姗娜,伯爵。

---

① 比里杜瓦松的身份是安达卢西亚省司法区的常任法官,通常以代理首席名义替伯爵行使司法职权。伯爵亲自审案时,比里杜瓦松出席陪审,备伯爵咨询。

苏姗娜　（喘着气上）大人……请您原谅,大人。

伯　　爵　（不高兴地）有什么事,姑娘?

苏姗娜　您正在生气?

伯　　爵　看起来,你想要点什么东西吗?

苏姗娜　（胆怯地）夫人气闭症又发作了。我赶来,请您把您那瓶以太药水借给夫人用一用。我立刻就送还给您。

伯　　爵　（给她药水）不用还了,留给你自己用吧。不久你也会用得着的。

苏姗娜　难道像我这种地位的女人也会得气闭症吗?这是在深闺里的贵妇人才会得的毛病。

伯　　爵　一个钟情的未婚妻失掉了她的未婚……

苏姗娜　把您答应给我的结婚费拿来还清马尔斯琳的账……

伯　　爵　我答应给你结婚费,我?

苏姗娜　（眼睛朝下）大人,我想我是听您说过这话的。

伯　　爵　是的,如果你答应听我的话……

苏姗娜　（眼睛朝下）难道听大人的话,不是我的责任吗?

伯　　爵　狠心的姑娘,为什么你不早点跟我说呢?

苏姗娜　说老实话,难道会嫌太晚吗?

伯　　爵　你黄昏时候上不上花园去?

苏姗娜　我不是每天晚上都在那儿散步吗?

伯　　爵　今天早上你对待我多么厉害呀!

苏姗娜　今天早上?……侍从武士不是在沙发后面吗?

伯　　爵　她有理,我把他忘了。但是,为什么你坚决拒绝,当唐巴齐勒替我……

苏姗娜　有什么必要,要一个唐巴齐勒……

伯　　爵　她总是有理的。可是,有一位费加罗,我很怕你把一切事情都告诉了他。

苏姗娜　什么!对了,我把一切都告诉他,除了不应该对他说的。

伯　　爵　（笑）哈,可爱的!那么,你答应我了?如果你失约的话,我们说

150

定了吧,我的心肝:没有约会,就没有结婚费,也就别打算结婚。

苏姗娜 （行礼）但是,大人,不结婚也就谈不上什么贵族权利。

伯　爵 她这句话是打哪儿学来的？老实说,我爱她爱疯了！但是,你的主妇还等着这瓶……

苏姗娜 （笑,把瓶子还给他）我不找个借口能跟您说这半天话吗？

伯　爵 （想要拥抱她）妙人儿！

苏姗娜 （逃开）有人来了。

伯　爵 （旁白）她是我的了。（急下）

苏姗娜 我赶快报告夫人去。

第 十 场

〔苏姗娜,费加罗。

费加罗 苏姗娜,苏姗娜！你离开大人,跑得这么快,到哪儿去？

苏姗娜 现在你爱打官司就打你的吧。告诉你,你的官司已经打赢了。（急下）

费加罗 （跟她下）啊！但是,你说……

第 十 一 场

〔伯爵。

伯　爵 （自语）"你的官司已经打赢了。"——我上圈套了！嘿,你们这两个坏蛋！我一定要惩罚你们,……我一定得给他们一个适当的、公正的裁判！……但是,如果他还清管家婆的钱呢……他用什么还？……如果他还……哼！我不是还有那个自命不凡的安东尼奥吗？他的高傲劲儿,瞧不起费加罗,不愿意把他的外甥女儿嫁给一个没有名气的人。我顺着他这种怪脾气……干吗不？在阴谋的广大园地里,什么都得会加以培养,甚至一个傻瓜的虚荣心也要培养培养。（叫）安东……（看见马尔斯琳等进来,下）

151

第十二场

〔霸尔多洛,马尔斯琳,比里杜瓦松。

马尔斯琳　（对比里杜瓦松）老爷,听听我的案由。

比里杜瓦松　（穿着法官袍子,有点口吃）好吧,你口——口头陈述一下。

霸尔多洛　问题是一个婚约。

马尔斯琳　附带还有债务问题。

比里杜瓦松　我懂——懂,等由据此。

马尔斯琳　不,老爷,没什么"等由据此"的。

比里杜瓦松　我懂——懂。你是欠债人吗?

马尔斯琳　不,老爷,我是债主。

比里杜瓦松　我懂——懂。你——你想要回那笔钱?

马尔斯琳　不,老爷,我要他娶我。

比里杜瓦松　哼,我懂——懂得很清楚。他呢,他肯——肯娶你吗?

马尔斯琳　他不肯,老爷。所以就要打官司了!

比里杜瓦松　你当我不懂——懂得什么是打官司吗?

马尔斯琳　哪里,老爷。（对霸尔多洛）我们这是在哪儿呢!（对比里杜瓦松）什么!审问我们的案子的就是您吗?

比里杜瓦松　难道我拿钱买——买这个缺是为了干别的事儿吗?

马尔斯琳　（叹气）卖缺的流弊可大啦!

比里杜瓦松　对了,最——最好把缺白送给我们。你告——告谁?

第十三场

〔霸尔多洛,马尔斯琳,比里杜瓦松,费加罗搓着手上。

马尔斯琳　（指着费加罗）老爷,我告的就是这个没有信用的小子。

费加罗　（轻松愉快地对马尔斯琳）也许我有点碍你的事吧。——顾问老爷,大人立刻就来。

比里杜瓦松　这孩——孩子,我在什么地方见过的。

费加罗　在您太太家里,在塞维勒,我伺候过她,顾问老爷。

比里杜瓦松　哪——哪一年?

费加罗　大约在您的小少爷没出世前一年光景。他是一个很漂亮的孩子,我到现在还引以为荣呢。

比里杜瓦松　是的,他是最漂——漂亮的一个。听说你——你在这儿使——使坏招?

费加罗　老爷真是位大好人。这不过是件鸡毛蒜皮的事儿。

霸尔多洛　一个婚约呀。啊——啊,可怜的傻瓜!

费加罗　老爷……

比里杜瓦松　你看见我——我的秘书,那个好小伙子吗?

费加罗　是不是叫做两只手的那个书记?

比里杜瓦松　是的。他叫这个名字,因——因为他两头吃①。

费加罗　吃!我敢说,他在吞呢,哼!对了,我看见过他要什么副本费,补充副本费,其实这已成惯例,样样都要收费。

比里杜瓦松　形——形式总不能不执行呀!

费加罗　当然啦,老爷。倘若说案子的内容是双方当事人的事儿,谁都看得很清楚,形式就是审判衙门的产业。

比里杜瓦松　这个孩——孩子不——不像我起初所想象的那么傻。好吧,既——既然你懂得这么多东西,我——我们就照顾照顾你的案子吧。

费加罗　老爷,虽然您是我们的司法官,我还是相信您会公正无私的。

比里杜瓦松　唵?……对了,我——我是司法官。但是,如果你该人家钱,而你——你又不肯还?

费加罗　那么,老爷一定很明白,这就等于我原来不该人家钱。

比里杜瓦松　自——自然啦——呃,他到底说的什么?

---

① 两头吃,就是两面讨好从中取利的意思。

153

第十四场

〔霸尔多洛,马尔斯琳,伯爵,比里杜瓦松,费加罗,庭丁一人。

庭　　丁　（走在伯爵之前,大声叫）先生们,大人驾到!
伯　　爵　比里杜瓦松老爷,在这儿,您居然也穿袍子!这不过是一件家务事,穿常服就够了。
比里杜瓦松　您——您这样可以,伯爵大人。可是我,不——不穿这身袍子,永远不行。因为形——形式,您明白吗,形——形式!有的人嘲笑一个穿常服的法官,但是,看——看见了穿袍子的检察官就会发抖。形——形式,形——形式呀!
伯　　爵　（对庭丁）宣布开庭。
庭　　丁　（走过去把门打开,用尖锐声音喊）开庭!

第十五场

〔前场人物,安东尼奥,府第的仆人,男女乡下人穿节日服装,伯爵坐在大沙发椅上,比里杜瓦松坐在伯爵旁边的一张椅子上,书记员坐在他的桌子后面的板凳上,法官们,律师们坐在长凳上,马尔斯琳坐在霸尔多洛旁边,费加罗坐在另一张长凳上,乡下人和仆人在后面站着。

比里杜瓦松　（对两只手）两只手,宣——宣读案由。
两只手　（宣读）"显贵、非常显贵、无限显贵的唐彼得·乔治,当地贵族,高山、傲山和其他山岭的男爵,控告年轻戏剧作家阿隆佐·卡尔德隆。"案情是为一部失败的喜剧,原被告都否认这个作品出于自己的手笔。
伯　　爵　他们俩都有理。原案撤销。今后他们一起写作另一部作品的时候,最好是贵族出名,诗人动笔,那么,这部作品一定能在上流社会受到欢迎了。

两只手　（读另一张纸）"农民安德烈·佩特卢契奥控告省里的收税员。"案情是非法征收租税。

伯　爵　这个案子不在我的管辖范围之内。我在国王面前保护我的臣民，就算我尽心替他们办事了。就这样吧。

两只手　（拿起第三张纸。霸尔多洛和费加罗站起来）"巴尔伯·阿加尔·拉阿伯·玛德莱娜·尼科尔、马尔斯琳·德·维尔塔吕尔，成年女子，（马尔斯琳站起来，行礼）控告费加罗……"费加罗的洗礼名字没有填。

费加罗　佚名。

比里杜瓦松　佚——佚名！这——这是什么神的名字？

费加罗　就是我的神的名字。

两只手　（写）"控告佚名·费加罗"。身份？

费加罗　贵族。

伯　爵　你是贵族？

〔两只手写上。

费加罗　只要老天爷愿意，我可能是一位王爷的儿子。

伯　爵　（对书记）读下去。

庭　丁　（用尖锐声音喊）先生们，肃静！

两只手　（读）"……案由是德·维尔塔吕尔对费加罗结婚提出抗议。霸尔多洛大夫替原告辩护。费加罗要自己辩护，如果法庭特别允许的话，因为这是和本管辖区的惯例相抵触的。"

费加罗　两只手师爷，习惯常常是错误的。稍微有点教育程度的当事人，对自己的案子总比某些律师清楚得多。这些律师表面上大卖其力气，实际上丝毫无动于衷，拼命大嚷大叫，什么都懂，真正的事实倒不懂，他们把当事人害得倾家荡产，叫旁听的人厌烦，叫老爷们打瞌睡，自己可满不在乎。写过一篇《缪雷拿辩护书》[①]就更骄傲自满。我呢，我用很少几句话就把事实说得清清楚楚。法官老爷……

[①] 《缪雷拿辩护书》，罗马著名雄辩家西塞罗写的一篇辩护词。

两只手　您的废话可真不少。您不是原告,您只有答辩的权利。大夫,到前面来,把字据念一下。

费加罗　对啦,字据!

霸尔多洛　(戴上眼镜)字据写得很明确。

比里杜瓦松　那——那也得看看。

两只手　先生们,肃静!

庭　丁　(用尖锐声音喊)肃静!

霸尔多洛　(念)"立字据人在清泉城堡收到马尔斯琳·德·维尔塔吕尔女士两千个花纹精细的皮阿斯特①。她一提出要求,就在城堡里把款如数归还,并娶她为妻,以示感谢。"签字人费加罗。我的诉讼要旨是:偿还债款,履行诺言,担负诉讼费。(开始辩论)法官老爷……从来提到法庭、要法庭审理的案子没有比这一案更有趣味的了。从亚历山大大帝答应和美人达雷斯特利结婚……

伯　爵　(插口)您没说下去以前,律师,我们要问一下:被告方面是否同意字据有效?

比里杜瓦松　(对费加罗)您对他所念的东西,有——有什么异——异议吗?

费加罗　法官老爷,我要提出的是:他在念证件的方法上有狡诈、错误或疏忽大意的地方,因为字据上没说:"把款如数归还并娶她为妻";而是说:"把款如数归还或娶她为妻。"这差别可大了。

伯　爵　字据上是并字还是或字?

霸尔多洛　是并字。

费加罗　是或字。

比里杜瓦松　两——两只手,您自——自己念念看。

两只手　(拿起证件)这最妥当不过,因为双方在念的时候往往会故意隐瞒真相的。(念)"呃,呃,呃,德·维尔塔吕尔女士,呃,呃,呃。啊!她一提出要求,就在城堡里把款如数归还……并……或……并……

---

① 花纹精细意在说明不是伪币。

156

或……"这个字写得真不清楚……上面有块墨迹……

比里杜瓦松　墨——墨迹？我知道墨迹是什么东西。

霸尔多洛　（辩论）我呢，我坚持是联合连词并字，用它来连接一个句子里面互有关系的部分。"把款如数归还并娶她为妻。"

费加罗　（辩论）我呢，我坚持是更替连词或字，用来区分那些部分。"把款如数归还或娶她为妻。"对付腐儒，只有用双料腐儒的办法。他要用拉丁文说话，就让他说吧。我是个希腊人①，我把他消灭得干干净净。

伯　爵　怎么判断这样的问题？

霸尔多洛　法官老爷！为解决这个问题，不再为一个字争论不休，我们就算上面写的是或字吧。

费加罗　我请求法庭把这点肯定下来。

霸尔多洛　原告也同意。即使是或字也解除不了被告的责任：我们就按这个字义把字据研究一下吧。这个或字上面有一撇②，是有"在那儿"的意义的；因此原文就可以这样解释：（念）"……在城堡里把款如数归还，就在那儿娶她为妻。"法官老爷！这就好比说："你在床上叫人给你放血，就在那儿你暖暖和和地躺着"，也就是说"就在床上"。"他吞服两粒大黄丸，在里面掺上点乌梅"，也就是说"掺在大黄丸里面"。依此类推，法官老爷，"就在那儿娶她为妻"，也就是说"就在城堡里……"。

费加罗　完全不对！字据上的那个句子应当这样解释："病将要送你的命，或者大夫将要送你的命"；或者大夫，这是无可争论的。另外一个例子："你不要写任何令人喜爱的作品，否则一般傻瓜将要诽谤你"；否则一般傻瓜，这是不言而喻的；因为在这个例子里，"傻瓜或者坏蛋"是起主动作用的名词。霸尔多洛老先生，难道你以为我把法文句法都忘了吗？照同样的解释："在城堡里把款如数归还"，这

---

① 意谓：说希腊文的人比说拉丁文的人更高明。
② 法文的"或"(ou)字如加上一撇变成où时，就可以解释作"在那儿"；霸尔多洛借此强辩，费加罗则始终坚持是ou(或)字。

句话后面有个逗点,或者"娶她为妻……"。

霸尔多洛　（快语）没有逗点。

费加罗　（快语）上面有逗点。法官老爷！如何如何后面一个逗点,否则我娶她为妻。

霸尔多洛　（看了看那张字据,快语）法官老爷！没有逗点。

费加罗　（快语）法官老爷,上面原先是有逗点的。再说,男的娶女的做老婆,难道还要还她钱吗？

霸尔多洛　（快语）要还的,我们结婚,夫妻财产是各自分开的。

费加罗　（快语）我们呢,结婚还抵不了债的时候,夫妻是各自分居的。

〔法官们站起来,低声交换意见。

霸尔多洛　可笑的还债方法！

两只手　先生们,肃静！

庭　丁　（用尖锐声音喊）肃静！

霸尔多洛　像他这样的骗子把结婚叫做抵债。

费加罗　律师,您辩护的是您自己的案子吗？

霸尔多洛　我是这位女士的辩护人。

费加罗　您可以继续胡说八道,但是,别再出口伤人。怕当事人意气用事,法庭才允许把第三者请来。法庭可没答应这些心气平和的辩护人变成傲慢放肆的特权人物,而不受惩罚。这就损害了最高贵的机构的尊严。

〔法官们继续低声交换意见。

安东尼奥　（对马尔斯琳,指着法官们）他们有什么要嘀咕的？

马尔斯琳　有人贿赂了大法官,大法官又贿赂了别人。我的官司要输了。

霸尔多洛　（低声,忧郁口气）我怕要输。

费加罗　（愉快地）拿出勇气来呀！马尔斯琳！

两只手　（站起来,对马尔斯琳）啊,这太岂有此理了！我检举你。为了法庭的荣誉,我要求先处理这件事情,然后再审问其他的案子。

伯　爵　（坐下）不,书记,关于对我个人的侮辱,我不作任何处理。一个西班牙法官用不着因为受人诽谤而面红耳赤,这种诽谤最多只能对亚洲法庭才可以使用！法官所犯的错误有的是，我们不去提了。现在，还有一种错误，我要纠正一下：我要跟你们说明我判案的理由。凡是拒绝说明理由的法官都是法律的大敌人！原告有权利要求什么？不还钱就结婚。两种要求同时提出，是有矛盾的。

两只手　先生们，肃静！

庭　丁　（用尖锐声音喊）肃静！

伯　爵　被告怎么样答复？他如果愿意要她做妻子，我们准许他。

费加罗　（快乐地）我赢了。

伯　爵　但是，字据上写的是："她一提出要求，就把款如数归还，或娶她为妻"等等，法庭判决被告还给原告两千皮阿斯特，否则，就在今天娶她为妻。（站起来）

费加罗　（吃惊）我输了。

安东尼奥　（快乐地）判得好！

费加罗　好什么？

安东尼奥　因为你不能当我的外甥女婿了。非常感谢，大人！

庭　丁　（用尖锐声音喊）先生们，退庭。（民众下）

安东尼奥　我去把一切经过告诉我的外甥女去。（下）

第十六场

〔伯爵走来走去，马尔斯琳，霸尔多洛，费加罗，比里杜瓦松。

马尔斯琳　（坐下）啊！我这才喘出一口气。

费加罗　我呢，可把我憋死了。

伯　爵　（旁白）至少，我报复了，这叫我松了一口气。

费加罗　（旁白）唐巴齐勒这家伙原说是要反对马尔斯琳结婚的。看他回来怎么办！——（对正在往外走的伯爵）大人，您要离开我们了吗？

伯　爵　该审理的都审理了。

费加罗　（对比里杜瓦松）就是这位自命不凡的胖子顾问……

159

比里杜瓦松　我,自命不凡的胖——胖子!

费加罗　当然就是您啰。我决不娶她。我从前还是个贵族呢。

〔伯爵站住。

霸尔多洛　你非娶她不可。

费加罗　没有我显贵的爹娘的同意?

霸尔多洛　把他们的名字说出来,告诉我们他们是谁。

费加罗　得给我时间呀。我快要和他们会面了。我找了他们整整十五年了。

霸尔多洛　吹牛皮!你是个捡来的孩子!

费加罗　丢失的孩子,大夫,也许不如说被人偷走的孩子。

伯　爵　(走回来)丢失的,偷走的,有什么证据?他会乱嚷,说我们在侮辱他。

费加罗　大人,强盗们在我身上所发现的带花边的小衣裳、绣花的小毯子、金制的装饰品,即使不能说明我高贵的出身,但是我爹娘的仔细小心,在我身体上所作的特殊印记,足够证明我是一个多么宝贝的儿子。我胳膊上面的象形文字……(想解开右臂)

马尔斯琳　(激动地站起来)你的右臂上绘着一把瓦刀。

费加罗　您怎么知道的?

马尔斯琳　天呀!就是他!

费加罗　对啦,就是我。

霸尔多洛　(对马尔斯琳)是谁?他!

马尔斯琳　(激动地)就是爱玛努艾勒。

霸尔多洛　(对费加罗)你是给江湖浪人拐走的吗?

费加罗　(激动地)就在一个府第附近。好大夫,要是你把我送回我高贵的家庭,随你要什么报酬都可以。即使要成堆的金子也不会使我鼎鼎大名的爹娘为难。

霸尔多洛　(指马尔斯琳)这就是你的娘。

费加罗　……奶娘?

霸尔多洛　你的亲娘。

伯　　爵　他的娘！

费加罗　请你说明白点。

马尔斯琳　（指霸尔多洛）这就是你的爹。

费加罗　（苦恼）哎哟，哎哟！苦死我了！

马尔斯琳　你的天性不是经常告诉你，说他就是你的爹吗？

费加罗　从来没有。

伯　　爵　（旁白）他的娘！

比里杜瓦松　这就很明白了，他——他不能娶她。

〔霸尔多洛①　我也不娶她。

马尔斯琳　你也不！那么，你儿子怎么办？你对我发过誓……

霸尔多洛　那时候我发疯了。如果多少年以前的旧事还能约束人，我们只好把所有的人都娶上。

比里杜瓦松　要——要是大家把事情看得这么认真，谁——谁也不会娶谁了。

霸尔多洛　尽人皆知的过错！可悲的青春！

马尔斯琳　（愈说愈激动）是的，可悲的，而且比你所想象的更可悲！我不打算否认我的过错，今天更加清楚地使它得到了证明！但是，过了三十年规规矩矩的生活，赎罪还是这么困难！我，我生来是要做个贤淑闺女的。我一开始运用理智的时候，我就算得是个贤淑的女子。但是，这个年龄有很多幻想，毫无经验，生活上有种种需要，受着穷困的致命打击，给勾引我们的人紧紧包围着，一个女孩子抵抗得了这么一帮一帮的敌人吗？在这儿严厉审判我们的男人，他一生里不知葬送了多少不幸的女人！

费加罗　愈是自己有罪的人愈不肯宽恕别人，这是个规律。

马尔斯琳　（激动地）你们男人岂止是忘恩负义，你们以蔑视的态度来侮辱那些你们用来满足情欲的玩物，你们的牺牲品！我们女人年轻时

---

① 从这里起，在方括弧里面的这几段对白，巴黎公演时候，被演员删去，后来博马舍把剧本付印时，仍旧添上，因为他素来关心妇女问题。

161

代的种种过错,应该受惩罚的正是你们,你们和你们那些法官。你们那些法官神气活现,因为有权力审判我们。由于你们可恶的疏忽大意,我们所有正当的谋生道路都给剥夺了。有没有一种职业留给不幸的女人?她们原有一种天然的权利,从事制造妇女装饰品的一切工作;而在这个行业里,现在却训练了成千上万的男工。

费加罗　(怒)他们甚至教兵士也刺绣!

马尔斯琳　(兴奋)就是在较高的阶层里,妇女也只受到你们嘲笑式的重视:拿表面上的尊敬来哄骗我们,实际上却把我们放在奴隶的地位。在财产上,拿我们当未成年人看待;在过错上,拿我们按成年人惩罚!啊!从各方面看起来。你们对待我们的行为不是叫我们感觉可怕就是可怜!

费加罗　她有理!

伯　爵　(旁白)太有理了!

比里杜瓦松　老——老天爷,她有理。

马尔斯琳　但是,我的儿,遭受一个不公正的人的拒绝,对我们有什么关系?别考虑你的出身,看清你的前途。只有这一点对每一个人都是重要的。过几个月,你的未婚妻就可以独立自主了。我保证她会要你的。你生活在娇妻和慈母之间,她们会争先恐后地疼爱你。待她们要宽厚,自己要快乐,我的儿。对一切人要愉快、直爽、善良。你的娘就心满意足了。

费加罗　妈妈,你说的是金玉良言,我完全听你的话。是的,我多么傻!地球转了几万万年。在这个无边无际的岁月里,我偶然获得了这微不足道的、一去不复返的三十个年头,我却自寻苦恼,想知道是谁生我的!谁担忧,谁活该。这样在争吵中过日子,简直是等于不停地加重自己的苦役,像拉上水船的可怜的马,就是站住,也得不着休息,虽然停止前进,也还要用力拖着。我们等着吧。〕

伯　爵　扰乱我的计划的讨厌事情!

比里杜瓦松　(对费加罗)您的贵族出身,您的府第呢?您欺——欺骗法庭。

费加罗　法庭！为了那一百块该死的银币，我曾经差点儿要打死这位先生，他原来是我的父亲！在这以后，法庭几乎叫我做了一件极其荒谬的事情！可是，既然上天保全了我的名誉，把我从这些危险里救了出来，我的爹，请你原谅我……还有你，我的娘，你拥抱我……尽你可能地以慈母的爱拥抱我。

〔马尔斯琳跑过去，搂住他的脖子。

第十七场

〔霸尔多洛，费加罗，马尔斯琳，比里杜瓦松，苏珊娜，安东尼奥，伯爵。

苏珊娜　（手里拿着一个钱袋跑上）大人，停一下。别叫他们结婚。我来用我女主人给我的结婚费还清这位太太的钱。
伯　爵　（旁白）她的女主人给鬼迷住了！好像她们都串通一气……（下）

第十八场

〔霸尔多洛，安东尼奥，苏珊娜，费加罗，马尔斯琳，比里杜瓦松。

安东尼奥　（看见费加罗拥抱他的母亲，对苏珊娜说）嘿，对了，替他还账吧！你瞧瞧。
苏珊娜　（转身）我瞧够了。走，舅舅。
费加罗　（拉住她）不，请你们别走。你看见了什么？
苏珊娜　看见我的糊涂、你的卑鄙。
费加罗　你说的没有一样是对的。
苏珊娜　（生气）还看见你心甘情愿要和她结婚，因为你跟她这样要好。
费加罗　（愉快地）我跟她要好，但是我不和她结婚。

〔苏珊娜打算走出去，费加罗拉住她。

苏珊娜　（给他一个耳刮子）混账，你敢拉住我！

费加罗　（对在场的人说）这就是爱情吗？（对苏姗娜）我求你，在没离开我们以前，好好看一看这位亲爱的女人。

苏姗娜　我正瞅着她。

费加罗　你觉得她……？

苏姗娜　丑得可怕。

费加罗　嫉妒万岁！嫉妒可不和你讨价还价。

马尔斯琳　（双臂伸开）拥抱你的娘吧，我亲爱的苏姗娜。这个捉弄你的坏东西是我的儿子。

苏姗娜　（跑向她）你，他的娘？（两人互相拥抱）

安东尼奥　这是刚才发生的事吗？

费加罗　……我刚知道的。

马尔斯琳　（兴奋）不，我的心老想着他，只是主意打错了。我的血一直在呼唤着我。

费加罗　而我呢，我以前所以拒绝你，我的娘，是理智要我这样做，理智对我起着本能的作用；因为我并不是嫌恶你，这些钱可以证明……

马尔斯琳　（交给他一张字据）给你这个。收回你的借条，这是给你的结婚费。

苏姗娜　（把钱袋抛给他）把这个也拿去吧。

费加罗　谢谢，谢谢。

马尔斯琳　（兴奋）我以前是个相当苦命的姑娘，几乎要成为最悲惨的妇人。现在，我是最幸福的母亲！拥抱我，我的两个孩子。我把我的全部感情都放在你们身上。我能够怎么样快乐就怎么样快乐。啊！孩子们，我多么爱你们呀！

费加罗　（受着感动，激动地）别说了，亲爱的娘，别说了！你愿意看我有生以来还没流过的泪，像泉涌一样从眼圈里流下来吗？至少这是快乐的泪呀。但是，我多么糊涂，我差点因此而感觉羞愧。我已经有眼泪从我的手指缝里流下来了，你瞧。（张开他的手指给她看）我多么傻！刚才还极力把眼泪忍住呢！羞愧呀，去你的吧！我又想笑又想哭。我这样的感觉，一辈子不能有第二次的。（一面拥抱他的母亲，

另一面拥抱苏姗娜）

马尔斯琳　啊,我的儿!

苏姗娜　我的亲爱的人!

比里杜瓦松　（用手帕擦眼睛）那么,我呢,难道我也是个傻——傻瓜?

费加罗　（兴奋）悲伤呀,现在我可以跟你挑战了!你有胆子,就在这两位亲爱的女人当中来打击打击我看。

安东尼奥　（对费加罗）请你别来这些甜言蜜语。在家庭里论到婚姻,总得长辈先结婚,孩子才能结婚,你懂得吗?那么,你的爹娘已经手牵手做夫妻了吗?

霸尔多洛　我的手?我宁愿我这只手干枯得掉下来,也不和这个怪物的母亲手牵手做夫妻!

安东尼奥　（对霸尔多洛）那么,你是个和一般后娘一样残忍的父亲吗?（对费加罗）如果真是这样的话,我们的风流才子,你可没有什么可说的了。

苏姗娜　啊,舅舅……

安东尼奥　我难道把我姐姐的孩子嫁给一个没有父亲的小子吗?

比里杜瓦松　这是可——可能的吗,糊涂虫?一个人总——总是某一个人的孩子呀。

安东尼奥　哈哈……他永远娶不了苏姗娜。（下）

第十九场

〔霸尔多洛,苏姗娜,费加罗,马尔斯琳,比里杜瓦松。

霸尔多洛　（对费加罗）现在,你找一个人收养你做儿子吧。（想下）

马尔斯琳　（跑过去抱住霸尔多洛的腰,拉他回来）站住,大夫,别走。

费加罗　（旁白）唉,我看安达卢西亚所有的傻瓜都起来反对我这一段可怜的婚姻了。

苏姗娜　（对霸尔多洛）亲爱的好爸爸,他是您的儿子呀。

马尔斯琳　（对霸尔多洛）聪明、能干、漂亮。

165

费加罗　（对霸尔多洛）没要你花过一分钱。

霸尔多洛　他骗走我那一百块银币呢？

马尔斯琳　（哄他）我们会很好地照顾你的,爸爸!

苏姗娜　（哄他）我们会很爱你的,亲爱的爸爸!

霸尔多洛　（感动）爸爸,好爸爸,亲爱的爸爸!这么一来,我比这位先生还糊涂,我。（指比里杜瓦松）我像个孩子,随人家摆布。（马尔斯琳和苏姗娜拥抱他）啊!不,我可没答应呀。（转身）大人在哪儿呢?

费加罗　我们快找他去。逼他说出最后的一句话。如果他要别的新花招,我们又得从头来了。

全　体　快,快。

〔他们把霸尔多洛拉出去。

第二十场

〔比里杜瓦松。

比里杜瓦松　（自语）比——比这位先生还糊涂!一个人跟自己倒可以说这——这样的话,但是……在——在这个地方,他——他们一点规矩都没有。（下）

第 四 幕

舞台布景：一间厢房，用点着的烛台、挂灯、鲜花、花叶彩绳装饰着，总之，全部是为举行婚礼而布置的。台前右面有一张桌子，桌上放着文具，桌后放着一张沙发椅。

第 一 场

〔费加罗，苏姗娜。

费加罗 （用手挽着苏姗娜的腰）那么，亲爱的，你满意了吗？凭她三寸不烂之舌，我的妈说服了她的大夫。他虽然很不乐意，总算答应和她结婚了。你那位乖戾的舅舅也服帖了。只有大人还在大生其气，因为我们的婚姻将成为我们二老的婚姻的代价。结果这么好，你该乐了吧。

苏姗娜 你见过比这更新奇的事情吗？

费加罗 不如说这样愉快的事情。我们本来只想从大人那儿弄到一份结婚费，现在倒有两份到手了，而且不是从他手里挤出来的。一个顽强的情敌一直纠缠着你，一个泼辣的女人折磨着我！这一切对我们全变样了，她变成了一个最好的母亲。昨天我在世界上好像是孤苦伶仃的，而现在我又有爹又有娘了，我的爹娘不如我夸耀的那么显贵，这是真的，可是对我们已经是够好的了。我们没有阔人的虚荣心。

苏姗娜 可是，我的爱人，你以前所安排的和我们所期待着的事情，竟一件也没发生！

费加罗 我亲爱的，命运支配的事情比我们大家所做的好得多。世界就是这个样子：一方面，我们在忙碌、在筹划、在安排；另一方面，命运却在完成。从企图吞并全世界的贪得无厌的侵略者，一直到由着他的狗给他领路的与世无争的瞎子，都是那变幻莫测的命运的玩物。而且，靠狗领路的瞎子和有很多人侍候的瞎子比起来，往往路走得更好，他的见解也比较少犯错误。——至于大家叫做爱神的那个瞎子……（重新用手亲切地挽着她的腰）

苏姗娜　啊！这是唯一叫我发生兴趣的东西。

费加罗　那么，允许我，用我的一片痴心，当一条好狗，把爱神领到你那美丽的可爱的门，我们就这样一辈子住下去。

苏姗娜　（笑）爱神和你？

费加罗　我和爱神。

苏姗娜　你不会找别的窝吗？

费加罗　你要是在别处抓住我，我愿意让千千万万的风流才子……

苏姗娜　你要夸大其词了。说你的真正的实话吧。

费加罗　我的最真实的实话！

苏姗娜　呸，坏东西！难道一个人有好几样实话吗？

费加罗　噢，有的。随着时间的变化，我们注意到，从前的疯疯癫癫的话因为时间一久就变成哲理名言，往日撒得并不怎么高明的小小的谎言，也因为时间一久便产生出很大很大的真理；因此就有上千种的实话了。有些实话，我们明明知道，却不敢到处说，因为不是所有的实话都是可以说出来的。有些实话，我们极力宣扬，却对它并没有信心，因为不是所有的实话都是可以相信的。还有，热烈的誓言，母亲对孩子的恫吓，醉鬼的诅咒，要人的诺言，商人的最后价钱；我说不清那么多了。只有我对苏松的爱情才是不折不扣的一句实话。

苏姗娜　我喜欢你的快活，因为我看出你快活到发狂了，这表明你是幸福的。我们谈谈伯爵的约会吧。

费加罗　不如说，我们永远别谈它吧。它差点要我把苏姗娜赔掉了。

苏姗娜　你不愿意有这个约会了吗？

费加罗　要是你爱我，苏松，请你保证做到这一点：让他等个空。这是他应得的惩罚。

苏姗娜　我以前答应他这个约会，实在苦得很，现在把约会取消了，我可没有什么困难。这问题以后不用再谈了。

费加罗　这是你真正的实话？

苏姗娜　我，我可不像你们有学问的人。我只有一种实话。

费加罗　那么，你多少有点爱我吧？

苏姗娜　爱得很。

费加罗　很不够。

苏姗娜　怎么？

费加罗　说到爱情，你明白吗？即使爱过了头也还是不够的。

苏姗娜　我不懂得这种微妙的话。我只知道爱我的丈夫。

费加罗　你要是不失信，你就是一般女人里面很特殊的例外了。（想拥抱她）

第 二 场

〔费加罗，苏姗娜，伯爵夫人。

伯爵夫人　啊！还是我说得对。不管他们在哪儿，相信他们走在一块儿，那是错不了的。得了，费加罗，现在就抢先和她偷偷会面，岂不是损害你的未来、你的婚姻和你自己吗？他们在等你，都等急了。

费加罗　真的，夫人，我连我自己的事都忘了。我要给他们看看我迟到的理由。（想把苏姗娜带走）

伯爵夫人　（留住她）她回头再去找你。

第 三 场

〔苏姗娜，伯爵夫人。

伯爵夫人　你准备好我们两个人换穿的衣服了吗？

苏姗娜　用不着了，夫人。约会作罢了。

伯爵夫人　啊！你改变主意了吗？

苏姗娜　改变主意的是费加罗。

伯爵夫人　你骗我。

苏姗娜　仁慈的上帝！

伯爵夫人　费加罗不是一个轻易放弃一份结婚费的人。

苏姗娜　那么，夫人，您认为是怎么回事？

伯爵夫人　我认为你最终答应了伯爵，现在你后悔把他的计划告诉了我。我可看透你这个人了。你给我走开。（想下）

苏姗娜　（跪下）我可以指天为誓！夫人，您不知道您给苏姗娜多大的痛苦！您一向对待我总是那么仁慈，您赏给我一份结婚费……

伯爵夫人　（拉她起来）唉……我不知道我该说什么！你让我代替你到花园去，并不要你去，亲爱的。你对你的丈夫既不失信，同时又帮助我挽回我丈夫的心。

苏姗娜　刚才您多么让我伤心呀！

伯爵夫人　因为我这个人说话太不留神了。（吻苏姗娜的前额）你的约会定在什么地方？

苏姗娜　（吻她的手）我只听见花园两个字。

伯爵夫人　（指指桌子）拿这支笔，我们给他指定一个地点。

苏姗娜　给他写信！

伯爵夫人　得这么办。

苏姗娜　夫人！至少是您……

伯爵夫人　我对一切负责。（苏姗娜坐下，伯爵夫人口授）"新歌曲……今天晚上，良辰美景，大栗树下……今天晚上，良辰美景……"

苏姗娜　（写）"大栗树下……"底下呢？

伯爵夫人　你怕他看不懂吗？

苏姗娜　（再念一遍）没错。（把信折上）用什么封口？

伯爵夫人　用一个别针，赶快。叫他用别针作答复。在信背后写上："把封口的漆印还我。"

苏姗娜　（笑着写）啊！漆印……夫人，这个漆印可比委任状的那个漆印有意思多了。

170

伯爵夫人 （痛苦地回忆）啊！

苏姗娜 （在身上找）我身上没有别针！

伯爵夫人 （解开自己的袍子）拿这一个。（侍从武士的丝带从她的怀里掉在地下）啊,我的丝带！

苏姗娜 （捡起丝带）是那个小流氓的！您这么狠心……

伯爵夫人 难道就让他把丝带扎在他的胳臂上？那可就好看了！给我吧。

苏姗娜 夫人别用这条丝带了,它让那个年轻人的血给弄脏了。

伯爵夫人 （收回丝带）对芳舍特最好不过……回头她献给我的第一束花……

第 四 场

〔年轻牧女一人,薛侣班女孩子打扮,芳舍特和很多跟她一样穿戴的女孩子每人手里拿着一束花,伯爵夫人,苏姗娜。

芳舍特 夫人,她们是镇里的小姑娘,给您献鲜花来了。

伯爵夫人 （赶快塞好她的丝带）她们真可爱！美丽的孩子们,我很抱歉,你们这些人我不是全都认识的。（指薛侣班）这个看样子多少有点害羞的可爱孩子是谁？

牧 女 是我的表妹,夫人,她是为了参加婚礼才到这儿来的。

伯爵夫人 她长得真美。我拿不了这许多花,我们优待外来的客人吧,（她接过薛侣班的花,吻他的前额）她脸红了！（对苏姗娜）你不觉得,苏松……她像某一个人吗？

苏姗娜 像得简直分不出来。

薛侣班 （旁白,把手放在心上）啊！这一个吻呀,一直吻到我心里去了。

第 五 场

〔女孩子们,薛侣班在她们当中,芳舍特,安东尼奥,伯爵,伯爵

171

夫人,苏姗娜。

安东尼奥　大人,我呢,我跟您说,他一定和她们在一起。她们在我女儿的屋里打扮他。他的衣服还在那儿呢。您瞧,这就是他的军帽,是我从他的包袱里面抽出来的。(向前走,把所有的女孩子都看了看,认出了薛侣班,摘掉他的女帽,使他两边梳的长发随着落下,把军帽放在他头上,说)老天爷哟!这不就是我们那位军官!

伯爵夫人　(退后)啊!天呀!

苏姗娜　这个小无赖!

安东尼奥　刚才在楼上我就说过是他……

伯　爵　(怒)还有什么可说的,夫人?

伯爵夫人　有什么可说的,伯爵!您看得出来,我比您更吃惊,至少,我跟您一样生气。

伯　爵　您说得对;但是不久以前,今天早上的事?

伯爵夫人　是的,如果我再隐瞒,我就有罪了。今天早上他到我屋里来了。我们开始准备这些孩子现在才做完的这场游戏。我们正在替他打扮,您忽然来到。您一来就那么激动!他躲了起来,我也慌张得很。以后的事儿都是恐怖造成的。

伯　爵　(愤怒,对薛侣班)你为什么还没走?

薛侣班　(猛然脱下帽子)大人……

伯　爵　你不服从命令,我要惩罚你。

芳舍特　(不假思索地)啊,大人,您听我说。您知道得很清楚,每次您来拥抱我的时候,您总是说:"要是你爱我,亲爱的芳舍特,你要什么,我就给你什么。"

伯　爵　(脸红)我!我说过这话?

芳舍特　是的,大人。您别惩罚薛侣班啦。把他给我,叫他跟我结婚,我就会疯狂地爱您啦!

伯　爵　(旁白)这小东西竟给侍从武士迷上了!

伯爵夫人　那么,伯爵,现在该轮到您了!这个小姑娘说出来的话,和我的话一样坦率天真,最后证明了两种事实:要是我害您担心,我可不

172

是故意的;至于您呢,您却尽您所能,增加我的忧虑;现在证明我的忧虑是有根据的。

安东尼奥　您也是这样的一种人吗,大人?(向伯爵夫人)是的,我一定替您惩罚她,像惩罚她那已经去世的娘一样,她的娘是死于……不是因为事情本身的结果,而是,夫人知道得很清楚,是因为小姑娘们长大以后……

伯　　爵　(狼狈,旁白)这儿准是有一个魔鬼,发动一切跟我作对!

第 六 场

〔小姑娘们,薛侣班,安东尼奥,费加罗,伯爵,伯爵夫人,苏姗娜。

费加罗　大人,如果您不放小姑娘们走,婚礼和跳舞都没法开始了。

伯　　爵　你,跳舞!你也不想想。你今天早上从楼上摔下去,不是把右脚摔痛了吗?

费加罗　(摇摇腿)现在还有点儿痛。没关系。(对小姑娘们)走吧,小姑娘们,走吧!

伯　　爵　(拉他回来)你很幸运,花池子里的土倒是挺松的!

费加罗　实在很幸运,不然可就……

安东尼奥　(拉他回来)再说,你是缩成一团摔下去的,所以……

费加罗　稍微再灵巧一点,是不是就会悬在半空了!(对小姑娘们)小姑娘们,你们来不来?

安东尼奥　(拉他回来)就在那时候,小侍从武士骑着马跑到塞维勒去了,是吗?

费加罗　骑着马跑,也许一步一步走……

伯　　爵　(拉他回来)而你的口袋里还有他的委任状?

费加罗　(有点吃惊)当然啦;但是,干吗这么追问我?(对小姑娘们)走吧,走吧,小姑娘们!

安东尼奥　(拉住薛侣班的胳臂)这儿有一个小姑娘,据她说我未来的外甥女婿是一个说谎的人。

费加罗　（吃惊）薛侣班……（旁白）这个小鬼真该死！

安东尼奥　你真的明白了没有？

费加罗　（支吾）我明白了……我明白了……嘿！他在胡说些什么？

伯　爵　（干脆地）他不胡说。他说跳在丁香花上面的是他。

费加罗　（若有所思地）啊！要是他这样说……也许可能！我不知道的事情，我不争辩。

伯　爵　那么，你和他……

费加罗　有什么理由不能这样？往下跳的疯劲儿是会传染的：巴汝奇的羊①的故事，您是知道的。您大生其气的时候，没有一个人不宁愿冒一下险……

伯　爵　什么？同时跳下两个人……

费加罗　同时跳下二三十人也成呀。有什么关系，大人，既然谁都没受伤？（对小姑娘们）喂，你们究竟来不来呀？

伯　爵　（生气）我们这是闹着玩吗？

〔军乐队开始奏乐。

费加罗　你们听，开始奏进行曲了。站好，小姑娘们，站好！来吧，苏姗娜，让我挽着你。

〔全体跑下，只剩薛侣班一个人，低垂着头。

第 七 场

〔薛侣班，伯爵，伯爵夫人。

伯　爵　（看着费加罗下）还有比他更胆大妄为的吗？（对侍从武士）至于你，阴险的小少爷，你装作害羞的样子。赶快给我换衣服去。今天晚上，不管在什么地方，可别让我碰见你。

---

① 典出拉伯雷的《巨人传》第四部第六、七、八章：巴汝奇向一个羊商买了一只头羊，把它赶下海去，羊商的羊群遂跟着头羊跳入海中，全部淹死。

伯爵夫人　那他要无聊透了。
薛侣班　（不假思索地）无聊！我额上有幸福的东西，就是坐一百年监狱也受得了。（戴上帽子，急跑下）

第 八 场

〔伯爵，伯爵夫人。
〔伯爵夫人用力扇扇子，不言语。
伯　爵　他额上有什么东西，叫他这样快乐？
伯爵夫人　（窘）大概是，他的……第一顶军官帽子吧。对于孩子，什么都是有意思的好玩意儿。（想下）
伯　爵　您不多待一会儿吗，伯爵夫人？
伯爵夫人　您知道我的身体不怎么好。
伯　爵　为了受您保护的侍女多待一会儿吧，不然，我会当您生气了。
伯爵夫人　您看，两对新郎新娘的婚礼开始了，我们坐下来接待他们吧。
伯　爵　（旁白）婚礼！阻拦不了的事情，只好忍受忍受。
〔伯爵和伯爵夫人坐在厢房的一头。

第 九 场

〔伯爵，伯爵夫人坐着。
〔交响乐奏《西班牙的狂欢》，进行曲的节奏。猎场巡逻队荷着枪。西班牙警察官，陪审员，比里杜瓦松。农夫和农妇们穿着节日服装。两个小姑娘捧着有白色羽毛的、象征贞洁的女冠。另外两个小姑娘捧着白色头纱。又是两个小姑娘拿着手套，一只手拿着一束花。安东尼奥搀着苏姗娜，做她的主婚人。另外一些小姑娘拿着另外一顶女冠，一面头纱，一束白花，和上面的相同，那是给马尔斯琳的。
〔费加罗搀着马尔斯琳，准备把她交给大夫。大夫在行列的最后面,一大束花放在一边。小姑娘们在伯爵面前经过的时候,把一切预备给苏姗娜和马尔斯琳的服饰交给他的仆人。
〔农夫和农妇们在大厅两侧排成两行,然后敲着响板跳西班牙"泛但果舞"①。随后,乐队奏重调乐谱,安东尼奥把苏姗娜领到伯爵面前。她在伯爵面前跪下。
〔伯爵替她戴上女冠,披上头纱,把那束花交给她的时候,两个小姑娘合唱下面的曲子:

　　　新娘呀,歌唱主子的恩典和光荣呀,
　　　你的主子放弃了对你原有的特权。
　　　他珍爱高贵的光荣更甚于欢娱,
　　　他把一个贞洁清白的你交给你的丈夫。

〔苏姗娜跪下。合唱唱到最后两行的时候,她拉一拉伯爵的袍子,把手里拿着的信指给他看。于是,她举起向着观众那一面的手,放在头上。伯爵假装替她整冠,她把信递给他。
〔伯爵偷偷把信放在怀里。合唱唱完了。新娘站起来,对伯爵深深敬礼。
〔费加罗走过来,从伯爵手里接受苏姗娜,和她一起退到大厅的另外一头,靠近马尔斯琳。
〔在这时候,跳西班牙"泛但果舞"的另外一节。
〔伯爵急于要看他收到的信,走到舞台边上,从怀里把信拿出来。拿出来的时候,做出手指给别针狠狠地扎了一下的样子。他摇晃手指,用手挤它,用口吮它。看见信是用别针封着口的。

伯　　爵　(当和费加罗两人说话的时候,乐队轻轻地奏着音乐)女人真该死,什么地方都别着别针!(把别针扔在地下,然后看那封信,吻它)
费加罗　(全看见了,对他的母亲和苏姗娜)是一封情书,可能是一个小姑娘走过的时候偷偷递给他的。封口上别着别针,狠狠地扎了他一下。

---

　① 二人对舞,三拍子,用吉他琴伴奏。

〔跳舞又开始。伯爵看完了信,把背面翻过来,看见请他退还别针作为答复的话。他在地上找,终于找着了别针,把它别在袖口上面。

费加罗 (对苏姗娜和马尔斯琳)爱人手里得来的东西全是宝贝。你瞧,连个别针他都捡起来。嘿!真是个傻瓜!

〔在这时候,苏姗娜和伯爵夫人彼此会心一笑。跳舞完毕了,再奏合唱的重调乐谱。

〔费加罗领马尔斯琳到伯爵面前,和刚才安东尼奥领苏姗娜一样。在伯爵刚拿起女冠和合唱将要开始的时候,大家因下面的喊声而中断了一切。

门　役 (在门上大喊)先生们,站住,你们可不能全进来呀!……到这儿来,巡逻队!巡逻队!

〔巡逻队赶快走到门口。

伯　爵 (站起来)什么事?
门　役 大人,是唐巴齐勒先生,他给全村子的人围住了,因为他一边走一边唱。
伯　爵 只让他一个人进来。
伯爵夫人 请您允许我退席吧。
伯　爵 我忘不了您对我的好意。
伯爵夫人 苏姗娜……她一会儿再回来。(旁白,对苏姗娜)我们换衣服去。(和苏姗娜一起下)
马尔斯琳 他要么不来,一来就是破坏。
费加罗 噢!我来替你打消他的胡思乱想。

第 十 场

〔前场人物,除了伯爵夫人和苏姗娜。唐巴齐勒手拿吉他琴,格里普·索莱尔。

唐巴齐勒 (一面上场一面唱,用本剧终场的流行小调的曲子)

敏感的心,忠实的心,
你谴责朝三暮四的爱情,
停止你苛刻的怨诉吧。
难道变心就是犯罪?
爱神背上带着翅膀,
岂不是要飞来飞去?
岂不是要飞来飞去?
岂不是要飞来飞去?

费加罗　（向他跟前走过去）对了,正是为这个,爱神背上才带着翅膀。我的朋友,你对这个歌是怎样理解的?

唐巴齐勒　（指指格里普·索莱尔）这位先生是大人的客人,我一路上唱歌给他开心,证明了我服从大人。现在,该挨着我,要求大人主持公道了。

格里普·索莱尔　哪儿的话！大人！他一点都没给我开心,他唱来唱去,净是一些无聊的曲子……

伯　爵　好吧,唐巴齐勒,你要求什么?

唐巴齐勒　大人,我要求我应有的权利:就是和马尔斯琳结婚。我反对……

费加罗　（走过去）先生,你好久没看见疯子的面孔了吧?

唐巴齐勒　先生,我眼前不就看见了吗?

费加罗　既然我的眼睛可以给你当做镜子用,你照照看,看我给你的警告会有什么效果。只要你作出想靠近这位太太的样子……

霸尔多洛　（笑）哎！干吗这样？让他说吧。

比里杜瓦松　（走到他们两人中间）难——难道两个朋友……

费加罗　我们,朋友?

唐巴齐勒　多么荒谬！

费加罗　（快语）因为他编过一些小教堂用的坏曲子?

唐巴齐勒　（快语）因为他写过一些报屁股上的诗歌?

费加罗　（快语）他是在小酒馆拉提琴的！

唐巴齐勒　（快语）他是在小报馆里打杂的！

费加罗　（快语）教堂里的臭歌手！

唐巴齐勒　（快语）外交界的跑腿儿！

伯　爵　（坐下）你们俩都太荒唐了！

唐巴齐勒　在任何场合,他对我都不大恭敬。

费加罗　说得很对,假若有这种可能的话！

唐巴齐勒　到处说我只不过是个傻瓜。

费加罗　难道你当我是个应声虫？

唐巴齐勒　至于我,经过我的天才指导的歌唱家,没有一个不大大出名的。

费加罗　大大出丑的。

唐巴齐勒　他还这么说！

费加罗　既然这是实话,为什么不能这么说？难道你是位王爷,非叫人家奉承你不成？你这个流氓地痞,你没有法子买通别人替你说谎,你就只好忍受真理了。你如果怕听我们所说的实话,干吗你来搅乱我们的婚礼？

唐巴齐勒　（对马尔斯琳）你答应过我,说过了四年嫁不着人就和我结婚,你到底说过这句话没有？

马尔斯琳　我答应你,有没有什么附带条件？

唐巴齐勒　条件是：如果你找回你那个丢失的孩子,我就顺从你,收养他做我的儿子。

全　体　已经找着了。

唐巴齐勒　这有什么关系！

全　体　（指费加罗）就是他。

唐巴齐勒　（恐怖地往后退）我见鬼了！

比里杜瓦松　（对巴齐勒）这样,你——你就不要他的娘了吗？

唐巴齐勒　让人家把我看做一个无赖的父亲,还有比这更倒霉的事儿吗？

费加罗　让人家把我看做一个无赖的儿子,才倒霉呢。你拿我开玩笑！

唐巴齐勒　（指费加罗）既然这位先生在这儿当个什么的,我就宣布我什

么都不要当了。(下)

第十一场

〔前场人物,除了巴齐勒。

霸尔多洛 (笑)哈,哈,哈,哈!
费加罗 (快乐得跳起来)这一下,我可有老婆了!
伯　爵 (旁白)我呢,我可有情妇了。(站起来)
比里杜瓦松 (对马尔斯琳)这样,大——大家都满意了!
伯　爵 把两份结婚证书准备好,给我签字。
全　体 万岁!(全下)
伯　爵 我需要有一小时的休息。(想和别的人一起下)

第十二场

〔格里普·索莱尔,费加罗,马尔斯琳,伯爵。

格里普·索莱尔 (对费加罗)我呢,有人吩咐我,要我帮忙在大栗树底下布置烟火。
伯　爵 (跑回来)哪个傻瓜这样吩咐你来着?
费加罗 有什么不好的?
伯　爵 (激动地)夫人不舒服,叫她在哪儿看烟火?在凉台上放,对着她的屋子。
费加罗 你听见了没有,格里普·索莱尔?在凉台上放。
伯　爵 大栗树底下!好主意!(下场时旁白)他们想放一把大火,把我的约会地点照得亮亮的!

第十三场

〔费加罗,马尔斯琳。

费加罗　他对他太太真够体贴的！（想下）

马尔斯琳　（拦住他）我有两句话要跟你说，我的儿。我应当跟你把话说清楚：由于感情的不正常，我冤枉了你可爱的媳妇。我一向以为她早已答应了伯爵，尽管我听唐巴齐勒说过，她总是严厉拒绝他的。

费加罗　你不了解你儿子，以为这种女性的冲动会动摇我的心。我敢向最狡猾的女人挑战，看她能不能欺骗我。

马尔斯琳　你这个想法是很好的，我的儿。但是嫉妒这东西……

费加罗　……不过是骄傲产生出来的糊涂孩子，或者是疯子的病态。啊！我的娘，关于这个问题，我有一种哲学……不可动摇的哲学。要是苏姗娜有一天欺骗我，我会预先就饶恕她；她要长时间地使用心机，才能……（转过来，看见芳舍特东张西望）

第十四场

〔费加罗，芳舍特，马尔斯琳。

费加罗　呃，呃，呃……我的小表妹偷听我们说话来着！

芳舍特　啊！那可没有。人们说偷听是不道德的。

费加罗　说得很对。但是偷听有它的好处，所以有人常常派人去偷听别人说话。

芳舍特　我是来看看有一个人在不在这儿。

费加罗　你已经在说瞎话了，骗人的小姑娘！你明明知道那个人不会在这儿的。

芳舍特　你说的是谁？

费加罗　薛侣班。

芳舍特　我要找的不是他，我知道得很清楚他在什么地方。我找的是苏姗娜表姐。

费加罗　那么，我的小表妹，你找她做什么？

芳舍特　对你，表姐夫，我不妨说给你听。——是……我要把一枚别针还给她。

费加罗　（激动地）别针！别针……谁交给你的,小滑头？你小小年纪就干这种勾……（改口,用温和的口气说）凡是你办的事情,你已经做得非常之好,芳舍特。我漂亮的表妹对人这么热心……

芳舍特　你生谁的气？我走了。

苏费加罗　（拉住她）别走,别走,我闹着玩的。呃,你的小别针是大人叫你还给苏姗娜的,他手里拿着的一封信就是用这个别针封上的。你看,我都知道了。

芳舍特　你既然知道得这么清楚,干吗还要问我？

费加罗　（想了想）因为我想知道大人怎么会想起把这个差事交给你,这倒挺有意思的。

芳舍特　（天真地）没别的,就跟你说的一样："喂,小芳舍特,把这根别针交给你的漂亮表姐,只要对她说这是大栗树的漆印。"

费加罗　大……

芳舍特　"……栗树。"对了,他还说："当心,别让人家看见你。"

费加罗　你一定要听他的话,表妹。幸亏谁也没看见你。好好地完成你的差使,除了大人吩咐你的话,别对苏姗娜说什么。

芳舍特　干吗对她说什么？我的表姐夫当我是个小娃娃。（跳着下）

第 十 五 场

〔费加罗,马尔斯琳。

费加罗　你瞧,我的娘！

马尔斯琳　你瞧,我的儿！

费加罗　（好像透不过气来）这一招……实在有点……

马尔斯琳　有点！呃！有点什么？

费加罗　（把手放在胸口上面）我的娘,我刚才听着的话像一块石头压在我这里。

马尔斯琳　（笑）这个满有把握的心,难道只是一个打足了气的气球？一个别针就把气都扎跑了！

费加罗　（大怒）但是,我的娘,那个别针就是他捡起来的那一个呀……

马尔斯琳　（提起他说过的话）"嫉妒!啊,关于这个问题,我的娘,我有一种哲学……不可动摇的哲学。要是苏姗娜有一天欺骗了我,我会预先就饶恕她……"

费加罗　（激动地）啊,我的娘!一个人感觉什么就说什么。叫头脑最冷静的法官辩护他自己的案子,看他怎样来解释法律!——他对放烟火的事情发那么大的脾气,我现在不觉得奇怪了!——至于用小小的别针耍花样的可爱姑娘,不管她什么大栗树,我的娘,她可不能想到哪儿就是哪儿!如果我跟她结了婚,就能名正言顺地生她的气,同时我可也就不能随便抛弃她,另娶别的女人……

马尔斯琳　好漂亮的结论!难道因为某种怀疑,我们就可以断送一切吗?你说吧,谁给你证明了她要欺骗的是你,而不是伯爵?你是否已经仔细考虑过,所以不容她分辩就判她的罪?你知道她会到那树底下去吗?你知道她上那儿去是打的什么主意吗?知道她上那儿要说什么话,要做什么事吗?我一向还以为你的判断力比较强呢!

费加罗　（兴奋地吻她的手）我的娘有理;她有理,她永远是有理的!但是,妈妈,对于一个人的天性,首先加以原谅,那总是会好一点。的确,我们应该先调查调查,然后再控告她,再行动起来。我知道约会的地点了。再见,我的娘!（下）

第十六场

〔马尔斯琳。

马尔斯琳　（自语）再见。我,我也知道了。阻止了他以后,我得留意苏姗娜的行动。不,还是告诉她吧。她是个多么美丽的姑娘呀!啊,没有个人利益叫我们互相残害的时候,我们都是倾向于支持被压迫的、可怜的女性,反抗那骄傲的、可怕的……（笑）可是有点儿愚蠢的男性的。（下）

183

第 五 幕

舞台布景:花园中四面围着栗树的一个小广场。广场左右两边各有一间亭子。舞台后面是一块有一些点缀的树林空地,前面有一块草坪。这时舞台光线黑暗。

第 一 场

〔芳舍特独自一人,一只手拿着两块饼干一个橘子,另一只手提着一盏点着的纸灯笼。

芳舍特　(自语)他说在左面的亭子。就是这个了。——如果他现在还不来,那么,我要扮演的小角色……掌管府里事务的那些坏家伙连一个橘子两块饼干都不肯给我!——"替谁要的,小姑娘?"——"呃,先生,是替某一个人要的。"——"噢!我们知道了……"——"你们知道又怎么样?因为大人不愿意看见他,难道就应该叫他饿死吗?"——为了这点东西,还得让他们在我脸上狠狠地亲了一下!……谁知道怎么样?他也许会还我一个吻的。(看见费加罗走过来注视她,便大叫一声)啊……(逃走,走进左面的亭子)

第 二 场

〔费加罗肩上披一件宽大的外衣,戴一顶软边的大帽子,唐巴齐勒,安东尼奥,霸尔多洛,比里杜瓦松,格里普·索莱尔,一群仆人和做工的人。

费加罗　（先是单独一人）是芳舍特！（其余的人走过来的时候,他用眼睛打量着他们,恶声恶气地说）你们好,诸位先生,晚上好。你们到齐了吗?

唐巴齐勒　被你强迫来的都到了。

费加罗　现在大约是什么时候了?

安东尼奥　（望望天空）月亮快上来了。

霸尔多洛　喂,你在准备干什么见不得人的事?看神气,你活像个阴谋家!

费加罗　（激动）请你们告诉我,你们是不是为了结婚典礼而在府第聚会的?

比里杜瓦松　当——当然啦!

安东尼奥　我们本来要到那面,在花园里,等候信号,庆祝你的婚礼的。

费加罗　你们用不着走多远,诸位先生。就在这儿,在这些栗树底下,我们大家共同庆祝我娶着的贤惠的未婚妻和把她留给自己享用的忠实的贵族老爷。

唐巴齐勒　（想起白天的事）啊,真的,我知道是怎么一回事了。如果你们相信我的话,我们还是走开吧。是件幽会的事儿。我在这附近和你们谈谈吧。

比里杜瓦松　（对费加罗）我——我们回头再来。

费加罗　一听见我喊你们,大家全都跑过来。如果看不着好看的热闹,你们尽管骂我费加罗。

霸尔多洛　记住这句话:聪明人不跟贵族打交道。

费加罗　我记住了。

霸尔多洛　凭他们的身份,他们骑在我们的头上。

费加罗　还用不着他们那点儿聪明,这点你倒忘了。但是,你也该记得:一个让人家知道是胆小如鼠的人,必然要受一切流氓无赖的捉弄。

霸尔多洛　我记得很清楚。

费加罗　而且要记得,我的名字叫做维尔塔吕尔,这是我娘传给我的光荣称号。

185

霸尔多洛　有鬼附在他身上。

比里杜瓦松　有——有鬼。

唐巴齐勒　（旁白）伯爵和他的苏姗娜不用我就把一切安排好了！他埋伏起来，捉他们的奸，我倒没有什么不称心的。

费加罗　（对仆人们）至于你们这些小子，我是吩咐过你们的，给我把这四周围点得亮亮的。要不然，我可是个凶神恶煞，你们里面谁的胳臂给我抓住……（摇晃格里普·索莱尔的胳臂）

格里普·索莱尔　（一面走一面哭哭叫叫）哎哟！哎哟！这个该死的野蛮家伙！

唐巴齐勒　（一面走一面说）新郎先生，祝你永远快乐！（齐下）

第 三 场

〔费加罗在黑暗中踱来踱去，用最忧郁的声调说话。

费加罗　（自语）啊！女人！女人！女人！意志薄弱而又能哄善骗的女人！……世界上所有被创造出来的动物都善于利用自己的本性。你的本性难道就是欺骗吗？……当初我在她的女主人面前那么恳求她，她固执地拒绝了我；现在，就在给我保证的一刹那，就在举行婚礼的当中！……他一面读信一面笑，那个狡猾的东西！而我呢，我倒像个大傻瓜……不，伯爵大人，您得不到她……您一定得不到她……因为您是个大贵族，您就自以为是伟大的天才！……门第、财产、爵位、高官，这一切使您这么扬扬得意！您干过什么，配有这么多的享受？您只是在走出娘胎时使过些力气，此外您还有什么了不起的。而且，您这个人也够庸俗的！至于我呢，天呀！湮没在无声无臭的广大人群中，单为了生活而不得不施展的学问和手腕，比一百年来用以统治全西班牙的还要多。而您想跟我争夺果实……有人来了……是她吧……没有人。——在这黑得可怕的夜里，我在这儿干做丈夫的愚蠢勾当，虽然我只当上一半丈夫！（坐在一张凳子上面）有什么比我的命运更离奇古怪的！不认识爹娘，给强盗拐去，在他们的习惯环境里成长,我感觉厌烦,想走诚实的道路。但是,不管什么地方,我都碰钉子!我学化学,学制药,学外科。靠一个贵族的势力,我才勉强拿上一把兽医用的小尖刀。——因为不乐意再折磨害病的畜生,才想找个与此相反的职业,我不顾一切,投身戏剧界。就是把脖子伸到绞索里去,我也干!我匆忙地编了一出喜剧,描写回教国家的后宫习俗。我以为我是西班牙作家,就可以毫无顾忌地批评穆罕默德。立刻,一个……不知道哪个国家派来的公使告我一状,说我的诗句诬蔑了土耳其政府、波斯、一部分印度半岛、整个埃及、巴尔卡、的黎波里、突尼斯、阿尔及利亚和摩洛哥等王国。为了讨好我认为都是一些不识字的穆罕默德王爷,我的喜剧就这样被焚毁了。这些王爷把我们弄得遍体鳞伤,还把我们叫做"基督教狗教徒!"——没法贬低天才的价值,就以摧残天才作为报复。——我的两颊消瘦了。我的债务到期了。我远远看见假发里插着羽毛的、可怕的法警就要来了。我一面发抖,一面想办法找出路。财富到底是什么东西,我想研究一下这个问题;因为不一定手里有什么才可以议论什么,所以我尽管没有一个子儿,我却写了一篇论货币的价值及其收益的文章。立刻,我就坐上了囚车,看见一所坚固的堡垒①放下吊桥,让我过去。在堡垒的进口,我抛弃了希望和自由②。(站起身来)我真想抓住那些只有五日京兆的所谓要人之一,那么随随便便地命令人家受罪的要人之一,在他一失势就骄傲不起来的时候,我准备对他说……玩世不恭的作品只有在被人禁止出版的地方才显得那么重要;没有谴责的自由就没有谄谀的颂扬;只有小人物才害怕这样的小作品。(重新坐下)他们因为不再乐意养活一个无名的食客,所以有一天终于把我放在街头。虽然不再住监狱,可是不能不吃饭,于是我重新整理笔杆,向每一个人请教,问有什么东西可写的。他们告诉我,在我过那最省钱的

---

① 指巴黎的巴士底监狱。
② 但丁的《神曲》描写地狱入口时有这么一句话:"你们走进这里的,把一切希望抛弃了吧。"见《地狱篇》第三曲。

隐居生活的时候①,在马德里,新制订了一种关于出版自由的制度,连报纸也包括在内。只要我的写作不谈当局,不谈宗教,不谈政治,不谈道德,不谈当权人物,不谈有声望的团体,不谈歌剧院,不谈其他戏园子,不谈任何一个有点小小地位的人,经过两三位检查员的审查,我可以自由付印一切作品。我因为想利用这个可爱的自由,所以宣布,要出版一种定期刊物。我给这个刊物取的名字是"废报",以为这样就可以不和任何报纸引起竞争了。哎呀!不得了!我看见无数靠报纸为生的可怜虫起来反对我。我的刊物被取消了,这一下,我又失了业!——我失望重重。可巧又有人想到我,想介绍我一个工作,而我也正适合担任这个工作。可是,很不幸,别人需要的是一个计算员,得着这个位置的却是一个跳舞家,我什么也没得到。后来我只有骗窃这一条路。我当上赌场老板。那时候,好家伙!我也天天上馆子吃饭。那些所谓"体面人"很有礼貌地把他们的房子打开让我使用,可把赢利扣下四分之三入了他们的腰包。不过,我的经济情况到底因此多少有点好转。我甚至开始明白,要挣钱,人情世故比学问更有用。但是,既然在我周围每一个人都你抢我夺,偏要我做个正人君子,这岂不是逼我去寻死?这一来,我想离开人间苦海。我正要跳下水去与世长辞的时候,慈悲的神召唤我回到我的第一个职业。我重新拿起我的工具和英国皮带②。把一切虚无缥缈的幻想留给靠它为生的傻子,把对步行的人好像太沉重的耻辱扔在大路当中。我给人理发,从一个城市跑到另一个城市,我终于无忧无虑地活了下来。一个大贵族经过塞维勒城,他认出我来,我成全了他的亲事。靠我的帮助,他才娶着老婆,他却想以先偷一下我的老婆作为给我的酬谢!明争暗斗都是由此而起。几乎堕入深渊,正要和我的娘结婚的一刹那,我的爹和我的娘都先后来到我的面前。(激动地站起来)大家乱哄哄地吵起来,是你们吵吗,是他吵吗,是我吵吗,是你吵吗?

---

① 指坐监的时候。
② 指理发师用的磨刮脸刀的皮带。

不，不是我们吵。那么，是谁吵呢？（重新坐下）啊！一连串稀奇古怪的事情！这些事儿怎么偏偏会叫我遇上呢？我为什么偏偏遭遇这些事，而不遭遇别的事？是谁把这些事情硬派在我头上的？既然不得不走完这一段我不知不觉走上的路，将来又是在不知不觉中离开这条路。我的愉快心情于是尽可能地在这条路上撒下了许多的花朵。我尽管说起我的愉快心情，其实我并不知道这愉快心情乃至其他的东西是不是属于我的，甚至连我最关心的这个"我"究竟是什么，我也不知道；这个"我"大约是一些莫名其妙的成分拼凑起来的、没有定形的东西，一个脆弱的小笨虫，乱蹦乱跳的小动物，热烈追求欢乐的少年，他对什么玩乐都感兴趣，为了生活他干过种种职业：一会儿当主人，一会儿做仆人，任凭命运的支配。虚荣使我有野心，穷困使我勤劳，但是，懒惰却是……我的无上的快乐！利害当前就逞逞口才，闲来无事就写几行诗，偶尔也弄弄音乐，疯劲儿上来就讲讲恋爱。我什么都见过，什么都干过，什么都消受过。于是，我的幻觉消灭了，我什么都明白了……太明白了！……苏松，苏松，苏松！你给我多么大的痛苦呀！——我听见有人走路的声音……有人来了。紧要关头到了。（退到他右面第一道幕的旁边）

第 四 场

〔费加罗，伯爵夫人穿上苏姗娜的衣服，苏姗娜穿上伯爵夫人的衣服，马尔斯琳。

苏姗娜　（低声对伯爵夫人）是的，马尔斯琳告诉我，费加罗也会到这儿来。

马尔斯琳　他已经来了。说话轻点。

苏姗娜　那么，一个偷听我们，一个要来会我。我们开始吧。

马尔斯琳　我到亭子里去躲起来，好听个一字不漏。（走进芳舍特进去的亭子）

第 五 场

〔费加罗,伯爵夫人,苏姗娜。

苏姗娜 (高声)太太直打哆嗦!您有点冷吧?
伯爵夫人 (高声)晚上有点潮,我要回屋子去了。
苏姗娜 (高声)太太如果用不着我,我到树底下去吸点新鲜空气。
伯爵夫人 (高声)你是要吸点夜凉吧。
苏姗娜 (高声)我早就习惯了的。
费加罗 (旁白)啊!对了,夜凉!
〔苏姗娜退到舞台旁边,费加罗的对面。

第 六 场

〔费加罗,薛侣班,伯爵,伯爵夫人,苏姗娜。
〔费加罗和苏姗娜在每人的那一边靠前一点藏起来。

薛侣班 (作军官打扮,愉快地唱小曲子的迭句)

啦啦啦,啦啦啦啦啦,
我有过一个教母,
我永远永远敬爱她。

伯爵夫人 (旁白)小侍从武士!
薛侣班 (站住)有人在这儿散步。快到我隐藏的地方去吧,那儿小芳舍特也……是一个女的!
伯爵夫人 (听)啊!天呀!
薛侣班 (弯身,远远望过去)我看错了吗?在薄暮的夜色里,远远地显出那顶带白羽毛的帽子,好像是苏松。
伯爵夫人 (旁白)要是伯爵来到!……
〔伯爵在舞台后部出现。
薛侣班 (走过去,拿住伯爵夫人的手,她抵抗)对了,这就是叫做苏姗娜的可爱姑娘。啊！我还能看错吗！这只柔润的手,她这哆嗦的样子,尤其是我的心跳得这么厉害！(想把伯爵夫人的手背放在他的心口上,她把手缩回去)

伯爵夫人　(低声)走开。

薛侣班　我刚躲藏在花园这个地方,才一会儿,你是不是因为可怜我,特地到这儿来……

伯爵夫人　费加罗要来了。

伯　爵　(向前走,旁白)我看见的不就是苏姗娜吗?

薛侣班　(对伯爵夫人)我才不怕费加罗,因为你等候的不是他。

伯爵夫人　我等谁?

伯　爵　(旁白)有人和她在一起。

薛侣班　你等候大人,骗人的东西。今天早上,我躲在沙发后面的时候,他就向你要求这个约会来的。

伯　爵　(旁白,狂怒)又是侍从武士这个死东西!

费加罗　(旁白)怪不得人家说:不要偷听别人说话。

苏姗娜　(旁白)小油嘴!

伯爵夫人　(对侍从武士)对不起,请您走开吧。

薛侣班　没得到代价就听你的话,乖乖地走开,那我可不干。

伯爵夫人　(害怕)怎么,您想?……

薛侣班　(热烈地)先吻二十下,是给你的。随后,再吻一百下,是给你那位美丽的夫人的。

伯爵夫人　您敢?……

薛侣班　噢!对啦,我敢的!你在大人身边代替夫人;我呢,我在你身边代替伯爵。最倒霉的是费加罗。

费加罗　(旁白)这个小土匪!

苏姗娜　(旁白)好个胆大包天的侍从武士。

〔薛侣班想吻伯爵夫人。伯爵走到他们当中,给薛侣班吻了一下。

伯爵夫人　(走开)啊!天哪!

191

费加罗　（听见接吻的声音,旁白）我可娶着一个可爱的小女人！（听下去）

薛侣班　（摸摸伯爵的衣服,旁白）是大人！（一溜烟逃进芳舍特和马尔斯琳已经藏在里面的亭子）

第 七 场

〔费加罗,伯爵,伯爵夫人,苏姗娜。

费加罗　（走过去）我去……

伯　爵　（以为对薛侣班说话）既然你不再吻下去……（以为给薛侣班一下耳刮子）

费加罗　（正好迎上,挨了耳刮子）啊！

伯　爵　……第一个得到酬报的总是你。

费加罗　（旁白,揉着脸走开）偷听总是没有什么好处的。

苏姗娜　（在她那面高声大笑）哈哈哈哈！

伯　爵　（对伯爵夫人,当她是苏姗娜）我实在不能理解这个侍从武士！他挨了最厉害不过的一下耳刮子,逃走的时候还哈哈大笑。

费加罗　（旁白）他要是挨着这一下！……

伯　爵　什么！我不能走一步路而不……（对伯爵夫人）但是,我们别谈这种奇怪的事儿吧。这会大煞风景,破坏我在这儿和你会面的快乐。

伯爵夫人　（模仿苏姗娜的声调）您渴望这个快乐吗？

伯　爵　收到你那封巧妙的信以后,哪能不渴望！（拿住她的手）你哆嗦？

伯爵夫人　我害怕。

伯　爵　刚才我把那个吻接了过来,并不是为了叫你尝不着接吻的。（吻她的前额）

伯爵夫人　放肆！

费加罗　（旁白）混账！

苏姗娜　（旁白）可爱！

伯　　爵　（拿住妻子的手）多么细嫩多么柔润的皮肤,伯爵夫人的缺点就是没有这样美丽的手!

伯爵夫人　（旁白）啊! 成见!

伯　　爵　她有这样健美这样丰润的胳膊,这样秀丽这样灵巧的手指吗?

伯爵夫人　（模仿苏姗娜的声调）那么,爱情……

伯　　爵　爱情……不过是幻想,快乐才是实际的东西。快乐把我领到你的裙下。

伯爵夫人　您不再爱她了吗?

伯　　爵　我很爱她。但是,三年的结合把婚姻关系弄得彼此只是相敬如宾了!

伯爵夫人　您以前喜欢她什么?

伯　　爵　（抚摸她）就是现在我在你身上所发现的东西,我的美人……

伯爵夫人　您说说看。

伯　　爵　……我也说不清楚:也许不那么老是一个样子,态度上多少带点刺激性,一种我不知道什么东西造成的魅力,有时候来一个拒绝,我也说不准! 我们的太太们,以为只要她们爱我们就万事大吉了。说过一次爱我们,她们从此就爱我们,爱我们……当她们爱我们的时候,她们那么和蔼,那么经常不变地体贴殷勤,她们永远如此,毫不松懈,因此,总有这么一天,我们会感觉奇怪,过去追求的幸福已经满足……

伯爵夫人　（旁白）啊! 好教训!

伯　　爵　说实话,苏松,我已经想过不知多少次了。我们到别的地方去追求在她们身上消逝了的快乐,这是因为她们不仔细研究方法,维持我们的喜爱,使爱情去而复返,也就是说,用多种的花样来重新引起我们占有她们的乐趣。

伯爵夫人　（愤懑地）那么,一切都是她们的错儿吗?……

伯　　爵　（笑）男人什么错儿也没有吗? 难道我们要改变人类天性的发展吗? 我们男人的责任是获得她们,她们女人的责任……

伯爵夫人　她们的责任……

伯　　爵　……是把我们拴住。这一点倒给人忘了。

伯爵夫人　我可忘不了。

伯　　爵　我也忘不了。

费加罗　（旁白）我也忘不了。

苏姗娜　（旁白）我也忘不了。

伯　　爵　（拿住妻子的手）这儿有回声,我们说话得轻些。在这上面,你用不着去想。你,爱神使你长得又活泼又美丽！只要稍微再来点任性的小脾气,你就是最富有刺激性的情妇了！（吻她的前额）我的苏姗娜,一个卡斯蒂利亚人说一句是一句。我本来已经丧失了权利,不该享受你现在给我的美妙时刻,这些金子是为了赎回这个权利而带来给你的。但是,你对这件事的盛情美意是无价的,因此我再加上这颗钻石。为了我的爱,你把它带上吧。

伯爵夫人　（行礼）苏姗娜全都接受。

费加罗　（旁白）还有比这更不要脸的吗？

苏姗娜　（旁白）这一下我们可发了财啦。

伯　　爵　（旁白）她是有贪图的,这更好办了。

伯爵夫人　（望着舞台后部）我看见一些火把。

伯　　爵　是为准备庆祝你的婚礼的。我们先到亭子里面待一会儿,让他们过去,好不好？

伯爵夫人　一点光亮都没有？

伯　　爵　（轻轻地拉她）要光亮干什么？我们又不要念什么文章。

费加罗　（旁白）她跟他进去了,天哪！我早就猜着这一手。（向前走）

伯　　爵　（转过来,放大声音说）是谁打这儿走过？

费加罗　（愤怒）打这儿走过！是特意来的。

伯　　爵　（低声对伯爵夫人）是费加罗……（逃走）

伯爵夫人　我跟您去。（走进在她右面的亭子。伯爵在舞台后部的树林里迷了路）

第 八 场

〔费加罗和苏姗娜在黑暗中。

费加罗 （想弄明白伯爵和他当做苏姗娜的伯爵夫人到什么地方去了）我什么都听不见，他们已经进去了。这一下我可弄清楚了。（声调有点不自然）笨拙的丈夫们，你们花钱雇间谍，好几个月围着疑团转来转去，下不了断语，你们干吗不跟我学习？结婚的第一天，我就盯上我的老婆，我偷听她。一下子把事情弄得清清楚楚。太妙啦，没有什么疑问了，我知道该怎么办了。（兴奋地走来走去）好在，我毫不在乎，她的不忠实对我并不起作用，我终于抓住他们了！

苏姗娜 （在黑暗中轻轻地向前走。旁白）你疑心得好，你要付出你的代价的。（装作伯爵夫人的声调）谁在这儿走路？

费加罗 （不知所云）"谁在这儿走路？"是诚心愿意一生出来就让瘟病给憋死的人。

苏姗娜 （用伯爵夫人的声调）啊！你不是费加罗吗？

费加罗 （瞅她一下，激动地说）伯爵夫人！

苏姗娜 说话轻点。

费加罗 （快语）啊！夫人，老天爷把您带到这儿来，真太巧了！您猜大人在哪儿？

苏姗娜 一个忘恩负义的人跟我有什么关系？你告诉我……

费加罗 （说得更快）还有我的新娘子苏姗娜，您猜她在哪儿？

苏姗娜 你小声点呀！

费加罗 （很快地）这个苏松，我们一向以为她多么正经，原来只是装模作样的。他们关在这里面了！我把人叫来。

苏姗娜 （用手掩住他的嘴，忘了改变声调）别叫。

费加罗 （旁白）呃！她是苏松！

苏姗娜 （用伯爵夫人的声调）你好像有点心神不定。

费加罗 （旁白）好奸猾的女人！她想逮住我！

苏姗娜　费加罗,我们非报复不可。

费加罗　您真有这种迫切的愿望吗?

苏姗娜　除非我不是女人!但是你们男人报复手段多得很。

费加罗　(推心置腹地)夫人,这儿只有您和我。女人的方法……足比得上男人的一切手段。

苏姗娜　(旁白)看我得怎么打他耳刮子!

费加罗　(旁白)这倒是十分愉快的事,如果真的在洞房花烛以前……

苏姗娜　但是,报复而不加上点儿爱情的成分在里面,这样的报复算什么报复呢?

费加罗　在任何地方,您一点也看不出我的爱情,请您相信,那是被尊敬掩盖住了。

苏姗娜　(愤懑地)我不知道您的心是不是真的这样想,但是,您的话说得可有点儿勉强。

费加罗　(带点滑稽式的热烈,跪下)啊!夫人,我爱您。请您想想这个时间,这个地点,这个环境。我的请求方式是不够漂亮,那就拿您心里的恼恨把这个缺点补上吧。

苏姗娜　(旁白)我真想揍他!

费加罗　(旁白)我的心在跳。

苏姗娜　但是,先生,您有没有想过……

费加罗　想过,夫人,想过,我想过的。

苏姗娜　……生气和爱情……

费加罗　……只要一耽搁就算完了。您的手,夫人。

苏姗娜　(用自然的声调,同时打他一下耳刮子)在这儿。

费加罗　呀!鬼东西!好一下耳刮子!

苏姗娜　(再打一下)好一下耳刮子!这一下呢?

费加罗　这是啥呀?见鬼了!难道今天是打耳刮子的日子吗?

苏姗娜　(说一句,打一下)啊!"这是啥呀?"是苏姗娜。这一下给你的疑心病;这几下是给你的报复,给你的不忠实,给你的诡计,给你的辱骂,给你的坏主意。这就是爱情吗?你像今天早上那样给我说说看。

费加罗 （站起）圣巴巴拉！是的，这就是爱情。啊，幸福呀！啊，快乐呀！啊，最幸福不过的费加罗！打吧，我最疼爱的人，别停手。等你把我浑身都打烂了的时候，苏松，你仁慈地瞧一瞧挨老婆打的最有福气的人。

苏姗娜 "最有福气的人！"你这骗子，拿你这样的甜言蜜语，就是伯爵夫人你也勾引得了。真的，我把我自己都忘了，我是站在她的地位而随你摆弄的。

费加罗 听见你娇滴滴的声音，我还能弄错吗？

苏姗娜 （笑）你早就把我认出来了吗？啊！看我怎样报这个仇！

费加罗 把人家痛揍一顿，还要记仇，这太是女人的特色了！但是，告诉我，我原先以为你是和他在一起的，是哪儿来的好运气使我在这儿看见你？还有，这身衣服，刚才把我弄糊涂了，现在终于证明了你的清白，到底是怎么回事？……

苏姗娜 啊，你多么天真，自己跑来掉在为别人而设的陷阱里！我们想逮一只狐狸，结果逮了两只，难道这是我们的错儿吗？

费加罗 谁逮了那一只？

苏姗娜 他的太太。

费加罗 他的太太？

苏姗娜 他的太太。

费加罗 （狂欢地）啊！费加罗，你真该死！你竟没猜到这一招！他的夫人？啊，最机灵的、最最机灵的女性，——那么，在这个亭子的那儿下吻……

苏姗娜 都给了夫人。

费加罗 侍从武士的那个吻呢？

苏姗娜 （笑）给了大人。

费加罗 还有，刚才，在沙发后面的那个吻呢？

苏姗娜 没给谁。

费加罗 你敢保证？

苏姗娜 （笑）你又要吃耳刮子了，费加罗。

费加罗　（吻她的手）你的耳刮子和珠宝一样,伯爵的可不是玩的。
苏姗娜　得了,高傲的人!谦虚点吧。
费加罗　（说一件,做一件）你说得对:跪下,弯腰,叩头,五体投地。
苏姗娜　（笑）哈!可怜的伯爵!费了多大劲儿……
费加罗　（抬头,仍旧跪着）……为了征服他自己的老婆!

第 九 场

〔伯爵从舞台后面上,一直走到他右面的亭子,费加罗,苏姗娜。

伯　爵　（自语）在树林里找不着她。她也许进了这儿吧。
苏姗娜　（对费加罗,低声）他来了。
伯　爵　（推开亭子的门）苏松,你在里面吗?
费加罗　（低声）他在找她呢,我还以为……
苏姗娜　（低声）他还没把她认出来。
费加罗　我们索性把他气死,你看好不好?（吻她的手）
伯　爵　（转过来）一个男人跪在伯爵夫人脚下……啊,我手无寸铁。
（他向前走）
费加罗　（整个站起来,装别人的声调）原谅我,夫人,早上我真没有想到这个普通约会原来就是为了欢聚一番的。
伯　爵　（旁白）就是今天早上梳妆室里的那个人。（拍前额）
费加罗　（继续）我们不能因为早上遭遇了那种讨厌的障碍,就以为命里注定要把我们的欢乐往后延期。
伯　爵　（旁白）宰他!要他死!叫他到地狱去!
费加罗　（领苏姗娜到园亭,低声）他在咒骂。（高声）我们赶快点,夫人,补偿刚才我跳下窗户的时候,他使我们遭受的损失。
伯　爵　（旁白）啊!这一下什么都揭破了。
苏姗娜　（在她左面的亭子附近）我们慢点进去,先看清楚有没有人跟在我们后面。

〔费加罗吻她的前额。

伯　爵　（大声叫）我要报仇！

〔苏珊娜逃进芳舍特、马尔斯琳和薛侣班已经藏在里面的亭子。

第 十 场

〔伯爵,费加罗。

〔伯爵抓住费加罗的胳膊。

费加罗　（装成非常害怕的样子）是我的主人！
伯　爵　（认出是他）啊！恶棍,原来是你！喂,来人呀,来人呀！

第 十 一 场

〔佩得里尔,伯爵,费加罗。

佩得里尔　（穿着皮靴）大人,我到底找着您了。
伯　爵　好！是佩得里尔。就你一个人吗？
佩得里尔　从塞维勒骑马飞跑回来的。
伯　爵　走过来,放大嗓门喊。
佩得里尔　（拼命叫）侍从武士连个影子都找不着。文件袋还在我这儿。
伯　爵　（推开他）呸！你这畜生！
佩得里尔　大人,是您叫我喊的。
伯　爵　（紧紧抓住费加罗）叫你喊人。——喂,来人呀！你们听见我喊吗？大家赶快过来。
佩得里尔　费加罗和我,有我们两个人在这儿；难道会有什么事情出在您身上？

第 十 二 场

〔前场人物,比里杜瓦松,霸尔多洛,唐巴齐勒,安东尼奥,格里普·索莱尔,以及所有参加婚礼的人都拿着火把跑过来。

霸尔多洛　（对费加罗）你瞧,你一发出信号……

伯　　爵　（指指他左面的亭子）佩得里尔,给我把住这道门。（佩得里尔走过去）

唐巴齐勒　（低声对费加罗）你捉住他和苏姗娜在一起了吗?

伯　　爵　（指着费加罗）我的佃农们,你们大家把这个人给我围住,拿你们的生命作保,不许他跑掉。

唐巴齐勒　哈哈!

伯　　爵　（狂怒）不许你作声。（用冰冷的口气对费加罗）我的骑士,你肯回答我的问题吗?

费加罗　（冷静地）呃!大人,谁能开恩叫我不回答您?这儿的一切,除您自己以外,都是归您支配的。

伯　　爵　（抑制自己）除我自己以外!

安东尼奥　说得对。

伯　　爵　（火又上来）不,他装成非常镇静的样子,叫我火上添油!

费加罗　难道我们是那些不明白为了什么利益去杀人和被人杀死的丘八吗?我呀,我想知道干吗我要生气?

伯　　爵　（大怒）啊,气死我了!（抑制自己）假装糊涂的正人君子!至少你能不能做个好事,告诉我们,让你带进这亭子里面的那个女的是什么样的人吗?

费加罗　（恶意地指另一个亭子）在那个里面?

伯　　爵　（快语）在这个里面。

费加罗　（冷淡地）这就不一样了。是一个对我另眼相看的年轻女人。

唐巴齐勒　（吃惊）啊!啊!

伯　　爵　（快语）先生们,你们都听见了吗?

霸尔多洛　（吃惊）我们都听见了。

伯　　爵　（对费加罗）你不是明明知道这个年轻女人已经和一个男子有关系了吗?

费加罗　（冷淡地）我知道有一位大贵族曾经照顾过她一个时期。但是,也许因为已经把她忘在一边,也许因为我比别人更讨她喜欢,所以她今天特别垂青于我。

伯　爵　（激动）特别垂青于……（抑制自己）至少,他是坦率的！因为他所承认的话,我对你们发誓,我已经从他的女同谋犯的嘴里听见了。

比里杜瓦松　（惊呆）他——他的女同谋犯！

伯　爵　（狂怒）现在,耻辱已经公开,报复也非公开不可。（走进亭子）

第 十 三 场

〔前场人物,除了伯爵。

安东尼奥　这是公道的。

比里杜瓦松　（对费加罗）谁——谁偷了谁的太太？

费加罗　（笑）谁都没有这个福气。

第 十 四 场

〔前场人物,伯爵,薛侣班。

伯　爵　（在亭子里面说话,拉住一个大家还看不见的人）您的一切挣扎都是徒然的。您算完了,夫人,您的末日到了！（看也不看就走出来）多么幸福,我那样痛恨的婚姻不再约束……

费加罗　（大叫）薛侣班！

伯　爵　我的侍从武士！

唐巴齐勒　哈哈！

伯　爵　（怒,旁白）又碰上侍从武士这个鬼东西！（对薛侣班）你在这个亭子里面干什么？

薛侣班　（胆怯地）我依照您的命令躲着呢。

佩得里尔　白麻烦半天,把马都快累死了！

伯　爵　进去,你,安东尼奥。把败坏我名誉的下贱女人领出来,见她的法官。

比里杜瓦松　您要在里面找——找出来的就是夫人吗？

安东尼奥　天呀，冥冥中自有主宰！您在这块地方造过不少孽！……
伯　爵　（狂怒）进去。
　　　　〔安东尼奥走进去。

第十五场

　　　　〔前场人物，除了安东尼奥。
伯　爵　你们看吧，诸位先生，不单侍从武士一个人在里面。
薛侣班　（胆怯地）如果不是一个有感情的人，安慰过我的痛苦，我的命运未免太残酷了。

第十六场

　　　　〔前场人物，安东尼奥，芳舍特。
安东尼奥　（拉住一个大家还看不见的人的胳臂）得了，夫人，别要人家求您才肯出来呀，既然大家都知道了您在这儿。
费加罗　（大叫）小表妹！
唐巴齐勒　哈哈！
伯　爵　芳舍特！
安东尼奥　（转过身，大叫）啊，天呀！大人，真开心，单单挑选我，要我指给大家看，这场天翻地覆的热闹都是我女儿惹出来的！
伯　爵　（怒）谁知道她也在里面？（想再进去）
霸尔多洛　（向前走）让我来吧，伯爵大人，这个事情还没弄清楚。我倒沉得住气，我。（走进去）
比里杜瓦松　又——又是一桩纠缠不清的案子。

第十七场

　　　　〔前场人物，马尔斯琳。

霸尔多洛 （在里面说话,走出来）不用害怕,夫人,不会叫您吃苦头的。我向您保证。(转过身来,大叫)马尔斯琳……
唐巴齐勒　哈哈!
费加罗　（笑）哈哈,发疯了!这里面也有我娘一份?
安东尼奥　看谁最倒霉。
伯　爵　（怒）我还在乎吗,我?伯爵夫人……

第十八场

〔前场人物,苏姗娜用扇子挡着脸。
伯　爵　……啊!她出来了。(粗暴地抓住她的胳臂)——你们认为,诸位先生,应该怎样惩罚一个下贱的……
〔苏姗娜垂着头跪下。
伯　爵　不,不!
〔费加罗在对面跪下。
伯　爵　（更大声）不,不!
〔马尔斯琳在他面前跪下。
伯　爵　（更大声）不,不!
〔全体跪下,除了比里杜瓦松。
伯　爵　（狂怒）你们就是跪下一百个也不成!

第十九场

〔所有前场人物,伯爵夫人从另一个亭子走出来。
伯爵夫人　（跪下）至少,我也凑个数。
伯　爵　（看看伯爵夫人和苏姗娜）啊!我看见什么!
比里杜瓦松　（笑）呃!天呀!是——是夫人呀!
伯　爵　（想扶起伯爵夫人）什么!刚才原来是您,伯爵夫人?(恳求口气)只有请求您宽宏大量,饶恕……

203

伯爵夫人 （笑）您要是站在我的地位，您就会说"不，不"了。我呢，我今天第三次无条件地答应您。（站起）

苏姗娜 （站起）我也答应。

马尔斯琳 （站起）我也答应。

费加罗 （站起）我也答应。这儿有回声。

〔大家都站起来。

伯　爵　有回声！——我本想对他们使点诡计，他们倒把我当个小孩子似的耍了半天。

伯爵夫人 （笑）用不着懊悔，伯爵。

费加罗 （用帽子抹抹膝盖）像今天这样的短短一天倒很能训练出一个大使来！

伯　爵 （对苏姗娜）用别针封口的那封信……

苏姗娜 ……是太太口授的。

伯　爵　真应该给她一个答复。（吻伯爵夫人的手）

伯爵夫人 是谁的就应该给谁。（把钱袋给费加罗，把钻石给苏姗娜）

苏姗娜 （对费加罗）又是一份结婚费。

费加罗 （拍拍他手里的钱袋）三份里面，这一份得来可真不容易！

苏姗娜 像我们的结婚一样不容易。

格里普·索莱尔 新娘子的袜带①给不给我们？

伯爵夫人 （从怀里拿出她仔细保存的丝带，把它扔在地下）袜带？在她的衣服里面，就在这儿。

〔参加婚礼的孩子们都想捡它。

薛侣班 （比他们更敏捷，跑过去，捡起它）谁想要，谁跟我抢抢看！

伯　爵 （笑着对侍从武士）你这位容易发怒的少爷，刚才给你的那下耳刮子，你觉得有点意思吗？

薛侣班 （往后退，把他的剑抽出一半）给我，长官？

费加罗 （滑稽式的生气）那一下耳刮子打在我的嘴巴上了……大人物

---

① 西班牙的风俗，新娘子的袜带是吉利物，结婚后要给别人的。

就是这样主持公道的!

伯　爵　（笑）在他的嘴巴上？哈,哈,哈！您怎么个想法,我亲爱的伯爵夫人？

伯爵夫人　（沉湎在一段回忆中,醒过来,动情地说）啊！是的,亲爱的伯爵,我这辈子,不再疏忽了,我向您保证。

伯　爵　（拍拍比里杜瓦松的肩膀）您呢,比里杜瓦松,现在请您说说您的看法。

比里杜瓦松　关——关于我所看见的一切,伯爵大人？说——说真的,我呢,我——我不知道该对您说什么:这就是我的想法。

全　体　判断得好!

费加罗　以前我穷,人家都瞧不起我。我表现出一点才气,人家又都恨我。现在,有了一个漂亮的老婆和这些财产……

霸尔多洛　（笑）大家的心又都会回到你这儿。

费加罗　这是可能的吗？

霸尔多洛　人情世故,我都明白。

费加罗　（向观众行礼）我的老婆和财产不算在内,你们大家将使我感到荣幸,叫我快乐。

〔奏《流行小调》的前奏曲。

第 一 节

唐巴齐勒　三份嫁妆,一个漂亮的媳妇:
　　　　　这给新郎多么大的财富!
　　　　　一个贵族,一个乳臭未干的侍从武士,
　　　　　只有傻瓜才会跟他们吃醋。
　　　　　有一句拉丁文的老成语,
　　　　　机灵的人可以利用利用……

费加罗　我知道了,那成语是:（唱）Gaudeant bene nati①。

---

① 拉丁文成语:生在好人家的人快乐。

唐巴齐勒　　不对,那成语是:(唱)Gaudeant bene nanti①。

第 二 节

苏姗娜　　　一个欺骗了妻子的丈夫,
　　　　　　他自己扬扬得意,人人都笑;
　　　　　　他的妻子只要有点任性,
　　　　　　他控告她她就会受到惩罚。
　　　　　　这种荒谬的不公平事情,
　　　　　　需要说出它的道理来吗?
　　　　　　法律是强有力的人制订的。(重唱)

第 三 节

费加罗　　　让·雅诺,可笑的吃醋专家,
　　　　　　他既要老婆又要安静;
　　　　　　他买回一只很可怕的狗,
　　　　　　把它放在自己的围墙里。
　　　　　　夜里,啊,闹得翻天覆地!
　　　　　　狗乱蹦乱跑,逢人便咬,
　　　　　　就是不咬卖狗的姘头。(重唱)

第 四 节

伯爵夫人　　这一个,不再爱她的丈夫,
　　　　　　却很高傲,敢保证自己。
　　　　　　另一个,对丈夫相当不忠实,
　　　　　　但赌咒说她只爱她的丈夫。

---

① 拉丁文:落在好人家的人快乐。唐巴齐勒把拉丁文的 nati(生)改为 nanti(落),只加上一个 n 字。费加罗所背的成语指阿勒玛维华伯爵,唐巴齐勒改的成语指费加罗。

　　　　　　比较有理智的呀,唉！还是
　　　　　　和情人来往,却小心谨慎,
　　　　　　什么咒也不敢赌的女人。(重唱)

第 五 节

伯　爵　　我们追求的如果是一个
　　　　　　遵守妇道的乡下妇女,
　　　　　　就算成功也没什么稀奇;
　　　　　　幽雅高贵的女人万岁！
　　　　　　她好像一块国王的钱币,
　　　　　　只要铸上一个丈夫的戳记,
　　　　　　就可以为一切男人谋福利。(重唱)

第 六 节

马尔斯琳　没有一个人不认识
　　　　　　生之育之的慈母;
　　　　　　其他一切都是个神秘,
　　　　　　这就是呀,爱的秘密。
费加罗　(续下去)
　　　　　　这个秘密给我们说明
　　　　　　一个干粗活的人的孩子
　　　　　　具有多么优秀的品质。(重唱)

第 七 节

　　　　　　由于每人出身的不同,
　　　　　　一个当国王,一个当牧童,
　　　　　　命运使他们有这么大的距离;
　　　　　　只有思想能改变一切。
　　　　　　许多受人焚香礼拜的国王,

　　　　　一断气,他们的祭坛也就完事;
　　　　　唯有伏尔泰却长生不死!(重唱)

第 八 节

薛侣班　　可爱的女性,易变的女性,
　　　　　你们折磨我们的青春,
　　　　　每一个人都生过你们的气,
　　　　　每一个人可都回到你们那里。
　　　　　戏院里池座的观众就是你们的形象:
　　　　　谁都好像瞧不起他们,
　　　　　可谁都努力争取这些观众。(重唱)

第 九 节

苏姗娜　　这一部快乐狂欢的作品①。
　　　　　里面包藏着某些教训;
　　　　　你们欣赏这个剧本的噱头,
　　　　　那就请你们接受它的道理。
　　　　　就是这样,明智的大自然,
　　　　　在我们的情欲中引导我们
　　　　　通过欢乐,达到它的目的。(重唱)

第 十 节

比里杜瓦松　诸位先生,你们现——现在
　　　　　　要批评的这部喜——喜剧,
　　　　　　除非我说错了,它描——描写的是
　　　　　　懂得生活的善良人民的生活。
　　　　　　受着压迫,他诅咒,他怒吼,

---

① 《费加罗的婚礼》又名《狂欢的一日》。

他用种种方——方式行动起来：

所有一切都在歌声中结——结束。（重唱）

〔全体跳芭蕾舞。

剧　终

法国巴黎街头的博马舍雕像

有罪的母亲
又名:另一个伪君子
(1797)①

龙 佳译

---

① 该剧的写作完成于1791年,首演于1792年6月26日。旋即,博马舍流亡国外。在此期间,剧本于1793年出版,并非作者完全认可版本。1796年博马舍流亡回国,次年亲自出版该剧本。该译本依据的即是这一版本。

人　物

阿勒玛维华伯爵——
　　西班牙大贵族,派头高贵,不傲慢。
阿勒玛维华伯爵夫人——
　　忧愁,善良而虔诚。
雷昂骑士——
　　伯爵夫妇的儿子,向往自由的青年,如初生牛犊,血气方刚。
弗洛莱丝汀娜——
　　阿勒玛维华伯爵的养女和教女,情感丰富的年轻姑娘。
贝雅尔斯先生——
　　爱尔兰人,西班牙陆军步兵少校,伯爵使团的前任秘书;心机重,手腕多,擅于挑拨离间。
费加罗——
　　伯爵的贴身仆人,外科医生和亲信,深谙世故。
苏珊娜——
　　伯爵夫人的第一侍女,费加罗的妻子;聪慧机敏,忠心耿耿,没有了年轻时候的幻想。
法勒先生——
　　伯爵的公证人,循规蹈矩,十分公正。
纪尧姆——
　　贝雅尔斯先生的德国男仆,跟主人相比显得太过单纯。

时间、地点

18世纪90年代末的巴黎,伯爵府上。

第 一 幕

舞台布景：一个富丽堂皇的客厅。

第 一 场

〔苏珊娜，独自，手拿深暗色的花，拢成一束。

苏珊娜　夫人睡醒可以叫我了，让人难过的活儿我已经做完了。（无力地坐下）这才九点，我就累了……昨晚服侍她睡下时她的最后一个吩咐让我整夜都没睡好……"明天，苏珊娜，一早多带些花儿来，装点我的住处。"——又对门房吩咐："明天一整天我谁都不见。"——"给我扎一捧花束，用黑色和深红色的花，中间插一朵小白菊……"就是这个了。——可怜的夫人！她会哭的！这些繁杂的准备是为了谁呢？……啊啊！要是在西班牙，今天该是她儿子雷昂的命名日了……（神秘地）也是另一个走了的人的命名日！（看着花）血和丧服的颜色！（叹气）伤心永远不会愈合了！——既然她要哀悼旧人，那就系上一块黑纱吧。（她系上花束）

第 二 场

〔苏珊娜；费加罗小心翼翼地打量。这一场表演需要加快节奏。

苏珊娜　快进来，老费！你看起来就像个来你老婆家里偷情的情人！
费加罗　方便说话吗？
苏珊娜　方便，就是门得一直开着。

费加罗　为什么这么小心？

苏珊娜　要谈的那个人随时会来。

费加罗　（一字一句地）尊敬的——伪君子——贝雅尔斯①？

苏珊娜　嗯，跟他约好了。——别老给他加绰号；传到他耳朵里，当心坏了你的好事。

费加罗　我叫他"尊敬的"②呀！

苏珊娜　但别叫"伪君子"。

费加罗　该死的！

苏珊娜　听上去你很担忧！

费加罗　是愤怒。（她起身）我们说好的，你会真心帮我阻止一场大混乱，对吧？你不会还被这个恶人蒙在鼓里吧？

苏珊娜　不会，但我觉得他在防备我；他什么都不跟我说了。其实，我担心他猜到我们已经和好了。

费加罗　那就装作闹僵的样子。

苏珊娜　到底是什么让你这么生气？

费加罗　我们先来把事情理理顺。自打我们来到巴黎，阿勒玛维华先生（现在得加上他的名字了，因为他受够了别人称呼他老爷③）……

苏珊娜　（恼火地）真荒谬，夫人不带仆人就出门了！我们看上去跟其他人都一样！

费加罗　我说，自从他的浪荡大公子在一场赌局后的争斗中丢了性命，一切都变了样，你是知道的。伯爵变得阴沉沉的，脾气大得很。

---

① 法文是"Honoré-Tartuffe-Bégearss"。"Honoré"有双层语义：既为法语常用人名，可音译为"奥诺雷"；也是品质形容词，意为"尊敬的"。"Tartuffe"是莫里哀的名篇《伪君子》（Tartuffe）中的人物名字，是一个伪善的信徒形象。后世逐渐将该专有人名作为普通名词使用，意为"伪君子"。在这里，费加罗故意给贝雅尔斯姓名里加上第二个名字"伪君子"，与其第一个名字"尊贵的"形成鲜明对比，意含讽刺。

② 费加罗在这里强调的是"Honoré"作为品质形容词的含义。

③ 该剧本完成于法国大革命爆发之后的1792年，随着旧体制的完结，社会上对贵族的称谓由含有特权阶级特点的"老爷"（Monseigneur）改成了具有布尔乔亚式平等观念的"先生"（Monsieur）。剧作者博马舍顺应了这一发展趋势。

苏珊娜　你的脾气也够坏的!

费加罗　另一个儿子在他眼里变得面目可憎!

苏珊娜　太可憎了!

费加罗　夫人真不幸福!

苏珊娜　这是他一手促成的不幸。

费加罗　他加倍爱护他的养女弗洛莱斯汀娜,还想方设法变卖财产!

苏珊娜　可怜的老费,你知道自己开始絮叨了吗?这些我都知道,还用得着说吗?

费加罗　还是需要沟通来保证我们达成了共识。这个居心叵测的爱尔兰穷鬼,家庭的祸害,仗着自己伯爵秘书的身份,在伯爵身边写了几封信,掌握了家庭的所有秘密,这点已经被证实。老狐狸,怂恿伯爵一家从昏沉沉的西班牙来到这个被搅得天翻地覆的国家①,打算在这里利用伯爵夫妇的不和,离间他们,娶上养女,侵吞这个危难之家的全部财产,这还不清楚吗?

苏珊娜　好吧,那我,我能对这一切做些什么呢?

费加罗　盯紧他;告诉我他的一举一动……

苏珊娜　我一向都把他说的向你汇报的。

费加罗　啊!他说的……只是他愿意说的!要抓住那些溜出他嘴缝的话、最细微的手势、某个动作,这才是他心底的秘密!他正在盘算阴谋!要让他相信自己胜券在握;因为我发现他看上去……更虚伪、更阴险、更自命不凡;一副获胜之前就扬扬自得的法国人蠢样!你不能也像他那样耍诈吗?哄着他,用希望迷惑他?无论他要求什么,都不要拒绝?

苏珊娜　要求真多!

费加罗　一切都会顺利,一切都会朝着目标迈进,如果我能及时获得他的情况。

苏珊娜　那我要把这些告诉夫人吗?

---

① 指法国经历了1789年大革命。

费加罗　还不到时候;他们都被他蒙在鼓里。人家不会相信你:你非但救不来,还会害了大家。你要像影子样地跟着他……我呢,在外围监视他……

苏珊娜　我的朋友,跟你说了他怀疑我;要是他撞见我们在一起……他下来了……关门!……我们要装成吵得不可开交。(她把花束放到桌上)

费加罗　(提高嗓门)我可不愿意! 我警告你别再干蠢事!……

苏珊娜　(提高嗓门)好吧!……是啊,我好怕你啊!

费加罗　(作势扇了她一耳光)啊! 你怕我!……给你,泼妇!

苏珊娜　(假装吃了这记耳光)你打我……在我主人家里!

第 三 场

〔贝雅尔斯少校,费加罗,苏珊娜。

贝雅尔斯　(穿着军服,臂上戴着黑纱)哟! 吵得厉害啊! 我在家都听见吵了一小时了……

费加罗　(旁白)听了一小时!

贝雅尔斯　我出来一看,一个哭哭啼啼的女人……

苏珊娜　(装哭)这个挨千刀的动手打我!

贝雅尔斯　啊! 作孽! 费加罗先生! 绅士从不打女人吧?

费加罗　(很不客气地)哎! 活见鬼! 先生,您别管了! 我不是"绅士",这个女人也不是"别人":她是我老婆,不检点地跟人纠缠不清,因为有人撑腰,就以为可以不把我放在眼里。啊! 得好好教训她……

贝雅尔斯　要粗暴到这般境地吗?

费加罗　先生,我要是为自己的举动找一个评判人,找您再合适不过了,您可心知肚明!

贝雅尔斯　您这就冒犯我了,先生;我会跟您的主人汇报这件事的。

费加罗　(讥笑地)冒犯您! 我吗? 不可能。(下)

第 四 场

〔贝雅尔斯,苏珊娜。〕

贝雅尔斯　我的孩子①,我不明白。他这般暴跳如雷是为什么呢?

苏珊娜　他来找我碴儿,说了好多您的坏话。他不让我见您,让我再不敢跟您搭话。我代您辩了两句,于是就越吵越凶,直到扇了我一耳光……这是他头一遭这么对我,我可要离开他。您都看见了……

贝雅尔斯　我们不理这些了。某种疑云曾略微损害了我对你的信任,但这场争吵已经把疑云驱散。

苏珊娜　这就是您的安慰?

贝雅尔斯　好!我给你报仇!是时候补偿你了,我可怜的苏珊娜!首先,你得知道一个大秘密……但确定门是关着的吗?(苏珊娜去看门。他旁白)啊!要是能从伯爵夫人那里弄到双层首饰匣就好了,哪怕只有三分钟,那里面可有重要的信件……

苏珊娜　(回来)哎,大秘密?

贝雅尔斯　给我帮个忙,你就要走红运了。我娶弗洛莱斯汀娜,已是板上钉钉。他父亲非要如此不可。

苏珊娜　谁?她父亲?

贝雅尔斯　(笑)咳!你竟然不知道?这是铁定的规律,我的孩子:像她这样的孤儿来到一户人家,作养女也好,教女也罢,她就是一家之主的女儿。(严肃的语气)总之,我可以娶到她……要是你助我一臂之力的话。

苏珊娜　哦!可是雷昂很爱她。

贝雅尔斯　他们的儿子?(冷淡地)我会撇开他。

苏珊娜　(惊讶地)啊!……她也是,她也在热恋中。

贝雅尔斯　热恋他?……

---

① 在18世纪这是以上对下的一种友好称呼,无关乎年龄。

苏珊娜 是的。

贝雅尔斯 （冷漠地）我会教她死心的。

苏珊娜 （更吃惊）啊！啊！……夫人知道他们的事，还撮合他们。

贝雅尔斯 （冷冰冰地）我们会让她改变主意。

苏珊娜 （惊愕地）这也可以？……那费加罗，我没看错的话，可是那年轻人的知心人。

贝雅尔斯 这我最不担心。除掉这个人岂不正中你意？

苏珊娜 但愿不要给他造成任何伤害。

贝雅尔斯 呸！他俩只要动动脑筋，就会把不近人情的正派抛到九霄云外。跟他们好好谈谈利弊，他们自己就会改变主意。

苏珊娜 （怀疑地）您这么做，那先生……

贝雅尔斯 （倚着身子）我会这么做的。你看，在这样一桩安排中，根本没有爱情。（温柔的神情）我只真正爱过你。

苏珊娜 啊！要是夫人想要……

贝雅尔斯 我会安慰她的。但是她回绝了我的好意……按照伯爵的计划，伯爵夫人要进修道院了。

苏珊娜 （激动地）我可不愿意连累她！

贝雅尔斯 哎哟！他总是照她说的来！我总是听你说："啊！她是凡间的天使！"

苏珊娜 （动气）怎么！要折磨她吗？

贝雅尔斯 （笑）不折磨，但至少让她接近天堂，天使们的家园，她曾坠落的地方！……既然这些美妙的新法律允许离婚……

苏珊娜 （激动地）伯爵想离婚？

贝雅尔斯 如果他可以的话。

苏珊娜 （生气）啊！混账男人们！真想把他们都掐死！……

贝雅尔斯 （笑）希望你没把我算在内。

苏珊娜 老实说，……别抱太大希望。

贝雅尔斯 （笑）就喜欢你这直率的脾气：让人看到你的好心肠！至于多情的骑士，伯爵将派他去远行……很久。那个费加罗，处事老到，则

219

是他默默无闻的领路人。(他握她的手)这才是有关我们的:伯爵、弗洛莱斯汀娜和我,一起住在公馆里,亲爱的苏珊娜属于我们,担负所有的信任,做我们的总管,对全体仆役发号施令,大权在握。不再有丈夫的管束,不再吃耳光,不再有粗暴唱反调的人,流光溢彩的日子,堆金叠玉的生活!……

苏珊娜　从您的甜言蜜语里,我听出您想让我帮您得到弗洛莱斯汀娜?

贝雅尔斯　(爱抚地)老实说,我仰仗你的细心。你一直是出色的女人!其余的都在我的掌控中,独独这一点上你是关键。(激动地)比如,今天你可以帮我们个大忙……(苏珊娜端详他。贝雅尔斯接着说)我说"大忙",是因为它重要。(冷淡地)因为,在我看来,实在是小事一桩!伯爵签婚约时突发奇想,要给他女儿打造一套跟伯爵夫人的钻石首饰一模一样的首饰。他不想让人知道这事儿。

苏珊娜　(惊讶地)啊!啊!……

贝雅尔斯　考虑得不错!漂亮的钻石首饰能圆满地解决问题!也许他会问你要他夫人的首饰匣,让做珠宝的人对比首饰上的图案……

苏珊娜　为什么参照夫人的图案?想法够奇怪的!

贝雅尔斯　他说这些图案美得无与伦比……你知道的,在我看来,这根本无所谓!哎,你懂了吗?他来了。

第 五 场

〔伯爵,苏珊娜,贝雅尔斯。

伯　爵　贝雅尔斯先生,我在找您。

贝雅尔斯　先生,去您那儿之前,我来告知苏珊娜您要问她拿首饰匣……

苏珊娜　至少,老爷,您觉得……

伯　爵　哎哎,省省你的"老爷"吧!来这个国家的时候,我不是命令过了吗?

苏珊娜　我觉得,老爷,改称呼降低了我们的身份。

伯　爵　那是因为比之真正的尊贵,虚荣心让你感觉更好。想要在一个国家生活,就不要触犯它的约定俗成。

苏珊娜　好吧!先生,至少您答应我……

伯　爵　(严肃地)什么时候开始变得没大没小了?

苏珊娜　那我去给您拿首饰匣。(旁白)当然得去!费加罗让我什么也别拒绝!……

第 六 场

〔伯爵,贝雅尔斯。

伯　爵　我截断了她可能的疑虑。

贝雅尔斯　另有一点,先生,让我更加担心。我发现您神情沮丧……

伯　爵　我跟你说说吧,朋友?失去儿子曾是我最大的痛。某种令人心碎的悲伤使我的伤口流血,使我的生活难以忍受。

贝雅尔斯　在这点上,若您允许我犯忌的话,我要说您的小儿子……

伯　爵　(激动地)我的小儿子?我没有小儿子。

贝雅尔斯　您冷静些,先生,我们这样来想。失去心爱的孩子会导致您对另一个孩子、对您的太太,您自己的感觉有偏差。那么判断这样的事是否只是出于猜测?

伯　爵　猜测?啊!我对此太肯定了!我巨大的忧愁就是缺乏证据。我可怜的孩子在世的时候,我对此并不太重视。他可以继承我的姓氏,我的封地,我的财产……这另一个于我何干?我冰冷的蔑视,一块署名的封地,一个马耳他骑士团的骑士身份①,一份年金,就是我对他和他母亲的回报!可是现在,失去了爱子,你能想象我眼睁睁地看着一个陌生人继承我的地位、头衔那种绝望吗?还有,每天给我安上"父亲"这可憎的称谓来激起我的痛楚?

贝雅尔斯　先生,我试图让您平静恐怕会让您恼火,可是您妻子的

---

①　一般而言,贵族家庭里非长子的命运往往是成为马耳他骑士团的骑士。骑士团成员不得结婚生子。

221

美德……

伯　　爵　（动气）啊！不过又添了一桩罪。用模范的生活来掩盖像这样的耻辱！二十年来,她用操守和最恭敬的虔诚令人尊敬和敬佩;用这般装模作样的行为,把由我所谓的怪脾气引起的所有错处归结到我一个人身上!……我越来越恨他们。

贝雅尔斯　就算她犯了错,您又要她做什么呢？在这世界上,有哪种错是二十年的忏悔都最终无法抚平的呢？您自己就无可指摘吗？这位年轻的弗洛莱斯汀娜,您唤作养女的,最能走近您的心……

伯　　爵　所以她给我的复仇提供了保障！我要变现我的财产,悉数过到她的名下。从韦拉克鲁斯①寄来的三千金币已经到账,用作她的嫁妆;这是给你的。只要帮我为这份赠予盖上一层不透光的面纱。接受我的财产,成为她的丈夫,却假设是一笔遗产继承,某个远方亲戚的遗赠……

贝雅尔斯　（指指臂上的黑纱）您看,按您的指示,我已经戴孝了。

伯　　爵　待国王同意把我西班牙的所有封地兑换为这个国家的产业后,我再想办法让你们俩都拥有这些。

贝雅尔斯　（激动地）我呢,不要这些。您认为根据某些猜疑……还可能是没有什么根据的猜疑,我会去联合诈取这位冠您名姓的继承人、一位尽善尽美的年轻人吗？因为必须承认他有……

伯　　爵　（不耐烦地）比我儿子更多优点是,您想说这个吗？……人人都像您这么想,这惹得我更讨厌他！

贝雅尔斯　如果您的养女同意和我结婚,对于这笔从您的巨额财富中抽取出来的三百万金币的嫁妆,我无法接受自己成为这笔钱的主人。只有在结婚协议上写明是我对我爱人的馈赠,我才会接受。

伯　　爵　（把他紧抱在怀里）正直坦率的朋友！我为女儿选了一位多么好的丈夫啊！……

---

① 墨西哥城市。其时墨西哥隶属于西班牙治下,伯爵是总督。

第 七 场

〔苏珊娜,伯爵,贝雅尔斯。

苏珊娜　先生,这是首饰盒。不能留太久,我得在夫人醒来之前放回原位。

伯　爵　苏珊娜,出去时不要让人进来,除非我打铃。

苏珊娜　(旁白)要把这些告诉费加罗。(下)

第 八 场

〔伯爵,贝雅尔斯。

贝雅尔斯　您打算怎么检查这个首饰盒?

伯　爵　(从口袋里掏出一个镶满钻石的手镯)我再也不想隐瞒我的耻辱的全部细节。听着:一个叫雷昂·达斯托尔嘉的人,我从前的侍从,被唤作薛侣班……

贝雅尔斯　我认识他。我们曾在同一个军团服役,托您的福,我是这个军团的少校。可是他二十年前就去世了。

伯　爵　这正是我的猜疑所在。那时候他胆敢爱她。我想她深陷迷恋,就打发他到远离安达卢西亚①的军团里任职。儿子出生一年后,一场可恶的战斗迫使我离了家(他用手捂住双眼),我做墨西哥总督的时候,你猜她在哪里安顿?她没有待在马德里,也不在我塞维勒的府邸,也没有住在极好的疗养地阿瓜斯-弗莱斯加斯,多幽静的地方啊,朋友。她选择了一处其貌不扬的城堡,位于省会阿斯托尔嘉,就在我从那个侍从家买的一块微不足道的封地上。她愿意在那里打发三年我不在的日子,也是在那里她生下了……(九个或十个月之后,

---

① 西班牙地区名。其时伯爵一家住在安达卢西亚。参见《费加罗的婚礼》第一幕第十场。

我何尝知道？)这个带着不忠不义印记的野种！有一次，画师为制作伯爵夫人的手镯为我画像，他觉得这个年轻侍从十分好看，就为他作了一幅画，现在是我橱柜里最漂亮的一幅画。

贝雅尔斯　好吧……（他垂下眼睛）以至于您的夫人……

伯　　爵　（激动地）绝不愿再见他？哼！关于这幅画像，我让人另画了一幅，嵌进这个手镯，手镯是由同一个珠宝师制作、跟她那个一模一样镶满了钻石。我要用这个手镯替换她的手镯。她见到手镯若是缄默不语，你就知道我的证据到手了。她会采用何种说辞，若是一番严肃的解释，那么我的耻辱就分秒立现了。

贝雅尔斯　您若是问我的看法，先生，我反对这般盘算。

伯　　爵　为什么？

贝雅尔斯　名誉不容许这般不地道的手段。如果某种幸运或不幸的巧合已经向您显现了某些事实，那么，还请您深究。但是布下圈套！制造意外！唉！有哪个人，只要稍微有点分寸，会从他的死敌身上获取这种好处呢？

伯　　爵　回头已太迟。手镯做好了，侍从的头像也在里面了……

伯　　爵　（拿过首饰盒）先生，以真实的名誉之名……

伯　　爵　（拿走首饰盒里的手镯）啊！我心爱的画像，我拿到了！至少，用它来装扮我女儿的玉臂会让我开心，我女儿胜她一百倍地配得上这手镯！……（他把手镯掉了包）

贝雅尔斯　（假意阻止。他们各自扯着首饰盒的一角。贝雅尔斯巧妙地使夹层打开，并生气地叫嚷）啊！盒子扯破了！

伯　　爵　（观察）没有破。只不过这番争夺揭开了某个秘密。夹层里藏着信件！

贝雅尔斯　（阻止）我揣测，先生，您不会过分到……

伯　　爵　（不耐烦地）"如果某种幸运或不幸的巧合已经向您显现了某些事实，那么，还请您深究"，这是你刚才跟我说的。现在巧合向我呈现了事实，我只好听从你的建议了。（他抽出信件）

贝雅尔斯　（热烈地）以我毕生的希望祈愿，我不愿成为这样一桩侵犯的

同谋！把信放回去,先生,或者允许我离开。(他走远。伯爵拿着信读起来。贝雅尔斯偷偷地望着他,暗暗叫好)

伯　　爵　　(狂怒)我不想知道得更多了。把其他的收起来,我只留这一封。

贝雅尔斯　不。无论如何,您的名誉不允许您犯下这一桩……

伯　　爵　　(有尊严地)一桩?……把话说完！直接说出来,让我听听。

贝雅尔斯　(鞠躬)对不起,先生,我的恩人！把我不合适的指责归因于我的痛苦吧。

伯　　爵　　绝无因此责备你之意,我反而更加看重你。(他无力地坐在扶手椅里)啊！水性杨花的罗丝娜！……我尽管轻浮,她却是唯一一个使我痛苦的女人……我征服了其他所有！啊！对这份不值当的感情,我感到发狂！……我恨自己爱着她！

贝雅尔斯　看在上帝的分儿上,先生,把这封可怕的信件放回去吧。

第 九 场

〔费加罗,伯爵,贝雅尔斯。

伯　　爵　　(站起身)搅局的人！您想干什么?

费加罗　我进来,因为有人打铃。

伯　　爵　　(动气)我打铃了吗?爱打听的奴才！……

费加罗　您问珠宝师,他和我一样听见了。

伯　　爵　　我的珠宝师?他来找我干什么?

费加罗　他说跟您有约,是为了一个做好的手镯。(贝雅尔斯见费加罗用眼睛搜寻桌上的首饰盒,就尽力掩饰盒子)

伯　　爵　　啊！……让他改天再来。

费加罗　(机灵地)但是先生正好有夫人的首饰匣,而且打开着,也许可以……

伯　　爵　　(动气)审讯官先生！请离开。要是敢说出去一个字……

费加罗　一个字?我要说的可有很多,我做事从不打折。(他看了下首

225

饰盒,又看到伯爵手里的信,鄙夷地瞥了贝雅尔斯一眼,走了)

第 十 场

〔伯爵,贝雅尔斯。

伯　爵　合上这可恶的首饰盒吧。现在我有了一直在找的证据。我拿着它,感到痛心。为什么我找到了它?啊上帝!读吧,读吧,贝雅尔斯先生。

贝雅尔斯　(推开信)我掺和到这样的秘密中!上帝保佑我不被谴责!

伯　爵　到底是怎样寡淡的友谊拒绝着我的真心话?看来人只会对自己遭受的苦感同身受。

贝雅尔斯　怎么!就因为我拒绝看这封信!……(激动地)拿好了:苏珊娜来了。(他迅速关上首饰盒里的秘密。伯爵把信放进上衣,贴着胸口)

第 十 一 场

〔苏珊娜,伯爵,贝雅尔斯。伯爵万念俱灰。

苏珊娜　(跑来)盒子,盒子!夫人打铃了。

贝雅尔斯　(把盒子给她)苏珊娜,您看盒子里一切都如原样。

苏珊娜　先生怎么了?他心神不宁!

贝雅尔斯　没什么,只是对你那不顾命令、莽莽撞撞闯进来的丈夫动了点儿气。

苏珊娜　(机敏地)我可跟他讲过不要不识相地进门。(下)

第 十 二 场

〔雷昂,伯爵,贝雅尔斯。

伯　爵　(想出去,看到雷昂进来)另一个来了!

雷　昂　（胆怯地，想亲吻伯爵）父亲，请接受我的敬意。昨晚睡得好吗？

伯　爵　（生硬地，推开他）您在哪儿，先生，昨天晚上？

雷　昂　父亲，有人带我去了一个体面的集会……

伯　爵　您在那儿作了朗读？

雷　昂　他们邀请我朗读了我写的一篇论文，有关修道誓愿的泛滥以及废弃的权利。

伯　爵　（挖苦地）也包括骑士的誓愿吗？

贝雅尔斯　听说，文章很受欢迎？

雷　昂　先生，人们对我的年轻给予了几分宽容。

伯　爵　这么说来，您没有为福音教化的使命事业作准备①，反而树立了敌人？您要用流行的腔调②创作、写作？很快我们就分不清贵族和学究的区别了！

雷　昂　（胆怯地）父亲，我们将能更好地区分愚昧的人和有文化的人，以及自由的人和奴隶。

伯　爵　好一番狂热的说辞！您的观点我了解了。（他想离开）

雷　昂　父亲！……

伯　爵　（倨傲地）把这些粗话留给市井的匠人吧。我们这样的人使用高贵的语言。在宫里，谁会称呼"父亲"，先生？叫我"先生"！您像一介平民！父亲！……（他出去了。雷昂跟随，并望向贝雅尔斯。贝雅尔斯做同情的手势）我们走，贝雅尔斯先生，我们走！

---

① 马耳他骑士团最初的使命之一是宣讲福音，传播基督教。
② 此处暗指法国大革命背景下，民间流传的改革言论。

第 二 幕

舞台布景：伯爵的书房。

第 一 场

〔伯爵。

伯　爵　既然终于独自一人了，就来看看这让人惊异的手迹吧，不可思议的巧合让它落在了我的手中。(他从怀里掏出首饰盒里的信，细细掂量地读起来)"可恶的疯子！我们的命运已定。那个晚上，您在自小长大、了如指掌的城堡里突然出现，接下来对我的侵犯，最终酿成了您的罪过——也是我的……(他停下来)我的罪，得到了应有的报应。今天，圣·雷昂日，既是此地也是您的守护神的日子，我刚刚生下了一个儿子，他是我的耻辱和绝望。我千般小心，万般无奈，名誉得以保全，但操守已不再。此后注定泪海无边，我却感到这也无法抹去一桩罪过……罪过的影响仍然存在。永远别见我……这是可怜的罗丝娜下的不得改变的命令……我再也不敢用另一个名头。"(他双手攥着信，捂着额头，来回踱步)……再也不敢用另一个名头！……啊！罗丝娜！昔日时光何在？……你堕落了！……(他激动起来)这不是一个坏女人的言辞！一个卑鄙的魔鬼……还是看看信上的回复吧。(他读信)"既然再也不该见您，生活对我而言就是折磨。我会申请作战，在一场攻垒夺塞的激烈战斗中痛快地死去。

"我给您寄回您对我所有的责备，还有我作的您的画像，我悄悄留下的您的卷发。在我死后，交给您这些的那个朋友是可靠的。他目睹了我全部的绝望。如果一个不幸之人的死尚能唤起您对另一个幸福之人的恻隐,在孩子的命名上,我是否可以希冀雷昂这个名字能偶尔让您回忆起那个不幸的人……至死仍爱着您,绝笔的薛侣班·雷昂·达斯托尔嘉?"

……下面是带血的字迹……:"我受了致命伤,再次打开这封信,用鲜血向您作这痛苦的,这永远的诀别。记得……"

余下的字迹被泪水浸染得模糊难辨……(他激动起来)这也不是一个卑劣之徒的言辞!一段可悲的歧途……(他坐下来,怔住)我感到心碎!

第 二 场

〔贝雅尔斯,伯爵。贝雅尔斯,进门,又停住,打量着伯爵,犹豫不决地咬着手指。

伯　爵　啊!我亲爱的朋友,进来吧!……您看到的我正失魂落魄……

贝雅尔斯　太吓人了,先生,我都不敢进来了。

伯　爵　我刚才读了这封手迹。不!他们既不是忘恩负义也不是丧失理智,而是不幸失足的人,就像他们自己说的那样……

贝雅尔斯　我料想的和您一样。

伯　爵　(起身,踱步)可怜的女人们,放任自己被引诱,却几乎不曾想到等待自己的痛苦!……她们走啊走……羞耻日渐累积……肤浅又偏颇的人们却指责一位哑巴吃黄连的父亲!……说他心肠硬,因为他拒绝接纳作奸犯科而生的杂种的示好!我们的放纵,属于自己,不损失她们半点皮毛,至少不会夺去她们做母亲的确信,这就是母性的巨大好处!然而她们哪怕一点点任性,一次尝鲜,一次轻率冒失,就能毁掉男人的幸福……他一生的幸福,作为父亲的安全感。啊!对于女人的忠贞如此看重可不是轻率之举。社会的好与坏,都和她们的行为举止相关联;家庭生活是天堂还是地狱,永远取决于她们对自己的评价。

贝雅尔斯　您冷静些。您女儿来了。

第 三 场

〔弗洛莱斯汀娜,伯爵,贝雅尔斯。

弗洛莱斯汀娜　（拿一束花,贴在身侧）先生,大家都说您很忙,我都不敢来问候,怕劳烦了您。

伯　爵　忙着照顾你啊,我的孩子！我的女儿！啊！赋予你这个名头我真高兴,因为从你小时候我就对你百般呵护。那时你母亲的丈夫山穷水尽:去世时没留下半个子儿。你母亲自己,离开人世的时候,把你托付给了我照顾。我向她许下了诺言。我的女儿,我要给你找个尊贵的丈夫,来履行诺言。在这位深爱我们的朋友面前,我就不妨直说了。看看你周围,选择吧！在这里,就没有一个人配得上占据你的心房吗？

弗洛莱斯汀娜　（亲吻他的手）您完全拥有我的心,先生。如果您要问我,我会说我的幸福就是维持现状。您的儿子,结婚时——因为也许,现在他不必留在马耳他骑士团了——您的儿子,结婚时,会离开他的父亲。啊！那就请让我来照顾您的暮年！这是义务,先生,我乐意履行的义务。

伯　爵　丢开,丢开"先生"这个冷漠的称呼吧。像你这么感恩的孩子唤我作另一个更亲切的称呼,是不会让人感到惊讶的。叫我父亲。

贝雅尔斯　她能荣耀地承担起您完全的信任……小姐,亲吻这位好心肠的、温柔的保护人吧。您感激他的地方比您想的要多。他的监护只是一项义务。他曾是您母亲的朋友……秘而不宣的朋友……简而言之……

第 四 场

〔费加罗,伯爵夫人,伯爵,弗洛莱斯汀娜,贝雅尔斯。伯爵夫人着晨袍。

费加罗　（通报）伯爵夫人到。

贝雅尔斯　（狠狠地盯了费加罗一眼）（旁白）无赖见鬼去！

伯爵夫人　（对伯爵）费加罗跟我说您不舒服,我担心你,就赶来了。我看……

伯　爵　怕是这个自说自话的人又给您编了假话。

费加罗　先生,刚才见您的时候,您满脸憔悴……幸好现在没事儿了……

（贝雅尔斯审视费加罗）

伯爵夫人　您好,贝雅尔斯先生……弗洛莱斯汀娜,你也在。我觉得你今天容光焕发……看看啊,她是多么清新、美丽！如果老天给我一个女儿的话,我真愿意一个像你这样的外貌轮廓和举止谈吐的女儿。你要做我的女儿。你愿意吗,弗洛莱斯汀娜？

弗洛莱斯汀娜　（亲吻她的手）啊！夫人！

伯爵夫人　一大早谁给你弄的花儿？

弗洛莱斯汀娜　（欢快地）夫人,没有人给我弄花儿。是我自己做的花束。今天不是圣·雷昂日吗？

伯爵夫人　可爱的孩子,一切都记得清清楚楚！（她亲吻她的额头。伯爵做出吓人的手势,贝雅尔斯制止他）

伯爵夫人　（对费加罗）既然我们都在,通知我的儿子说我们在这里吃巧克力。

弗洛莱斯汀娜　他们准备的时候,我的教父,让我们看看传说在您这儿的那个漂亮的华盛顿胸像吧。

伯　爵　不知道是谁给我寄的,我没问任何人要。也许,是寄给雷昂的。胸像漂亮,我放在工作间了：都进来吧。

〔贝雅尔斯走在最后,两次回头看费加罗,费加罗也以同样的目光看着他。两人无声地相互威胁。

第 五 场

〔费加罗,独自整理餐桌和杯子,以备午餐。

费加罗　无论你是蛇①还是蜥!你尽管打量我,用眼神吓唬我!最终将是我的目光置你于死地!……但他是从哪儿收到包裹的?他没有任何东西从邮局寄到公馆!他一个人从地狱搬上来的吗?……另外几个同党……我却不知道怎么揪出他们……

第 六 场

〔费加罗,苏珊娜。

苏珊娜　(跑上,环顾四周,急急地对费加罗耳语)养女要嫁的人是他。伯爵对他承诺了。他要让雷昂死心,让弗洛莱斯汀娜脱离情网,使夫人同意。还要把你赶出家门。若是不能离婚,他就要把夫人关进修道院。剥夺年轻人的继承权,让我成为家庭总管。这就是今天的消息。(急下)

第 七 场

〔费加罗,独自。

费加罗　不,拜托,少校先生!由我俩单挑。您会从我身上学到,只有傻瓜才得意扬扬。幸亏阿里阿德涅-苏松,我现在手握着迷宫的线团,人身牛头的怪物被包围了②……我要把你围在你自己设好的陷阱里,再好好地揭开你的面具……但到底是什么迫切的利益使得他犯

---

① 根据法国民间的传说,蛇能用目光置人死地。
② 阿里阿德涅的线团:源自古希腊神话。雅典王子忒修斯进迷宫斩杀米诺斯牛,阿里阿德涅交给他一只线团,助他最终走出迷宫。后用阿里阿德涅的线团代指解决复杂问题的线索。

下这个错,让这样的人松了口? 难不成他觉得自己胜券在握……愚蠢与虚荣总是并行不悖! 管不住嘴又轻信他人的老狐狸! 他马失前蹄了。犯了大错。

第 八 场

〔吉约姆,费加罗。

吉约姆 (拿一封信)贝雅尔斯闲生①! 看来他不在这儿!

费加罗 (收拾午餐)你可以等等,他快回来了。

吉约姆 (后退)我的天②! 俄不呵您一起等闲生! 我的主人不愿意的,我打包票。

费加罗 他不允许你这么做? 那好! 给我信,等他回来我转交给他。

吉约姆 (后退)爷不能把心给您! 哦见魁! 他很怪就要砍我走了。

费加罗 (旁白)得从这傻子身上套些话。你……从邮局过来,我没说错?

吉约姆 见魁! 没有,俄没从那儿来。

费加罗 这大概是来自那个绅士的信……他才从那个爱尔兰亲戚那儿继承了财产? 你知道的,你呀,我的好吉约姆?

吉约姆 (傻笑)一个死人的信,闲生! 不,俄错了! 这一封,俄觉得不是,挡然不是! 信是另一个人寄的。可能是他们中的人寄的……不高兴,外面的。

费加罗 来自我们中不满的一个人,你想说的是这个吗?

吉约姆 是的,但是俄不确定……

费加罗 (旁白)这有可能。他什么事儿都插得上脚。(对吉约姆)我们可以看看邮戳,就可以确定了……

吉约姆 俄看不能,为什么呢? 信都从奥康纳先生那里来,然后,我不知

---

① 吉约姆是贝雅尔斯的德国仆人,讲法语夹杂德语口音。在对该人物话语的翻译上,对等地采用中文字错配的方式来体现。

② 原文为德语:Meingoth。

道有票来自哪里。

费加罗　（激动地）奥康纳！爱尔兰银行家？

吉约姆　千正万确！

费加罗　（恢复原态,冷冷地）离这儿不远,公馆后面？

吉约姆　一栋极其漂亮的房子,阵的！那是很……非常奢华,要我说的话。（他退到一旁）

费加罗　（对自己）哦财富！哦幸福！

吉约姆　（又回来）不要说,您,着个银行家,对任何人,您听见了吗？俄不应该……见鬼①！（他直跺脚）

费加罗　去吧！我守口如瓶,别怕。

吉约姆　我的主人,她说,闲生,您头脑灵光,而我呆若木鸡……看来,他说得对……但是,我要埋怨自己了,对您透露了……

费加罗　这是为什么呢？

吉约姆　俄不知道。仆人背叛,您知道……是不合操守的,下作的,甚至是……幼稚的罪过。

费加罗　确实,但你什么也没说。

吉约姆　老天！老天！俄不知道,这么说……该说些什么……或者不是……（他叹着气退下）啊！（他痴痴地看书房的书）

费加罗　（旁白）重大发现！运气！我向你致敬。（他找书板）但我得弄明白一个如此有城府的人怎么会派这么一个蠢货来办事……就好像强盗害怕路灯……是这样的,傻瓜好比一盏手提灯,光线穿透而过。（他边说边在书板上写）"奥康纳,爱尔兰银行家。"我应该秘密地从这里入手探究。这个法子不太地道。可是,老天爷！② 有效啊！接下来,有的是办法！（他写）用四五个金路易收买邮局管事儿的奴才,打开尊贵的伪君子贝雅尔斯锁在柜子里的每一封亲笔信……尊贵的伪君子先生！你的面具终将揭开！某个天神派我作你的程咬

---

① 原文为德语:Tertaïfle。
② 原文为意大利语:ma! perdio!

金。(他紧握书板)机遇! 未知的神灵! 古人把你称作命运! 如今的人赋予你另一个名字……

第 九 场

〔伯爵夫人,伯爵,弗洛莱斯汀娜,贝雅尔斯,费加罗,吉约姆。

贝雅尔斯 (看见吉约姆,拿过他手上的信,气恼地对他说话)你就不能把信放在我的住处?
吉约姆 俄觉得,这一封,没什么区别……(下)
伯爵夫人 (对伯爵)先生,这尊雕像是极美的艺术品:您的儿子看过了吗?
贝雅尔斯 (打开信)啊! 马德里的来信! 大臣秘书处寄的! 有一段跟您有关。(他读信)"请转告阿勒玛维华伯爵,明天寄给他的信含有国王同意他兑换封地的批准。"

〔费加罗听着,默默地明白了。

伯爵夫人 费加罗,那你去告诉我儿子,说我们全都在这儿用午餐。
费加罗 夫人,我马上通知他。(下)

第 十 场

〔伯爵夫人,伯爵,弗洛莱斯汀娜,贝雅尔斯。

伯 爵 (对贝雅尔斯)我要马上和换地的人沟通。把茶送到书房后厅来。
弗洛莱斯汀娜 好爸爸,让我给您送去吧。
伯 爵 (低声对弗洛莱斯汀娜)好好想想我跟你提过的那小部分人。(他亲吻她的额头,下)

第十一场

〔雷昂,伯爵夫人,弗洛莱斯汀娜,贝雅尔斯〕

雷　昂　（沮丧地）我一来父亲就离开！他待我好严厉……

伯爵夫人　（严肃地）我的儿子,您这说的是什么话？难道我应该为每个人感到的不公正生气吗？您的父亲需要给那个想换他土地的人写信。

弗洛莱斯汀娜　（愉悦地）您懊恼您的父亲吗？我们也是,也觉得遗憾。可是,他知道今天是你的节日,就嘱咐我,先生,给您献上这束花。
（她向他行了一个大大的屈膝礼）

雷　昂　（在她把花束别到扣眼里的时候）他不会盼咐人给我带来如此珍贵的好意……（他亲吻她）

弗洛莱斯汀娜　（挣脱）您看看,夫人,跟他说笑,他就得寸进尺……

伯爵夫人　（微笑）我的孩子,今天是他的日子,可以准许他越些规矩。

弗洛莱斯汀娜　（垂眼）要惩罚他越矩,夫人,罚他读那篇演讲,据说,昨天集会上收获许多掌声呢。

雷　昂　如果妈妈判我做错了,我立刻去拿忏悔书①。

弗洛莱斯汀娜　啊！夫人,命令他去拿。

伯爵夫人　儿子,把您的演讲拿过来吧：我要去拿些活儿,好更专心地听你读。

弗洛莱斯汀娜　（愉快地）固执鬼！这下好了,你不愿意,我还是会听到。

雷　昂　（柔情地）我不愿意,您什么时候要求我了？啊！弗洛莱斯汀娜,我的意愿怎能抵住您的命令！

〔伯爵夫人和雷昂从各自侧边下。

---

① 此处代指那篇演讲词。

第十二场

〔弗洛莱斯汀娜,贝雅尔斯。

贝雅尔斯 （低声）那么！小姐,您猜到指定给您的丈夫是谁了吗?

弗洛莱斯汀娜 （欢快地）我亲爱的贝雅尔斯先生！您是我们的挚友,我才敢冒昧跟您说说。我的目光还能投向谁呢？我的教父已经说了:"看看你周围,选吧。"我感到他满满的好意:这只能是雷昂。可是我,没有财产,我是不是想多了?

贝雅尔斯 （惊吓的语气）谁？雷昂！他的儿子？您的哥哥？

弗洛莱斯汀娜 （痛苦地喊叫）啊！先生！……

贝雅尔斯 他不是跟您说:叫我父亲吗？清醒清醒,我亲爱的孩子！从这惑人的梦中清醒吧,梦的后果是严重的。

弗洛莱斯汀娜 啊！是的,对两人都是严重的。

贝雅尔斯 您应该明白,这样的秘密放在心里就好。（他边下场边看她的反应）

第十三场

〔弗洛莱斯汀娜,独自哭泣。

弗洛莱斯汀娜 哦,老天爷！他是我的哥哥,而我竟敢对他怀有……！多么可怕的灵光闪现！然而在这样的梦里,醒来是多么的残酷！（她跌坐在椅子上）

第十四场

〔雷昂,手拿纸稿。弗洛莱斯汀娜。

雷昂 （愉快地,旁白）妈妈还没回来,贝雅尔斯先生又出去了:享受这个幸福的瞬间吧。弗洛莱斯汀娜！您今天早晨,而且一直都是,美得

237

无与伦比。您愉快的神情,欢快可爱的语调,点燃了我的希望。

弗洛莱斯汀娜　（绝望地）啊,雷昂！（她又跌坐回去）

雷　昂　老天！您的眼睛缀满泪水,乱了妆容,向我宣告着某种大不幸！

弗洛莱斯汀娜　不幸？啊！雷昂,不幸只跟我有关。

雷　昂　弗洛莱斯汀娜,您不爱我了吗？当我对您的感情……

弗洛莱斯汀娜　（决绝的语气）您的感情？永远别提了。

雷　昂　什么！最纯粹的爱情……

弗洛莱斯汀娜　（绝望地）永远别再说这些残酷的话了,不然我要躲开了。

雷　昂　老天爷！究竟发生了什么事！贝雅尔斯先生跟您说过话,小姐,我要搞清楚这个贝雅尔对您说了什么！

第 十 五 场

〔伯爵夫人,弗洛莱斯汀娜,雷昂。

雷　昂　妈妈,来救救我。您看我陷入绝望了：弗洛莱斯汀娜不爱我了！

弗洛莱斯汀娜　（哭泣）我,夫人,不再爱他了！我的教父、您和他,是我整个生命的呼唤。

伯爵夫人　我的孩子,我毫不怀疑。你善良的心地已经作出了回答。可是这为什么让你痛苦？

雷　昂　妈妈,您允许我对她怀有炽热的爱情吗？

弗洛莱斯汀娜　（投入伯爵夫人的怀里）您叫他别再说了吧！（痛哭）他让我痛不欲生！

伯爵夫人　我的孩子,我不明白了。我和他一样震惊……她在我怀里哭得颤抖！他到底做了什么惹你不高兴？

弗洛莱斯汀娜　（扑到她怀里）夫人,他没有让我不高兴。我像对待一位兄长一样爱他、尊敬他,但别再要求更多了。

雷　昂　您听啊,妈妈！狠心的女子,说说原因吧！

弗洛莱斯汀娜　别问了,别问了！不然您会逼死我的！

第十六场

〔伯爵夫人,弗洛莱斯汀娜,雷昂。费加罗端着茶具来。苏珊娜从另一边上,拿着女工活儿。

伯爵夫人　都收回去,苏珊娜:只能吃午饭,没有朗读了。您呢,费加罗,伺候主人用茶,他在书房写信。至于你呢,我的弗洛莱斯汀娜,来我的处所,跟我说说话。我的孩子们,我掏心掏肺地待你们!为什么你们要不知痛惜、一个接一个地折磨彼此呢?这里面有重要的东西我要弄清楚。(她们下)

第十七场

〔苏珊娜,费加罗,雷昂。

苏珊娜　(对费加罗)我不知道问题在哪儿,但是我敢打赌完全是贝雅尔斯捅的娄子。我绝对要让女主人提防着他。

费加罗　等我了解更多信息,你再行动:我们今晚商量对策。对了!我有一个重大发现……

苏珊娜　你回头跟我说?(下)

第十八场

〔费加罗,雷昂。

雷　昂　(痛心地)啊!老天!

费加罗　到底怎么了,先生?

雷　昂　唉!我自己也不知道。我从没见过弗洛莱斯汀娜有这么强烈的情绪,我知道她之前见过我父亲。她单独跟贝雅尔斯先生待了会儿,我回来时发现她独自一人在掉眼泪,还要求我永远离开她。他到底能对她说什么?

费加罗　如果不是对您的血气方刚有所顾虑,我会告诉您一些对您来说很重要的事。可是,我们必须非常谨慎,单单您的某个过激的用词就有可能让我十年的观察毁于一旦。

雷　昂　啊!要是只需谨慎就好了!……你认为他究竟对她说了什么?

费加罗　说她得接受奥诺雷·贝雅尔斯作为丈夫,说这是您的父亲和他之间的协议。

雷　昂　我父亲和他之间?这个背信弃义之徒要夺走我的生活。

费加罗　照这些手段来看,先生,他不会夺走您的生活,但是他会夺走您的女人,连同您的财产。

雷　昂　原来如此!朋友,劳驾指点迷津:我该做什么?

费加罗　猜中斯芬克斯的谜语,不然就被他吞噬。换句话说,您应该克制自己,由他说去,韬光养晦。

雷　昂　(盛怒)克制自己!……好,我会克制。可我心潮难平!抢走我的弗洛莱斯汀娜!啊!他来了:我要争辩一番……冷静地。

费加罗　您要是说漏嘴的话,一切玩完。

第十九场

〔贝雅尔斯,费加罗,雷昂。〕

雷　昂　(难以自抑)先生,先生,说句话。要想安宁,您最好别绕弯子。弗洛莱斯汀娜伤心至极,您对她说了什么?

贝雅尔斯　(冰冷的语气)谁跟您说我跟她说过话?在我去之前,她难道就不能已经背负伤心事了吗?

雷　昂　(激动地)别躲,先生。之前她心情愉悦,跟您会面之后就哭成泪人儿。无论她的悲伤来自何处,我的心灵都分担着她的悲伤。要么您向我说明此中缘由,否则,别怪我不客气。

贝雅尔斯　换一种没那么决绝的语气,可以从我身上得知所有。但我不会屈服于威胁。

雷　昂　(暴怒)好!小人,拿剑!拼个你死我活!(他把手按在剑柄上)

费加罗 （制止他们）贝雅尔斯先生！对您朋友的儿子动手？在他的家里？您住的地方？

贝雅尔斯 （自我克制）我很清楚自己亏欠的恩情……我会跟他理论,但是不想有他人在场。您走吧,让我们待一会儿。

雷昂 去吧,我亲爱的费加罗:他逃不出我的手心的。我们不给他任何借口。

费加罗 （旁白）我得跑去告知他父亲。（下）

第 二 十 场

〔雷昂,贝雅尔斯。

雷昂 （挡住门）对您来说,决斗也许比说理更为合适。您可以选择,我对这两种方式都不拒绝。

贝雅尔斯 （冷冷地）雷昂啊！高尚之人是不会杀害他朋友的儿子的。难道我应该在一个狡诈的、放肆到几乎左右主子的仆人面前进行辩解吗？

雷昂 （坐下）对此,先生,我洗耳恭听。

贝雅尔斯 哦！您会为自己不理智的盛怒懊悔不已！

雷昂 会不会懊悔我们很快见分晓。

贝雅尔斯 （装出一种冷静的高尚）雷昂！您爱着弗洛莱斯汀娜,我早就看在眼里……您哥哥还在世的时候,我认为自己不该为这段孽缘效力,它对您是无果之花。但一场致命的决斗夺去了他的命,把您推到了他的长子地位上。于是,我自认为有能力影响您的父亲,让他准许您和您所爱之人结合。我对他费尽心思,然而他顽强地抵抗,让我的所有努力付诸东流。我遗憾地看着他拒绝了一个,在我看来着眼于所有人幸福的提议……原谅我,年轻的朋友,我让你痛苦,但现在必须这么做,把你从某种无解的厄运中解救出来。您一定要唤醒您的理智,您会需要它。我迫使您的父亲打破沉默,向我倾诉他的秘密。"哦,我的朋友！"伯爵最终跟我说了,"我明白儿子的爱恋,但是

241

我能把弗洛莱斯汀娜许配给他吗？大家都相信她是我的养女……可她是我的女儿，她是他的妹妹啊。"

雷　昂　（跌跌撞撞地后退）弗洛莱斯汀娜！……我的妹妹？……

贝雅尔斯　这就是回答，源自严肃的使命……啊！我亏欠你俩：我先前的沉默让您迷途。好了！雷昂，现在您想和我决斗吗？

雷　昂　我无私的朋友！我不知感恩，禽兽不如！忘了我疯子般的怒气吧……

贝雅尔斯　（极其虚伪地）只愿这个致命的秘密永不泄露……揭露父亲的耻辱，可谓罪过……

雷　昂　（投入他的怀里）啊！永不泄露！

第二十一场

〔伯爵，费加罗，雷昂，贝雅尔斯。

费加罗　（赶来）他们在这儿！在这儿！

伯　爵　一个拥抱另一个！哎！您犯糊涂了？

费加罗　（惊愕地）确实！先生……为了更细微的事儿犯糊涂也是有可能的。

伯　爵　（对费加罗）能跟我解释一下这个谜面吗？

雷　昂　（颤抖）啊！父亲，让我来解释。饶恕我！我该羞愧至死！在某个肤浅的问题上，我……迷失了自我。他的无私不仅让我清醒过来，他还诚心好好意地原谅了我的荒唐。您突然出现的时候，我正在向他表示感谢。

伯　爵　您以后还要谢他。其实，我们所有人都该向他道谢。

〔费加罗默默地垂下了脑袋。贝雅尔斯看见了，面露微笑。

伯　爵　（对他儿子）退下吧，先生。单单您的这番解释就惹我生气了。

贝雅尔斯　啊！先生，都过去了。

伯　爵　（对雷昂）去赎罪，因为您冒犯了我的朋友，您的朋友，品德最高尚的人……

雷　昂　（离去）我绝望了！
费加罗　（旁白，气愤地）狼狈为奸。

第二十二场

〔伯爵，贝雅尔斯，费加罗。

伯　爵　（对贝雅尔斯，旁白）我的朋友，我们把开了头的事做完。（对费加罗）您，冒失鬼先生，借助您精准的推测，把你负责从加的斯①带来的那三百万金币，也就是六十张商业票据②拿给我。我嘱咐过您清点数目的。

费加罗　票据我清点了。

伯　爵　放到我的皮夹里。

费加罗　放什么？这三百万金币的票据吗？

伯　爵　当然。哎！你在为谁卖命？

费加罗　（谦卑地）您问我吗，先生？……票据不在我手里了。

贝雅尔斯　怎么会，您没有票据了？

费加罗　（高傲地）没有了，先生。

贝雅尔斯　（急切地）您拿它做什么了？

费加罗　要是我的主人问我，我会交代得清清楚楚。但对您，我没有任何义务。

伯　爵　（生气）放肆！您拿它做什么了？

费加罗　（冷静地）我把票据存放在您的公证人，法勒先生那儿了。

贝雅尔斯　但这是谁的主意？

费加罗　（高傲地）我的。我向来颇有主见。

贝雅尔斯　我打赌，他没有任何票据。

费加罗　我有他的收据，您可有失败的风险。

---

① 加的斯：西班牙城市名。
② 指即期票据，又称"见票即付"。指付款人于见票之时，向持票人即刻付款。

243

贝雅尔斯　或者他收到了票据,但是为了拿去做投机买卖。他们这些人会一起分赃。

费加罗　谈到这个人,您可以稍微客气点,他对你可有过恩惠。

贝雅尔斯　我不欠他什么。

费加罗　当然,当有人继承了四万多布朗①……

伯　爵　(发怒)在这上面您也有话说?

费加罗　谁,我吗,先生?比起先头的那位我十分了解的继承人,我的疑惑少多了。那个放荡不羁的年轻人,是赌徒,浪子,惹是生非的人;没节制,没节操,没骨气;毫无本事,甚至都不配有让他丧命的品格,在一场倒霉的打斗中……(伯爵直跺脚)

贝雅尔斯　(生气地)您到底说不说为什么把金币寄存起来?

费加罗　我发誓,先生,是为了免除负担:要是有人偷了呢?这谁知道?常言道,内鬼难防啊!

贝雅尔斯　(生气地)即便如此,先生现在要拿回金币。

费加罗　先生大可派人去拿。

贝雅尔斯　但要是这个公证人没见到收据,就不会把金币拿出来。

费加罗　我会把收据交给先生。当我完成了任务,要是出了岔子,可不能赖我。

伯　爵　我在书房等。

费加罗　(对伯爵)我事先告诉您,法勒先生只会交到您手上,我嘱咐过他了。(下)

第二十三场

〔伯爵,贝雅尔斯

贝雅尔斯　(生气地)放任这个下人为所欲为,您看看他都变成什么样儿了!说真的,先生,我的友情促使我必须跟您说:您变得太容易相信

---

① 多布朗:西班牙古金币名。

别人了,他都猜到了我们的打算。从仆人、理发师、外科医生,到被您安排管钱,做秘书,当管家。他为您办事得力,是人所共知的。

伯　爵　要说忠心,他无可指摘。但他确实有些自以为是……

贝雅尔斯　有一个法子,能让您既摆脱掉他,又酬劳他。

伯　爵　我倒常常这么想。

贝雅尔斯　(交心地)把骑士送往马耳他,您可能需要一个信得过的人看着他吧?而眼前这个人,对如此体面的职位会感到无比高兴,而必然忙不迭地接受。这样您就可以轻松好一阵儿了。

伯　爵　这法子不错,我的朋友。况且,听说他和他老婆关系很差。

(下)

第二十四场

〔贝雅尔斯,独自。

贝雅尔斯　还差一步就大功告成!……啊!密探好手!小丑王!在这儿当起了好仆人,就凭给我安几个可笑的名头,就想让我们的嫁妆落空!您得感谢受人敬重的达尔丢夫①,多亏了他的悉心照料,您才得以体验军旅生活的舟车劳顿,结束对我们的窥探。

---

① 原文为:Honoré Tartuffe。

第 三 幕

舞台布景：伯爵夫人的房间，各处布满鲜花。

第 一 场

〔伯爵夫人，苏珊娜。

伯爵夫人　我无论如何都劝不动这个孩子。哭得伤心欲绝！……她觉得自己对我百般错处，不停地求我原谅，还要去修道院。看到她这番模样，要是我再指责她对我儿子的态度，我敢说她要自责听过他的表白、给予他希望，还要认为自己对他没那么重要。真是蕙质兰心！可未免过了头！看来贝雅尔斯先生对她说了几句，不承想却让她痛苦至此！在名誉上，他是那么律己、那么讲究，在旁人看来，有时难免过于严厉，甚至捕风捉影了。

苏珊娜　我不知道这痛苦是怎么来的，但近来府上的怪事倒是一桩接一桩！有某个恶人在煽风点火。主人萎靡不振，不和我们亲近；您整日以泪洗面；小姐伤心欲绝，而您的亲骨肉又痛心疾首！唯独贝雅尔斯，金刚不坏地置身事外，一副冷眼旁观……

伯爵夫人　我的孩子，他的心在分担我们的痛苦。唉！要是没有他，给我们的伤痛以抚慰，以睿智给予支持，缓和冲突气氛，平复老爷的暴躁心性，整个家会更糟糕！

苏珊娜　夫人，但愿您是对的！

伯爵夫人　我倒是见过你为他说话！（苏珊娜垂下眼）再说，这孩子的麻烦事儿，只有他能为我解围。请他屈尊来我这里吧。

苏珊娜　要请的人来了。您一会儿再梳妆吧。(下)

第 二 场

〔伯爵夫人,贝雅尔斯。

伯爵夫人　(诉苦地)啊!我可怜的少校呀,这儿到底发生了什么?长久以来我担忧的那场隐隐约约的冲突已经形成,我们来谈一谈吧?伯爵对我亲骨肉的疏远似乎与日俱增。某种不祥的命运击中了他!

贝雅尔斯　夫人,我不这么看。

伯爵夫人　老天惩罚我,夺去了我的大儿子,之后伯爵彻底变了个人:他非但不去跟罗马教廷要求中断雷昂的骑士团誓愿,反而执拗地要把他派到马耳他。还有,据我所知,贝雅尔斯先生,他更改财产继承,还要放弃西班牙而在这个国家定居。某天晚餐,当着三十个人的面,他在离婚的议题上滔滔不绝,让我心惊胆战。

贝雅尔斯　我也在,记得很清楚!

伯爵夫人　(含泪)请原谅,高尚的朋友,我也只能在您面前哭一哭了!

贝雅尔斯　您尽管在我同情的怀里倾诉烦恼吧。

伯爵夫人　对了,是他,还是您,伤了弗洛莱斯汀娜的心?我有心把她许配给雷昂。诚然,她出身孤苦,没有财产,但是高贵、美丽又守德;而且由我们抚养长大。我的儿子,一旦成了继承人,两人还担心没有足够的财产?

贝雅尔斯　也许太多了。这就是痛苦的来源!

伯爵夫人　可是,就好像是老天爷盘算已久的惩罚,为了更痛快地惩罚我的轻率,尽管我已为此洒下那么多眼泪,一切破灭我希望的事情都一股脑儿地涌来。我丈夫厌恶我儿子……弗洛莱斯汀娜抛弃了他。出于某种我不知道的缘由,她乖戾起来,要一辈子躲着他。要死了,可怜的人!这都是报应。(她两手攥在一起)蓄意报复的老天爷!二十年来我在眼泪与懊悔中度过每一天,您还是要残忍地揭开我的伤疤吗?啊!求求您,要罚就罚我一个人!主啊,我认罪!不要让我的

247

儿子承担他没有犯过的罪！贝雅尔斯先生，有没有哪一种药，能平复这么多的痛？

贝雅尔斯　是的,受人尊敬的妇人！我特地来为您排忧解难。当畏惧某样东西，所有的注意力都聚焦其上，就让人六神无主：无论说什么做什么，这份担惊受怕无处不在！可是,我找到了解药。您仍然可以幸福。

伯爵夫人　哪怕悔恨终日,灵魂支离破碎,也可以？

贝雅尔斯　伯爵根本没有怀疑过雷昂的出生,怎么会故意疏远他呢？

伯爵夫人　(急切地)贝雅尔斯先生！

贝雅尔斯　所有这些想当然的报复,只不过是您多虑了。来！让我来给您解压！

伯爵夫人　(热切地)我亲爱的贝雅尔斯先生！

贝雅尔斯　但是,我将透露的话,您可要深埋心底。您的秘密,是雷昂的出生！而他的秘密,则是弗洛莱斯汀娜的出生。(更低声)他是她的监护人……以及父亲……

伯爵夫人　(绞手)谢谢万能的主怜悯我！

贝雅尔斯　看到这两个孩子浓情蜜意,您可以想象他的苦闷！既不好说破,又不能纵容自己的沉默导致乱伦,所以他整天阴沉沉的,一反常态。他疏远雷昂,寄希望于借助缺席和冷漠的表象,熄灭那不合时宜的爱情。这份感情,在他看来是绝不能发生的。

伯爵夫人　(虔诚地祈祷)永生恩惠慈爱的源头,我的主啊！承蒙恩典,我终可补救疯狂之人对我犯下的无心之错。让我为这位被冒犯的丈夫做点什么吧！哦,阿勒玛维华伯爵！在二十年的痛苦中,我的心关闭了,枯萎了,现在终于又重新为你打开！弗洛莱斯汀娜是你的女儿,她忽然就像我的心头肉一样,变得那么宝贵。就让一切尽在不言中,我们互相宽恕吧！哦,贝雅尔斯先生,来把话说完！

贝雅尔斯　我的朋友,我不是要阻止一颗善心的直抒胸臆：快意不比忧愁,它并不危险。但是,为了让您全然无险,请听我把话说完。

伯爵夫人　说吧,好心的朋友：是您把我整个解救,请讲。

贝雅尔斯　您的丈夫,为了让弗洛莱斯汀娜走出这乱伦的爱恋,提议由我来娶她。但是,暂且把对您的痛苦经历的深深同情放到一边……

伯爵夫人　(痛苦地)啊!我的朋友!对我的同情……

贝雅尔斯　这我们就不说了。某些关于成家的风言风语模模糊糊地传开来,让弗洛莱斯汀娜以为自己的结婚对象就是雷昂。您进来时,她正满心欢喜。我还没来得及说她父亲的打算,刚一开口,她就钻进了兄妹关系的牛角尖,引发一阵疾风骤雨,呼天抢地,弄得您和少爷不知所措。

伯爵夫人　他还不知道真相,可怜的孩子!

贝雅尔斯　现在您已知情,我们要不要把这一万全的结婚之策付诸实施?

伯爵夫人　(急切地)必须实施,我的朋友。我的心、我的脑都予以支持,而且由我来做主。这么一来,我的秘密保住了,再无人知晓。历经二十年的忍耐,马上就要过上好日子了。这个家得以保全,都是您的功劳啊,我尊贵的朋友。

贝雅尔斯　(提高嗓门)为了确保毫无后患,我的朋友,您还得再牺牲一点儿东西。

伯爵夫人　咳!做什么我都愿意。

贝雅尔斯　(郑重其事地)必须把那些信,那个亡人的手迹全部销毁。

伯爵夫人　(心痛地)啊!主啊!

贝雅尔斯　他临死前嘱咐我把信交给你,他的遗愿就是保全您的名誉,不容许残留任何蛛丝马迹来坏事。

伯爵夫人　主啊!主啊!

贝雅尔斯　二十年过去了,您是否还心心牵挂这些让您痛苦的信,我无从知晓。但是,暂不说这一切给您造成的痛,就看看眼前您冒的风险吧。

伯爵夫人　咦!有什么好担心的?

贝雅尔斯　(环顾是否隔墙有耳,低声地)我不是怀疑苏珊娜,但是一个贴身丫鬟知道您保留着信,保不齐哪天起意谋财呢?一旦交给您的丈夫,说不定他会出高价收买,您就陷入苦海无边了……

249

伯爵夫人　不会,苏珊娜的心肠太善良……

贝雅尔斯　(提高语调,坚决地)我尊贵的朋友啊！为了这笔情债,您已经付出了隐忍、苦楚,还有各种各样的本分。如果您还认同我的为人,就按我说的做吧。销毁所有的信,泯灭您为之赎罪的所有回忆！而且,趁现在赶紧烧了,一了百了。

伯爵夫人　(战栗着)我听到了上帝的召唤！他命令我遗忘,命令我撕破那笼罩我生命的死亡之纱。好的,我的主！我遵从您派来的这位朋友。(她打铃)他以您之名提出的要求,出于悔悟我曾反复纠结,终究因了我的软弱而没有实行。

第 三 场

〔苏珊娜,伯爵夫人,贝雅尔斯。

伯爵夫人　苏珊娜！拿首饰盒来。等一下,我自己去取,你去拿钥匙来……

第 四 场

〔苏珊娜,贝雅尔斯。

苏珊娜　(有些不安)贝雅尔斯先生,这到底是怎么了？所有人都一反常态！这个家像一座疯人院！夫人以泪洗面,小姐伤心欲绝。雷昂骑士嚷着去跳河,先生把自己关在屋里,谁也不见。现在,为什么这个首饰盒又引来大家的关注？

贝雅尔斯　(把手指置于唇上,做神秘状)嘘！千万别好奇！不久你就知道了……一切顺利进行,一切都好……这个日子值得……嘘！……

第 五 场

〔伯爵夫人,贝雅尔斯,苏珊娜。

伯爵夫人　(拿着首饰盒)苏珊娜,从客厅的火盆里取火来。

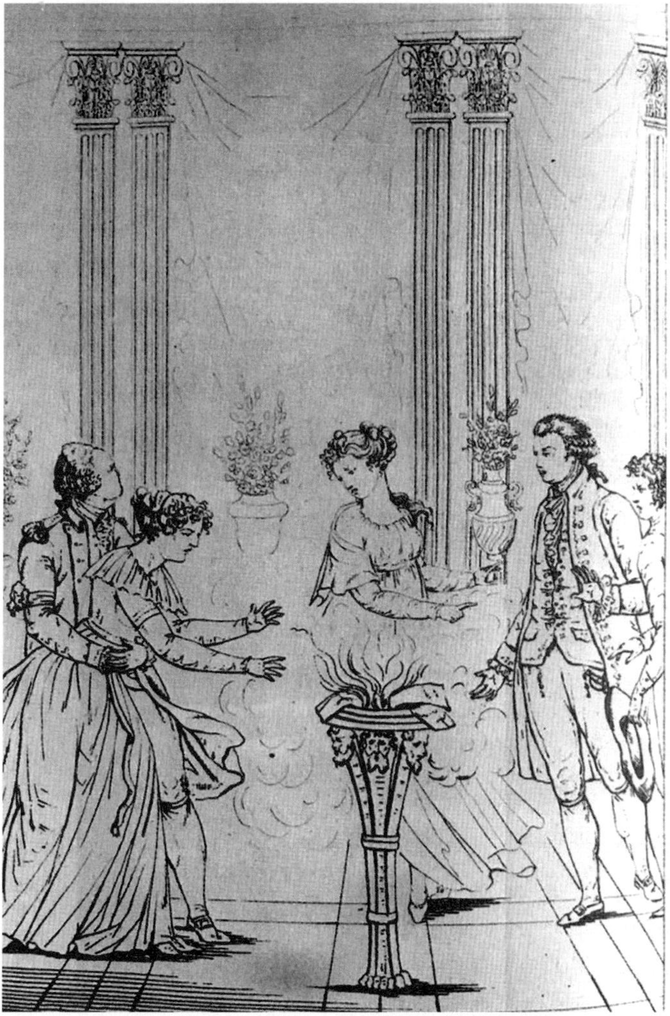

苏珊娜　烧几张纸的话,用夜灯就行,还亮着,在瓶子里。(她上前取。)

伯爵夫人　看好门,任何人不准进来。

苏珊娜　(出去,旁白)赶紧通知费加罗。

第 六 场

〔伯爵夫人,贝雅尔斯。

贝雅尔斯　我曾经多么期盼过这个时刻的到来!

伯爵夫人　(自抑地)哦,我的朋友!我们竟然选择了今天来祭奠!这可是我儿子的生日!以往的每一年,我都在这个日子祈求上天的原谅,捧着信泪流满面。至少,我是自己的证人:我们不曾犯下罪过,只是一时的迷失。啊!难道这就要把他留给我的都付之一炬吗?

贝雅尔斯　啊!夫人,您要毁了您和他的亲骨肉吗?为了骨肉免遭那难以预料的危险,您难道不应该作出这点牺牲吗?您也该为自己考虑考虑啊!您整个生命的安危可能都与当下的行为休戚相关!(他打开首饰盒夹层,取出信)

伯爵夫人　(惊讶地)贝雅尔斯先生,您开得比我还熟练!……让我再看看信吧!

贝雅尔斯　(严厉地)不,我不允许您这么做。

伯爵夫人　就看最后一封,那封他用鲜血给我写的诀别信,在信中他给予我鼓励,而今天我正需要他给我活下去的勇气。

贝雅尔斯　(不让)您只要读一个字,这信就烧不成。侍奉上帝要彻底,要勇敢,要坚决,必须放下人性的软弱!既然您不敢做,那就由我来代劳吧。瞧,都在火里了。(他往火里扔信捆)

伯爵夫人　(急切地)巴雅尔斯先生!残忍的朋友!您烧毁的可是我的命根子啊!哪怕给我留点儿碎纸片也好!(她疾步扑向燃烧的纸片。贝雅尔斯从后面拦腰扯住她)

贝雅尔斯　就让灰烬随风散去吧。

第 七 场

〔苏珊娜,伯爵,费加罗,伯爵夫人,贝雅尔斯。

苏珊娜 （跑来）是先生,他跟来了,费加罗领他来的。
伯　爵 （看到这副姿势,倍感惊异）夫人,这是在干什么？为何如此混乱？这火、这首饰盒、这些信是怎么回事？为何争论,为何哭？
　　　　〔贝雅尔斯和伯爵夫人目瞪口呆。
伯　爵 您不回答吗？
贝雅尔斯 （恢复平静,用勉强的语气说）我希望,先生,您不强求当着外人的面作解释。我不知道您要让夫人承受怎样的惊吓呢！反正,我决计秉承个人品性,原原本本地说出真相,无论真相如何。
伯　爵 （对费加罗和苏珊娜）你们退下吧。
费加罗 可是,先生,我把先头提到的公证人的收据交给您了,至少您得说一句公道话吧！
伯　爵 非常乐意,既然能够修正一个错误。（对贝雅尔斯）放心吧,先生,收据在此。（他把收据放进口袋。费加罗和苏珊娜分别从各自边下）
费加罗 （边走边低声对苏珊娜）他要是没法儿解释！……
苏珊娜 （低声）他可狡猾着呢！
费加罗 （低声）我已抓住他的死穴！

第 八 场

〔伯爵夫人,伯爵,贝雅尔斯。

伯　爵 （严肃的语调）夫人,就剩我们了。
贝雅尔斯 （仍然情绪饱满）让我来说。由我来承受审问。先生,您是否见我什么时候说过不实之言？
伯　爵 （冷淡地）先生……我可没这么说。

253

贝雅尔斯　（完全平复）无论我多么反感这一不合礼数的审问,个人的名誉促使我重复刚才我对夫人询问的回答:"秘密若是牵涉到亡人朋友,而正是他要求我们保密,那么守密者绝不应以书留之。忧伤教人想摆脱秘密,私心则使人想保留它,而对亡人的尊重应优先于一切。"(他指指伯爵)意外的发现能否给对手留下证据?(伯爵扯他衣袖,让他别再往下说)先生,您有没有对我说过别的话?是谁,寻求贴心的建议?要不然,在蒙羞的脆弱时刻就不应向我求援!你们都明白我所言为何,特别是您,伯爵先生!(伯爵向他打手势)于是,应夫人要求,我建议她把信一毁了之,尽管我对纸上内容并不知情。只见夫人下不了决心,我就果断地代劳了,但夫人仍然哭哭啼啼地不忍不舍。这就是您看到的争论。无论旁人如何作想,我都不后悔自己的所言所为。(他伸手向天)神圣的友谊!你的义务若是没有被严格体现,你的名头不过是虚空。请原谅,我先告辞。

伯　爵　（激动地）哦,至善之人!不,您留步。夫人,他与我们心心相印,我要把弗洛莱斯汀娜许给他。

伯爵夫人　（热烈地）先生,天道赋予您行使对她的权利,没有人比您更适合了。这个人选,我赞成。您看如有必要,婚事越早办越好。

伯　爵　（迟疑地）那么!……今晚……悄悄地……您的布道牧师……

伯爵夫人　（热心地）好的!我来做她的母亲,为她准备庄重得体的礼仪;可是,您就让我们的朋友独自对另一个落单的孩子示好吗?我设想的恰恰相反呢。

伯　爵　（尴尬地）啊!夫人……请相信……

伯爵夫人　（高兴地）是的,先生,我相信您会做好的。今天是我儿子的节日。两件喜事凑一起,今天真是好日子!(她下)

第 九 场

〔伯爵,贝雅尔斯。

伯　爵　（看着她走远）不可思议。我以为会有无止境的争吵、反对,可是她对我的孩子公公正正、宅心仁厚、宽宏大量！"我来做她的母亲"，她说……不，这不是一个坏女人！她行为高尚，令我敬重……谈吐得体，使人不忍出口相责。可是我的朋友，我要自责，看到焚烧信件时我多虑了。

贝雅尔斯　而当我抬眼看到那个陪着您到来的人，就明白来龙去脉了。这条毒蛇向您吹风，说我在泄露您的秘密？如此卑劣的诽谤并不能伤害像我这般高尚的人，只能自行消散。可是，反过来说，先生，这些信对您有何重要？我不是协助您拿到了您想保留的那几张吗？啊！她要是早来问我，把信烧了，那这事儿就只有老天知道了！可现在，您手上却证据凿凿！……

伯　爵　（痛心地）是啊，证据凿凿。（激动地）从我怀里拿出来吧：这些信真烧心。（他从怀里掏出信，又放进口袋）

贝雅尔斯　（继续佞言）我可能要为您名义上的儿子多考虑一下了！毕竟，他在您的臂膀下长大，不该为他耻辱的出生负责。

伯　爵　（再次暴怒）他在我的臂膀下？休想！

贝雅尔斯　再说，他对弗洛莱斯汀娜的爱情也没有错。只是，他若待在弗洛莱斯汀娜近旁，我能不能和她结合就是个问题。也许她深陷牛角尖，只是出于对您的尊敬才勉强同意？让人心生怜爱……

伯　爵　我的朋友，我明白了。你的考虑让我决定叫他立马走人。没错，只有这个野种不再碍我的眼，我才能好过些。可是，怎么跟她开这个口呢？她会愿意他走吗？值得掀起一场轩然大波吗？

贝雅尔斯　轩然大波！……不……离婚的方法，在这个大胆的国度广为讨论，不妨一用。

伯　爵　让我公开自己的耻辱！几个懦夫曾这么做过！可谓本世纪最大的丑闻。就让制造离婚的人和要求离婚的无赖共同蒙羞吧！

贝雅尔斯　我是在良心的驱使下为她、为您作这番考虑。我反对残忍的手段，尤其这事关一个儿子……

伯　爵　叫他"外人"，我要让他赶紧滚蛋。

贝雅尔斯　别忘了那个肆无忌惮的奴才。

255

伯　　爵　　留着他叫我厌烦。朋友,这是我的收据,你赶紧去公证人那里,取回我的三百万金币。然后,你就可以名正言顺地履行合同了,我们今天要加快进行……因为,你现在是所有人了……(他交给贝雅尔斯收据,拥着他,两人出去了)今晚午夜时分,悄无声息地,在夫人的礼拜堂……(听不见余下的谈话)

第 四 幕

舞台布景：仍然是伯爵夫人的房间。

第 一 场

〔费加罗,独自,焦躁不安地环顾四周。

费加罗 她对我说:"六点钟到房间来,那时说话最安全……"我赶紧处理完外面的事,大汗淋漓地赶来! 她在哪里? (他走来走去,边擦汗)啊! 当然咯,我是不是傻了! 刚见他们从这里出去,先生挽着他的手臂! ……哎呀呀! 只是暂时的失利,难道就要放弃整局吗? ……难道演说家会因为遭到辩驳而落荒而逃? 骗子着实可恶! (激动地)让夫人烧掉信,以避免她察觉缺失,还躲过了解释! ……这正是弥尔顿①描绘的魔鬼典型! (戏谑的语气)今天下午我的生气不无道理:奥诺雷·贝雅尔斯就是希伯来人讲的那种万恶之源②。仔细盯着他看,就会发现他身上住着个羊脚幽灵,就像我母亲说的,魔鬼永远改不了他的羊脚③。(他笑)啊! 啊! 啊! 我又高兴起来了。先是因为我把从墨西哥运来的金币妥妥地交给了法勒先生,这将为我们争取时间。(他把一张便条在手上拍打了一下)然后……

---

① 指英国诗人约翰·弥尔顿(John Milton, 1608—1674)。他在其代表作《失乐园》中描绘了魔鬼撒旦的形象。
② 在《新约》的《路加福音》第八章中,耶稣见到一个被鬼上身的人,问他名字。他说,我名叫群。这是因为附着他的鬼多。
③ 根据传说,无论魔鬼附着在何人何物身上,他的羊脚总是无法匿形。

假面博士！达尔丢夫游魂的少校面孔！多亏了主宰一切的偶然，还有我的谋略，再浪费几个金路易，你的一封信就到手了。据说，信中的你摘下了面具，一切真相大白！（他展开便条，说）读过你信的无赖竟然狮子大开口索要五十个金路易？……好啊！如果这封信值这么多的话，他会收到的。主人待我们不薄，我若能让他幡然醒悟，花上我一年的工钱也值得……但你在哪儿，苏珊娜，不来乐一下吗？真痛快！① 明天见了！今晚我看不到什么变数……那又何必浪费时间呢？我一直后悔……（急速地）别迟疑，赶紧捆上炸药，放在枕头底下。深夜使人清醒，明早我们再看到底是哪一方翘辫子。

第 二 场

〔贝雅尔斯，费加罗。

贝雅尔斯　（嘲笑）哎！是费生！② 那地方不错呀，既然先生也在。

费加罗　（同样的语气）是为了再痛快地赶他一次嘛。

贝雅尔斯　就这点儿气量？您能这么想真不错！哪个还不都有各自的手段？

费加罗　这么说来，先生的手段就是闷头自辩咯？

贝雅尔斯　（拍费加罗的肩）聪明人没必要知道一切，既然他那么会猜。

费加罗　人人都得用上老天给的小才干呀。

贝雅尔斯　阴谋家打算用这些伎俩赚个盆满钵满吗？

费加罗　我没下注，就已经赢了……或者说我让"另一个"输了。

贝雅尔斯　（愕然）我们再看先生的牌。

费加罗　王牌并不能出奇制胜。（他用一种傻里傻气的神态）而是"人人为自己，上帝为人人"，所罗门王的名言。

贝雅尔斯　（微笑地）漂亮的格言！他不是还说过："太阳普照众生？"

---

① 原文：*O che piacere*！为意大利语。
② 原文：*C'est mons Figaro*! mons 是 monsieur 的简写，带贬义。

费加罗　　（正色）对,可以照亮想趁机咬主的毒蛇!（下）

第 三 场

〔贝雅尔斯,独自,看着他走远。

贝雅尔斯　　他亮剑了! 自负使然? 好兆头,他对我的盘算还一无所知。他的脸会拉得长长的,要是得知午夜时……（他马上在口袋里翻找）哎! 收据我放哪儿了? 在这里。（他读）"从公证人法勒先生处收讫三百万金币,明细如下。巴黎,日期……阿勒玛维华。"这下,女人和钱都到手了。但还不够,伯爵这人懦弱,余下的财产他是不会了结的。伯爵夫人让他敬重,他怕她,还爱着她……如果我不想办法对他们围追堵截,促使他们吵起来……激烈地吵,她是绝无可能进修道院的。(他踱步)该死! 不要冒险地希冀在今晚就看到重磅结局! 揽得过多,当心全军覆没! 明天才是好时机,当我牢牢地缔结了那神圣而甜蜜的关系,他们就都绑在我手里了!（他用两手按胸）哎呀! 该死的快感充满我的心! 你就不能忍一忍?……强烈的冲动快让我窒息,要是一个人的时候再不释放一点儿,我就要傻掉了。神圣而甜蜜的轻信,你给予做丈夫的丰厚的嫁妆! 暗夜里的月光女神,你将赐予做丈夫的那个冰冷的新娘。（他兴奋地搓手）贝雅尔斯! 幸福的贝雅尔斯!……为什么被唤作贝雅尔斯? 他难道不更像阿勒玛维华伯爵老爷?（阴沉的语气）还有一步,贝雅尔斯! 你就是完全的伯爵老爷了。但在此之前你要……这个费加罗真堵心! 就是他把伯爵招来的!……一着不慎就会全盘皆输……这奴才会让我倒霉……十足狡诈的无赖!……走吧,走吧,让他跟他的游侠骑士一起滚蛋!

第 四 场

〔贝雅尔斯,苏珊娜。

苏珊娜　　（跑来,看到另一个而不是费加罗,惊叫一声）啊!（旁白）不

259

　　　　　是他！

贝雅尔斯　真巧啊！你在等谁呢？

苏珊娜　（恢复平静）没等谁。我以为这里没人……

贝雅尔斯　既然在这儿碰到你，开委员会前先跟你通个气。

苏珊娜　您说的委员会是什么？我有两年没听过这个词了！

贝雅尔斯　（冷笑）嗳！嗳！（他在烟盒里揉搓出一个烟卷，自满的神色）这个委员会，我亲爱的，是伯爵夫人，他儿子，我们的小养女和我之间的会议，主题嘛你是知道的。

苏珊娜　闹了那么一出①，您还胆敢有所企图？

贝雅尔斯　（扬扬得意）胆敢有所企图！……不。只是……今晚我要娶她。

苏珊娜　（急切地）哪怕她爱的是雷昂？

贝雅尔斯　天真的女人！你还说："要是您这么做，先生……"

苏珊娜　哎！谁能想到呢？

贝雅尔斯　（吸了几口烟）总之他们怎么说？说了什么没有？你生活在内宅，有机会听到私房话。他们会念我的好吗？这才是关键所在。

苏珊娜　恐怕关键在于搞明白您施了什么魔咒，让所有人都听命于您。先生热情洋溢地谈论您，我的女主人把您捧上了天，她儿子把唯一的希望寄托于您，养女小姐崇敬您……

贝雅尔斯　（扬扬自得的语气，抖落衣襟上的烟灰）你呢，苏珊娜，你怎么看我？

苏珊娜　毫不夸张地说，先生，我崇拜您！在您搅起的这堆突如其来的混乱中，只有您头脑冷静，安之若素，我就好像看到了一个天才，翻手为云，覆手为雨。

贝雅尔斯　（扬扬得意）我的孩子，没有比这更容易的了。首先得知道，人世运转不过基于两点，道德和权术。道德嘛，笼统地说就是公正和真实；这是衡量某些世俗美德的关键。

---

① 指第三幕第七场伯爵撞见贝雅尔斯与伯爵夫人争吵。

苏珊娜　那权术呢？……

贝雅尔斯　（热烈地）啊！玩乎权术,是生造事端、主导人事的艺术。利益是目的,耍诡计是手段:对真相不多言,让真相的多义性如多棱镜一般炫目。如埃特纳火山①那么深沉,向外喷发前熊熊灼烧、隆隆闷响良久;而一旦爆发就势不可挡。这需要极高的技巧:只要疑虑就会落败。(笑)这就是讲价的筹码。

苏珊娜　道德若不能感染您,那么另一个,在您身上倒是激发了足够的动力!

贝雅尔斯　（醒过来,回到常态)呃!……不是的,是你啊。你关于天才的类比……骑士来了,你先走。

第 五 场

〔雷昂,贝雅尔斯。

雷　昂　贝雅尔斯先生,我陷入了绝望!

贝雅尔斯　（保护人的语气)发生什么事了,年轻的朋友?

雷　昂　父亲刚刚不容置疑地通知我,两天之内准备动身前往马耳他。他说,无须携带行李,有费加罗陪着,还有另一个仆人打前站。

贝雅尔斯　若不知道他的秘密,他这一举动委实奇怪。但我们既然都知情,那就应该同情他。这场旅行安排出自某种担忧,而这种担忧却是可以谅解的!马耳他和您的誓愿不过是借口,他担心的某种爱才是真正的缘由。

雷　昂　（痛苦地)可是,我的朋友,不是说好由您来娶她吗?

贝雅尔斯　（交心地)如果她的哥哥想要搁浅这一让人恼火的出行,在我看来只有一种方法……

雷　昂　哦,我的朋友!告诉我!

贝雅尔斯　需要夫人,您的母亲,克服胆怯,勇于在他面前表达自己的观

---

① 欧洲海拔最高的活火山,位于意大利西西里岛东岸。

点,因为,比之强硬的做派,她的温柔对您更于事无补。退一步说,就算有人对她施以不公正的提醒:有谁能比母亲更有权利使父亲回归理性?让她试一试……今天就算了,可以……明天,别软弱。

雷　昂　我的朋友,您说得对:这份担忧是他真正的动机。也许只有我的母亲能让他改变主意。她来了,和那位……我不该再爱的人。(痛苦地)哦,我的朋友!要让她幸福!

贝雅尔斯　(抚慰地)每天都给她讲讲她哥哥。

第 六 场

〔伯爵夫人,弗洛莱斯汀娜,贝雅尔斯,苏珊娜,雷昂。

伯爵夫人　(梳妆打扮过,穿一条红黑相间的裙子,花束也是同样的颜色)苏珊娜,拿我的钻石来。(苏珊娜去拿)

贝雅尔斯　(做出庄重的样子)夫人,还有您,小姐,你们和这位朋友慢慢聊。他要跟你们讲的,我完全同意。哎呀!不要去想我即将拥有的幸福,这份幸福属于大家。您只需要休息。我只愿以您愿意接受的形式来协助您:但是,无论小姐是否接受我的馈赠,我申明自己刚刚继承的所有财富都属于她,写在合同或遗嘱里。我会拟定这些条款。由小姐来选择。说完这些,我想自己最好回避,以免打扰了小姐的自由选择。但是,无论如何,哦,我的朋友们要知道……(他深深地鞠躬,下)

第 七 场

〔伯爵夫人,雷昂,弗洛莱斯汀娜。

伯爵夫人　(看着他远去)这是老天派来为我们排忧解难的天使。

雷　昂　(强烈的痛苦)哦,作弗洛莱斯汀娜!现实迫使我们无法属于彼此,初识真相的痛苦让我们误以为再也无法拥有对方。由我来补足这一关乎你我的誓约吧。我并没有完全失去您,因为我找回了一个妹妹,而我曾想让她成为我的妻子。我们仍然可以相爱。

第 八 场

〔伯爵夫人,雷昂,弗洛莱斯汀娜,苏珊娜。苏珊娜拿来首饰盒。

伯爵夫人 (边说话边戴耳环、戒指、手镯,目不斜视)弗洛莱斯汀娜!你要嫁给贝雅尔斯。他的为人配得上这场婚姻。而且,你的教父乐见这一珠联璧合,所以今天就要完成。

〔苏珊娜出,带走首饰盒。

第 九 场

〔伯爵夫人,雷昂,弗洛莱斯汀娜。

伯爵夫人 (对雷昂)至于我们呢,儿子,让我们永远都不要知道不应该知道的东西。你哭了,弗洛莱斯汀娜?

弗洛莱斯汀娜 (哭泣)可怜我吧,夫人!唉!怎么能在一天之内承受这么多变故?刚刚得知我是谁,就得放弃我自己,把自己交付……我悲痛欲绝,怕得要死。我并无反对贝雅尔斯先生之意,只是一想到他成为……我就心如死灰。可是却必须嫁给他,必须为了亲爱的哥哥牺牲我自己。为了他的幸福,而我已无能为力。您说我哭了!啊!比起为他去死,我还能给予更多!妈妈,可怜我们!保佑您的孩子们!他们并不幸福!(她跪下。雷昂也跪下)

伯爵夫人 (把手放在他们头上)我保佑你们,我亲爱的孩子们。我的弗洛莱斯汀娜,我领养你。你要知道我有多么疼爱你!你会幸福的,我的女儿,因为美德而幸福。这份幸福将补偿其他的缺憾。

弗洛莱斯汀娜 可是夫人,您相信我的牺牲会把这份幸福带给雷昂,您的儿子吗?毕竟,不能过于自信:伯爵对他的偏见甚至到了仇恨的程度。

伯爵夫人 亲爱的女儿,我对此寄予厚望。

雷　昂　这是贝雅尔斯先生的想法：他对我说过，还说只有妈妈能够创造奇迹。那您是否能为了我跟他谈一谈呢？

伯爵夫人　我一直试图跟他谈，儿子，可是看来没有任何结果。

雷　昂　哦，我尊贵的母亲！就是您的柔弱毁了我。因为害怕与他冲突，您的美德以及大家对您的尊敬本可以协助您发挥公正的影响力。如果您执意与他谈，他会屈服的。

伯爵夫人　儿子，您这么想吗？我会在您面前尝试。您的指责几乎就像他的不公正一样，深深刺痛了我。可是，为了我要说的好话不让你感到局促，你到我的书房里吧，你会听到我公正的辩护，到时你就不会再指责我缺乏抗争的力量！（她打铃）弗洛莱斯汀娜，按规矩你回避吧：关上门，祈求老天赐予我成功，并最终使让我抱憾的家庭重归平静。

〔弗洛莱斯汀娜下。

第　十　场

〔苏珊娜，伯爵夫人，雷昂。

苏珊娜　夫人有什么事？她打铃了。

伯爵夫人　以我的名义，有请先生，来这里逗留片刻。

苏珊娜　（惊讶地）夫人！您别吓我！老天！这下又会出什么状况？什么事！先生从不来……除非……

伯爵夫人　照我吩咐的做，苏珊娜，余下的无须担心。

〔苏珊娜下，无望地抬手向天。

第十一场

〔伯爵夫人，雷昂。

伯爵夫人　儿子，您会看到您的母亲在保护您的利益时到底有没有软弱！可是，先让我静心独处，用祈祷来准备这场重要的辩词。

〔雷昂走进他母亲的书房。

第十二场

〔伯爵夫人,独自,单膝跪在扶手椅上。

伯爵夫人　此时此刻正如同末日审判①一般可怕。身上的血液几乎凝滞……哦,我的主!赋予我力量,让我去打动我丈夫的心!(更低声)只有您,知晓我为何一直缄默不语!啊!这事关儿子的幸福,您知道的,哦,我的主,我哪敢为自己辩解一个字!可既然一个悔过了二十年的错得到了您宽宏的谅解,正如一位智者向我保证的那样,我的主啊,再赐予我力量,去打动丈夫的心吧!

第十三场

〔伯爵夫人,伯爵。雷昂,躲起来。

伯　爵　(生硬地)夫人,来人说您找我?

伯爵夫人　(胆怯地)我以为,先生,在这间屋子比在您那儿更方便。

伯　爵　我就在这里,夫人,说吧。

伯爵夫人　(哆嗦)让我们坐下来吧,先生,我恳求您这么做,并且请认真听我说。

伯　爵　(不耐烦地)不用了,我想站着。您知道的,说话时我没法儿保持原地不动。

伯爵夫人　(坐下来,叹口气,低声)是关于我儿子……先生。

伯　爵　(猛然地)关于您儿子,夫人?

伯爵夫人　还有什么别的原因能迫使我开启一场您从不希望的谈话呢?可是我刚才看到他,着实让人于心不忍:精神恍惚,因您催促他马上

---

① 根据《新约》的《启示录》,世界终结前,上帝和耶稣将要对世人进行审判。凡信仰上帝和耶稣基督并行善者可升入天堂,不得救赎者将被投入硫黄火湖中永远灭亡。

离开而内心纠结不堪,尤其是您宣告这场流放的严厉语气。唉!为何他会遭受到一位父……一位如此公正之人的厌恶?自从可恶的决斗夺走了我们的另一个儿子……

伯　爵　(两手遮脸,痛苦的神情)啊!……

伯爵夫人　眼前的这一个,可不该背负忧伤的情绪啊。他给予我们更多的关心和照料,减轻我们的苦痛!

伯　爵　(轻轻地踱步)啊!……

伯爵夫人　他哥哥暴躁的性格,放纵不羁,轻浮下流,还有不合常理的行为给我们平添了痛苦。威严却执法审慎的老天爷,夺走了我们这个孩子,也许是为了让我们以后不受痛苦。

伯　爵　(痛心地)啊!……啊!……

伯爵夫人　可是,留在我们身边的这一个,是否违背过他的职责?他是否应得到哪怕是最轻微的责备?他是同龄人中的典范,到处受到赞赏:他被爱戴,被追随,被请教。只有他的父……法定监护人,我的丈夫,似乎对他出类拔萃的优秀视而不见,而这优秀的光芒让所有人惊叹。(伯爵踱步更快,一言不发。伯爵夫人,从他的沉默中获得了勇气,继续以更坚定的语气述说,并逐步加强)如果是别的事,先生,我将荣幸地完全顺从您的想法,调整情绪使自己微不足道的观点顺应您的想法。可是这事关……一个孩子……(伯爵焦躁不安地踱步)他哥哥在世时,高贵的姓氏要求他独守其身,马耳他修会则是他的宿命。偏见掩盖了两个享有同等权利的儿子(胆怯地)之间的分配不公。

伯　爵　(更焦躁。用沉闷的语调旁白)同等权利!……

伯爵夫人　(稍大声)可是,两年前一场可怕的意外……改变了他的地位,而对于他摆脱宗教的誓愿您却袖手旁观,这难道不奇怪吗?您离开西班牙只是为了通过买卖或交换变更财产继承,这也是人尽皆知的事。如果这些做法是为了剥夺他的继承权,先生,那么这就近乎仇恨了!而且,您把他赶出家门,把他关在……您住所的大门之外!请容我说一句,在任何理性的眼光看来,如此奇怪的对待都是没有理由

伯　　爵　（停下脚步,可怕的语调）他做的事情？

伯爵夫人　（害怕地）我并不想,先生,冒犯您！

伯　　爵　（更大声）他做的事情,夫人！这可是您要问的？

伯爵夫人　（六神无主）先生,先生！您让我害怕！

伯　　爵　（暴怒）被尊严束缚的情感在您的挑衅下即将爆发,您会听到对他的判决,还有对您的。

伯爵夫人　（更慌乱）啊,先生！啊,先生！……

伯　　爵　您问他做了什么？

伯爵夫人　（抬起手臂）不,先生,您什么也别说！

伯　　爵　（出离愤怒）伪善的女人,想想您自己做的好事！跟奸夫投怀送抱,在我的家里弄出个外来的野种,您还胆敢把他称作我的儿子！

伯爵夫人　（绝望状,欲起身）让我走,求您。

伯　　爵　（把她硬压在扶手椅上）没门儿,休想逃走。铁证如山,您逃不掉的。（把信给她看）还认得这些字迹吗？它出自您的脏手！还有他回复的这些血迹斑斑的字……

伯爵夫人　（沮丧至极）我要死了！我要去死。

伯　　爵　（用力地）别,别。您要听听我标注出来的字句！（他读起来,像失了魂）"可恶的疯子！我们的命运已定。您的罪,我的罪,得到了应有的报应。今天,圣·雷昂日,既是此地也是您的守护神的日子,我刚刚生下了一个儿子,他是我的耻辱和绝望……"（他说）这个野种生在圣·雷昂日,就在我赴任韦拉克鲁斯十个多月之后！（在他大声读信的时候,只听见伯爵夫人神志不清地吐着残言碎语）

伯爵夫人　（祈祷,双手合十）万能的主！你还是不放过那隐藏最深的罪被宽恕！

伯　　爵　……还有这出自罪人之手的话：（他读）"我要是不在了,交给您这些的那个朋友,是可以信任的。"

伯爵夫人　（祈祷）惩罚吧,我的主！这是我应受的！

伯　　爵　（继续读）"如果一个不幸之人的死尚能唤起您对另一个幸福之

267

人的恻隐,在孩子的命名上,……"

伯爵夫人 （祈祷）接受我对耻辱的悔过,让我赎罪吧!

伯　爵 （继续读）"我能不能希望雷昂的名字……"（他说）看来这个儿子叫雷昂!

伯爵夫人 （神志不清,双目紧闭）我的主! 我的罪孽深重,惩罚也需深重! 执行你的旨意吧!

伯　爵 （更大声）所以,隐瞒此等卑鄙龌龊,您竟敢质问我何以疏远他?

伯爵夫人 （一直祈祷）当你决计施以重罚,若蜉蝣如我何以违抗?

伯　爵 就在你为这无耻之徒的野种辩护的时候,手臂上还戴着我的肖像!

伯爵夫人 （取下手镯,看着）先生,先生,我还回肖像。我知道自己不配。（魂飞魄散）老天! 我这是怎么了? 啊! 我神智错乱了! 慌乱让我心生魔鬼! 报应早已来到! 我看到了不存在的东西……肖像不是您了,是他,示意我他还活着,让我去坟墓跟他会合!

伯　爵 （害怕地）什么? 唉! 不,不是……

伯爵夫人 （谵语）可怕的鬼魂! 走开!

伯　爵 （痛苦地喊）不是您想象的那样!

伯爵夫人 （把手镯扔在地上）等我……好,我服从你……

伯　爵 （更慌乱）夫人,听我说……

伯爵夫人 我去了……我服从你……我死了……（她陷入了昏迷）

伯　爵 （惊慌地,拾起手镯）我过分了……她昏过去了……啊! 上帝! 要去救救她。（他出去,跑起来。伯爵夫人痛苦地抽搐,滑落在地）

第十四场

〔雷昂跑来,伯爵夫人昏厥。

雷　昂 （用劲地）哦,母亲! ……母亲! 是我害了您!（他抱起她,放在扶手椅上。她仍然昏迷中）我应该不带任何索求地走掉! 我本该料到这些可怕的事!

第十五场

〔伯爵,苏珊娜,雷昂,昏迷的伯爵夫人。

伯　　爵　（回来,大叫）嗳！他的儿子！
雷　　昂　（茫然若失地）她死了！啊！我也不活了！（他抱着她喊道）
伯　　爵　（惊慌失措）嗅盐！嗅盐！苏珊娜！要是能救活她,一百万拿去！
雷　　昂　哦,可怜的母亲！
苏珊娜　夫人,快吸一口。扶住她,先生,我来帮她解开衣服。
伯　　爵　（惊慌失措）解开,松开！啊！我本该好好爱惜她！
雷　　昂　（六神无主地叫喊）她死了！她死了！

第十六场

〔伯爵,苏珊娜,雷昂,昏迷的伯爵夫人。费加罗跑来。

费加罗　是谁死了？夫人？别大喊大叫了！您真要让她死了！（他测她的脉搏）不,她没有死,只是透不过气来,血一下冲上了头。赶紧让她放松。我去取她需要的东西。
伯　　爵　（毫无架子地）赶快,费加罗！我的财产归你了。
费加罗　（强调地）夫人在危难时刻,我的确需要您的承诺！（他跑下场）

第十七场

〔伯爵,雷昂,昏迷的伯爵夫人,苏珊娜。

雷　　昂　（把嗅瓶放到她鼻下）希望能让她恢复呼吸！哦,上帝！把我可怜的母亲还给我！……她缓过来了……
苏珊娜　（哭着）夫人！醒醒,夫人！……
伯爵夫人　（恢复神智）啊！死去真难啊！

雷　昂　（心如刀绞地）不，妈妈，您不会死！

伯爵夫人　（惊愕地）哦，老天！你们都在！我的丈夫、我的儿子！没有秘密了……我对不起你们两人……（她扑倒在地，跪拜起来）来向我算账吧！我再也无法被饶恕！（愧责地）有罪的母亲！失贞的妻子！一瞬间的失误让我失去了所有。我给我的家庭蒙上了羞耻！我在父亲和孩子们之间埋下了隐患！公正的上帝！这个罪过确实需要暴露！就让我以死抵罪！

伯　爵　（绝望地）不，回到我们中间！您的痛苦让我心碎！我们扶她坐起来。雷昂！……我的儿子！（雷昂大步向前）苏珊娜，搀扶她坐下。

〔他们把她安坐在扶手椅里。

第十八场

〔前场人物，费加罗。

费加罗　（跑来）她醒过来了？

苏珊娜　啊，老天！我也要晕倒了。（她解开衣扣）

伯　爵　（喊）费加罗！来帮忙！

费加罗　（压低声音）稍等！您冷静些。她的情况没那么紧急了。我刚才在外面，老天！我回来得真及时！……她着实吓着我了！来吧，夫人，振作些！

伯爵夫人　（祈祷，向后仰）仁慈的上帝！让我去死吧！

雷　昂　（把她扶正坐好）不，妈妈，您不会死，我们来弥补犯下的错。先生！恕我冒犯，曾以父之名呼您。您的头衔、您的财富，我并无半点支配的权利。唉！是我此前无知了。但是，请发发慈悲，别当众羞辱、打击这位不幸的人，她曾是您的……说句公道话，以二十年的悔过来抵偿的错误，是否仍然是一桩罪？我母亲和我，我们会从您家里搬出去。

伯　爵　（激动地）不可能！你们不能走。

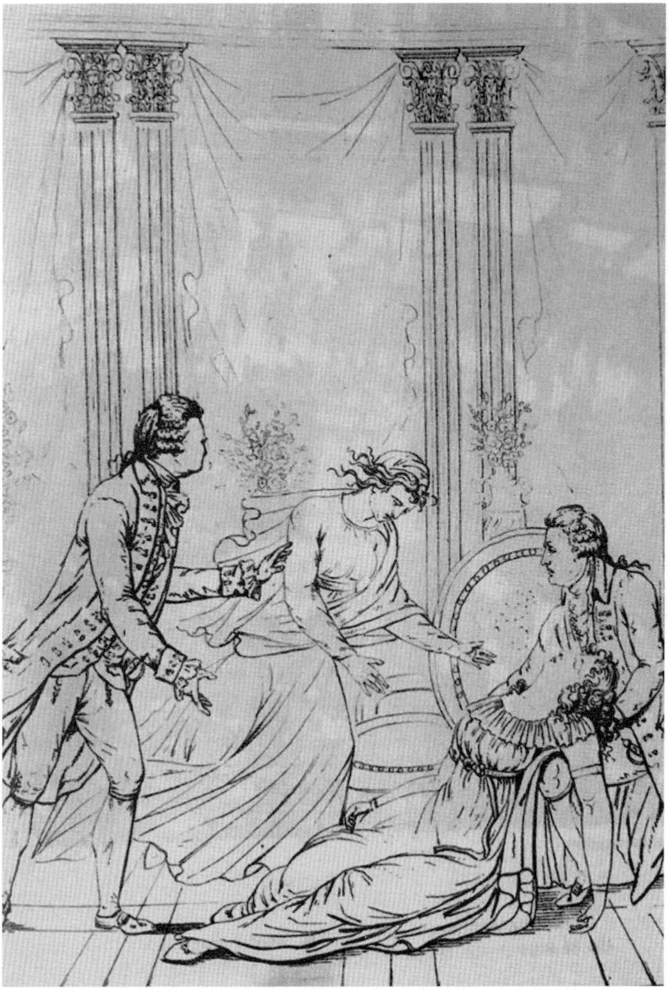

雷　昂　修道院是她安度晚年的处所。而我,则以雷昂之名换取一身士兵的素衣,我要保卫我们新祖国的自由。我将默默无闻地为她而死,或者作为勤勤恳恳的公民为她效力。

〔苏珊娜在一旁抹眼泪。费加罗在另一旁沉思。

伯爵夫人　(费力地)雷昂!我的好孩子!你的勇气让我活过来了!我还可以支撑着活下去,因为我的儿子美德在身不怨母。困境中的骨气将是你可贵的财富。他娶我时,我没有嫁妆;我们也不对他有任何要求。我用双手做活,可以维持我的生存;而你,要为国效力。

伯　爵　(绝望地)不要,罗丝娜!千万不要。我才是真正的罪人!在茕茕孑立的晚年,我无视了多少美德!……

伯爵夫人　您会被美德簇拥的。弗洛莱斯汀娜和贝雅尔斯留在您身边。弗洛莱斯塔,您的女儿,心头肉……

伯　爵　(惊讶地)怎么?您怎么知道的?……谁告诉您的?……

伯爵夫人　先生,您把所有的财产给她吧,我和儿子不会说半个不字。她幸福,我们就得到安慰了。但是,我们走之前,至少请准许我一项优待!告诉我您是如何拿到这封信的,我以为这一封连同其他的信已经一起被烧掉了。难道有人泄密?

费加罗　(大喊)对了!卑鄙的贝雅尔斯:他把信交给先生的时候,让我碰见了。

伯　爵　(语速加快)不对,我是无意间拿到的。今早,我和他为了另一桩事,打开了您的首饰盒,但并不知道盒里有夹层。在激烈的对话中,夹层突然在他手中打开了,他也非常惊讶。他还以为盒子被扯破了!

费加罗　(更大声)他不知道这个夹层?魔鬼!是他故意把信掉出来的!

伯　爵　有这种可能?

伯爵夫人　他装得真像!

伯　爵　一些信掉了出来,但是他完全无视。我要读给他听,他还拒绝。

苏珊娜　(叫喊)他对夫人读了上百次。

伯　爵　这可是真的?他知道这些信?

伯爵夫人　不幸之人死去时,是他把信从军队里带来转交给我的。

伯　爵　他就是那个知晓一切的、可靠的朋友?

费加罗,伯爵夫人,苏珊娜　(一起喊出)就是他!

伯　爵　噢,恶毒的小人!用怎样的手段给我下了套!现在,我全明白了。

费加罗　您还信任他!

伯　爵　我明白他的算计了。让我们把他的全部面具撕开吧,来个一了百了。谁告诉您弗洛莱斯汀娜是我女儿的?

伯爵夫人　(快速地)就是他跟我交的心。

雷　昂　(快速地)他暗地里跟我说过。

苏珊娜　(快速地)他也跟我说过。

伯　爵　(痛苦地)噢,魔鬼!而我还打算把女儿嫁给他!把我的财产交给他!

费加罗　(激动地)要不是我暗中把三百万金币寄放在法勒先生那里,超过三分之一的财产就已经落到他手上了:您会让他成为这笔财富的主人的。幸好我料到了。我把收据交给您了……

伯　爵　(激动地)那个混蛋刚从我这里拿走了收据,去提款了。

费加罗　(痛心地)算我失策!钱要是被取走,我的所有努力都打水漂了!我立即去法勒先生处。上帝保佑不会太迟!

伯　爵　(对费加罗)那个叛徒应该还没到。

费加罗　他要是有所耽搁,我们就抓住他了。我赶紧。(欲下场)

伯　爵　(激动地,拦住他)但是,费加罗!刚刚你知晓的秘密,就埋在心里吧。

费加罗　(动情地)主人!二十年前我就知道了这个秘密,其间有十年在防止这个魔鬼加以利用!在我回来之前,不要做任何决定。

伯　爵　(激动地)他会为自己开脱吧?

费加罗　他会千方百计地尝试。(他从口袋里取出一封信)但这里有铁证如山。您读一读吧,地狱的秘密就在此。我费劲脑汁地拿到了这封信,您会感激我的。(他把贝雅尔斯的信给伯爵)苏珊娜!给女主

　　　　　人一些药水。你知道我是如何准备药水的。(他递给她一个瓶子)把她放在长椅上,确保周围安安静静。先生,至少不要再挑事了,否则她就要离去了!
伯　爵　(激动地)再挑事!除非自作自受!
费加罗　(对伯爵夫人)夫人,您听到了吗?这才是真正的他!这才是我的主人。啊!我一直这么说他:在好心肠的人那里,生气只是出于原谅的急切需要!(他急匆匆地走了。伯爵和雷昂搀扶着她,悉数下场)

第 五 幕

舞台布景：第一幕的客厅。

第 一 场

〔伯爵,伯爵夫人,雷昂,苏珊娜。伯爵夫人,面无血色,衣冠不整。

雷　昂　（搀扶着母亲）妈妈,屋里太热了。苏珊娜,挪一张安乐椅来!
　　　　〔众人扶她坐下。
伯　爵　（柔情地,调整着靠垫）坐得舒服吗？唉！怎么又哭了？
伯爵夫人　（心力交瘁地）啊！让我尽情流会儿眼泪吧！这些可怕的遭遇让我心碎！尤其是这封不名誉的信……
伯　爵　（歇斯底里地）在爱尔兰结了婚,还妄想娶我女儿！要把我所有财产挪到伦敦的银行去养活他那贼窝,直到我们一一死去！……天晓得还有什么花招！……
伯爵夫人　倒霉的人啊！冷静些！是时候叫弗洛莱斯汀娜下来了。情感的变故让她心意难平。去叫她来,苏珊娜,先什么也别告诉她。
伯　爵　（郑重地）我对费加罗说的,苏珊娜,对您也同样适用。
苏珊娜　先生,我眼睁睁地看着夫人二十年来哭了又哭,祈祷又祈祷,实在不会再多嘴徒增她的痛苦。（她下场）

第 二 场

〔伯爵,伯爵夫人,雷昂。

伯　　爵　（动情地）啊！罗丝娜！擦擦眼泪吧,让您痛苦的人不得好报！

伯爵夫人　儿子！跪在你那仁慈的保护者面前,以你母亲的名义感谢他。

〔他要跪下来。

伯　　爵　（扶起他）让我们忘掉过去吧,雷昂。就让一切尽在不言中,别再刺激您母亲了。费加罗嘱咐要保持平静。啊！我们尤其要考虑到弗洛莱斯汀娜尚且年幼,小心地瞒住这件插曲的来龙去脉。

第 三 场

〔弗洛莱斯汀娜,苏珊娜,前场人物。

弗洛莱斯汀娜　（跑来）我的天啊！妈妈,您这是怎么了？

伯爵夫人　没什么,只有好消息要告诉你。你的教父会跟你说。

伯　　爵　哎！我的弗洛莱斯汀娜！一想到我差点儿就要毁掉你的青春,我就不寒而栗。多谢老天爷,洞悉一切,你不会嫁给贝雅尔斯！不,你不会成为那个忘恩负义之人的妻子！……

弗洛莱斯汀娜　啊！老天！雷昂！……

雷　昂　妹妹,他把我们全给耍了！

弗洛莱斯汀娜　（对伯爵）妹妹！

伯　　爵　他骗了我们。一个接一个地骗了。你中了他可怕的罗网。我要把他从我家赶出去。

伯爵夫人　你下意识的害怕是对的,好过我们的解释。可爱的孩子！感谢老天吧,是他把你从这般危险中解救。

雷　昂　妹妹,他把我们全给耍了！

弗洛莱斯汀娜　（对伯爵）先生,他叫我妹妹！

伯爵夫人　（动情地）对,弗洛莱斯塔①,你是我们家的！这才是我们珍贵的秘密。这是你的父亲,你的哥哥,我呢,这辈子都是你的母亲。啊！你可不能忘记她！（她把手伸给伯爵）阿勒玛维华！她是我女儿没错吧？

伯　爵　（动情地）那么他,是我的儿子！这是我们的两个孩子。

〔大家紧紧拥抱在一起。

第 四 场

〔费加罗;法勒先生,公证人;前场人物。

费加罗　（赶来并扔下外套）该死！他拿到了钱夹。我进门时看到他带走了。

伯　爵　噢,法勒先生！您很着急！

法勒先生　（激动地）不,先生,恰恰相反。他在我那儿待了一个多小时,让我完成合同,添加他的馈赠条款。然后他交给我收据,收据下有您的签名,并对我说钱是他的了,说是源自遗产继承,说他保证交给您……

伯　爵　啊,卑劣之徒！他可什么都没忘！

费加罗　未来只能担惊受怕了！

法勒先生　有了这些说明,我哪能拒绝他要钱夹的要求呢？是三百万见票即付的汇票。如果您悔婚而他又要钱,那结局几乎无可救药。

伯　爵　（情绪激动地）哪怕花光这世上所有的金子,我也要摆脱他！

费加罗　（把他的帽子往扶手椅上一丢）哪怕把我绞死,他也别想拿到一个铜板！（对苏珊娜）去外面看看,苏珊娜。（她下场）

法勒先生　你们有没有办法让他在证人面前承认,他持有的这笔巨款属于先生？若能办到,我敢说就能把钱再夺回来！

费加罗　他的德国仆人要是告诉他府邸里发生的事,他就不会回来了。

---

①　弗洛莱斯汀娜的爱称。

277

伯　　爵　（急速地）好极了！我只想要这个！啊！就让他留着那些钱吧！

费加罗　（急速地）一气之下就让他拿走您孩子们的遗产？这不是高尚，是软弱。

雷　　昂　（不快地）费加罗！

费加罗　（更大声）我坚持这么认为。（对伯爵）如果您如此地回报这场背信弃义，那么，您把那些忠心耿耿效忠于您的人置于何种境地？

伯　　爵　（气恼）但这件事已无可挽回，只能由着他得势。

第 五 场

〔前场人物，苏珊娜。

苏珊娜　（在门边，大声）贝雅尔斯先生回来了！（她下场）

第 六 场

〔除了苏珊娜外的前场人物。所有人严阵以待。

伯　　爵　（出离愤怒）哼！叛徒！

费加罗　（迅速地）没时间讨论了。只要你们都听我的，并且协助我让他相信自己万无一失，我拿我的人头担保一定能成事。

法勒先生　您要跟他谈钱夹和合同吗？

费加罗　（迅速地）不。他圆滑老练，不能强攻！要诱敌深入，直到他不打自招。（对伯爵）您装作要赶我走。

伯　　爵　（困惑地）可是，可是，为了什么原因？

第 七 场

〔前场人物，苏珊娜，贝雅尔斯。

苏珊娜　（跑来）贝雅雅雅雅雅尔斯先生！（她站到伯爵夫人边上。贝雅尔斯大吃一惊）

费加罗　（见到他,高声道)贝雅尔斯先生！（恭恭敬敬地)这下好了！更丢脸了。既然您要求我对自己的错误供认不讳,那么我希望能得到先生的宽大处理。

贝雅尔斯　（惊讶地)这是怎么了？你们都聚在一起！

伯　爵　（生硬地)为了赶走一个卑鄙小人。

贝雅尔斯　（看到公证人,更惊讶)那法勒先生为什么也在？

法勒先生　（给他看合同)您看,我们可没浪费时间,现在一切都有利于您。

贝雅尔斯　（惊愕)啊！啊！……

伯　爵　（不耐烦地,对费加罗)您赶紧的,这些教我受累。

〔在这一场中,贝雅尔斯警觉地一个一个打量所有人。

费加罗　（恳求的神色,对伯爵讲了一番话)戏演不下去了,我只好给大家做自白了。是的,为了陷害贝雅尔斯先生,我恬不知耻地一再声明自己监视他、尾随他,四处干扰他(转身向伯爵)：在先生没有打铃的情况下,我擅自闯入,为的是看看他究竟要对夫人的首饰盒做什么手脚,我发现首饰盒是打开的。

贝雅尔斯　不错！盒子开着,我深表遗憾！

伯　爵　（欲爆发。旁白)好大的胆子！

费加罗　（屈身,扯他衣角提醒)哎！主人！

法勒先生　（担心地)先生！

贝雅尔斯　（对伯爵,旁白)您冷静些,不然我们什么都无从得知。

〔伯爵跺脚。贝雅尔斯看着他。

费加罗　（叹了口气,对伯爵说)因为我知道夫人和他关在屋里焚烧某些重要的信件,所以才赶紧通知您过来瞧瞧。

贝雅尔斯　（对伯爵)我对您说过了吧？

〔伯爵气得直咬手帕。

苏珊娜　（低声在背后对费加罗)够了,够了！

费加罗　最后,我看到了你们相安无事。我承认自己绞尽脑汁妄图在您和夫人之间挑拨离间……但没有取得预想的效果……

279

伯　　爵　（对费加罗,生气地）狡辩完了没有?

费加罗　（非常谦恭地）唉!我没什么可说的了,法勒先生来此正是为了听这番解释来完成合同。先生吉星高照,我的把戏无所遁形……主人啊!看在我服侍您三十年的分上……

伯　　爵　（没好气地）这不由我来评判。(他快步走开)

费加罗　贝雅尔斯先生!

贝雅尔斯　（重新放下心来,讽刺道)叫谁?我吗?亲爱的朋友,我没想过自己对您有这般义务!(提高音量)罪恶的行为试图抢走我的幸福,现在却成全了我的幸福!(对雷昂和弗洛莱斯汀娜)年轻人啊!这就是人生的教训!让我们以赤子之心在美德的小径上前行吧。你们会看到,耍阴谋的人迟早自掘坟墓。

费加罗　（谦恭地鞠躬)啊!是的!

贝雅尔斯　（对伯爵)先生,再原谅他一次,让他走吧。

伯　　爵　（对贝雅尔斯,生硬地)这就是您的判决?我同意。

费加罗　（热情地)贝雅尔斯先生!我谢谢您。我看法勒先生急着完成一个合同……

伯　　爵　（迅速地)合同条款我都了解了。

法勒先生　除了这一条。我来给您念有关先生馈赠的那条……(在合同上找)奥……奥……奥,詹姆斯-奥诺雷·贝雅尔斯阁下……这里!(他读)"为明确地表达对小姐即未来的妻子深深的爱恋,上述的阁下即小姐未来的丈夫将自己拥有的所有财产悉数赠予小姐,现在包括(他加重语气),以有效票据形式附上的三百万金币,与他所述以及他呈送给我们相关公证人的票据相符。"(他边读边伸手)

贝雅尔斯　票据在钱夹里。(他把钱夹交给法勒)我刚取了两千金路易用来置办婚礼。

费加罗　（指伯爵,迅速地)先生决定由他来承担所有费用,我有他的命令在身。

贝雅尔斯　（从他的口袋里拿出票据,交给公证人)那么,您收好了。赠予完整了!

〔费加罗,转身,强忍着不笑。法勒先生打开钱夹,把票据放进去。

法勒先生 （指费加罗）我们签合同,先生来复核所有票据。（他把打开的钱夹交给费加罗,费加罗看到了票据,说）

费加罗 （兴高采烈地）看来一篇真诚的忏悔词不失为一记妙招,它也能带来好处。

贝雅尔斯 怎么说?

费加罗 我可以肯定地说,这里的慷慨之人不止一位。噢! 就让老天满足这两位善人的心愿吧!我们不需要任何书面之言。（对伯爵）这是您的见票即付票据:分文不差,先生,我确认过了。您和贝雅尔斯先生互比慷慨:一个要把财产给新郎,另一个则要赠予未来的新娘!（对两个年轻人）先生,小姐! 啊! 多么好心的保护人啊,你们可要爱护他!……我这都说了什么? 兴奋可让我说了些冒犯人的不当言辞?

〔众人沉默。

贝雅尔斯 （有点儿惊讶,旋即恢复常态。自我辩解道）如果我的朋友不反对,如果他好心为我,允许我承认是从他手中取得这些票据,那就并无任何冒犯之处。先生的善心源源不绝,刚才这一番说明让我坦然心安。（指伯爵）他给予我幸福和财富。我与他可贵的女儿分享这些,即是我对他应有的回馈。给我钱夹,将钱夹亲自交予先生才是我愿意拥有的荣誉,同时签署我们幸福的合约。（他想拿回钱夹）

费加罗 （乐得跳脚）先生们,听见了吗? 如有必要,你们就是证人。主人,这是您的票据。听从您内心的指引,把他给应得的人。（他把钱夹给伯爵）

伯爵 （起身,对贝雅尔斯）老天爷! 竟然给了他! 奸人,从我家滚出去,地狱都没你城府深! 幸亏我这个好心的老仆,补救了我的轻信:你马上给我滚!

贝雅尔斯 噢,我的朋友! 您又弄错了!

伯爵 （出离愤怒,把打开的信往他脸上一拍）还有这封信,魔鬼! 信也弄错了吗?

贝雅尔斯　（看到了信,怒起来,从伯爵手中夺过信,露出真面目）啊！……我被耍了！但我会赢的。

雷　昂　这个家被你弄得鸡飞狗跳,快滚！

贝雅尔斯　（狂怒）疯崽子！这一切都由你来补偿,我要跟你决斗。

雷　昂　（毫不犹豫地）走！

伯　爵　（焦急地）雷昂！

伯爵夫人　（焦急地）我的儿！

弗洛莱斯汀娜　（焦急地）哥哥！

伯　爵　雷昂！我不准你去决斗……（对贝雅尔斯）你不配要求这一荣誉。一个像你这样的人不该由决斗来了命。

　　　　〔贝雅尔斯做了一个发狠的手势,什么话也说不出。

费加罗　（制止雷昂,急忙地）不,年轻人！您不要去,您的父亲说得对,此般狂热的举动会减低您的荣誉。在这个国度,我们只跟与国为敌之人战斗。任由他被自己的怒火吞噬,要是他胆敢攻击您,您就拿起武器自卫。杀死一条疯狗,没人会觉得不对！可是,他不敢！肚子里有这么多坏水的人,有多无耻,就有多无能！

贝雅尔斯　（无法自持）见鬼！

伯　爵　（跺脚）您走不走？看到你真污了我的眼。

　　　　〔伯爵夫人在椅子上受惊了。弗洛莱斯汀娜和苏珊娜扶住她,雷昂也过去搀扶。

贝雅尔斯　（咬牙切齿）好,见鬼！我走,但我手上有你叛国的证据！你借由转移在西班牙的财产,向国王请求许可,目的却是为了让自己毫发无损地损害西班牙的利益。

伯　爵　魔鬼！他在说什么？

贝雅尔斯　说我要向马德里告发的事。你的书房里不是有一尊华盛顿的半身塑像吗？我要让你的财产全部被没收①。

费加罗　（大喊）你当然会做啰：没收的三分之一归告发者。

贝雅尔斯　我现在就去我国大使馆，把国王的许可，就是那封你一直在等的邮件截下来，让你转移不成。

费加罗　（从口袋里取出一个邮件，激动地说）国王的许可？在这里。我早料到了这招：我刚刚以你的名义从使馆秘书处取走了邮件。西班牙来的信已经到了！

〔伯爵，雄赳赳地，拿起邮件。

贝雅尔斯　（狂怒，捶额头，往外走了两步又折回来）去死吧，无可救药的兽窝！不知廉耻，道德败坏的处所！不知廉耻地缔结一场亲兄妹结合的乱伦婚姻，会遭到全世界的唾弃！（他下场）

第 八 场

〔除贝雅尔斯之外的前场人物。

费加罗　（狂喜地）由这无耻之徒狂吠吧！他构不成威胁了：被彻底戳穿，穷途末路，身上没几个子儿！啊！法勒先生！他要是扣着那两千路易，我恐怕就要戳死自己了！（他换成沉重的语气）其实，他比任何人都清楚，这两个年轻人，无论在血缘还是法律意义上，都没有任何关系。

伯　爵　（抱住他大声说）哦，费加罗！……夫人，他说得对。

雷　昂　（急切地）老天！妈妈！有希望！

弗洛莱斯汀娜　（对伯爵）什么！先生，您不是……

伯　爵　（欣喜若狂）孩子们，这个问题我们今后再谈。我们将匿名咨询谨慎、能干且名誉的法律人。哦，孩子们！现在诚恳的人相互原谅各自的不当与过错！强烈的感情把他们分隔太久，温柔的依恋将随之

---

① 此处华盛顿半身像是美国民主共和国的象征。在该剧本写作的18世纪90年代，西班牙仍是君主制国家，敌视新生的民主共和政体。

283

而来!罗丝娜!(您的丈夫现在这么叫您),疲惫了一天,我们休息去吧。法勒先生,您留下来。你们也来,两个孩子!苏珊娜,拥抱你的丈夫吧!我们永不再提那些争吵的话题!(对费加罗)在给予你嘉奖之前,他扣除的两千金路易,你先拿着吧!……

费加罗 (激动地)给我,先生?请不要,我会让这肮脏的报酬来毁坏我的尽职尽责吗?我的嘉奖就是与您同进退。我年轻时常常犯错,今天可以一笔勾销了!而现在的我,终于可以原谅自己的年轻气盛,我的青年时期将以有此暮年为荣。只需一天就足以改变我们人生的状态!再无压迫,再无飞扬跋扈的伪善!人人做好自己的事,不要在意那些困惑的时候:赶走一个恶人已是家庭的造化。

剧 终

"插图本名著名译丛书"书目

(按著者生年排序)

第 一 辑

书 名	著 者	译 者
荷马史诗·伊利亚特	[古希腊]荷马	罗念生 王焕生
荷马史诗·奥德赛	[古希腊]荷马	王焕生
一千零一夜		纳 训
神曲(地狱篇、炼狱篇、天国篇)	[意大利]但丁	田德望
十日谈	[意大利]薄伽丘	王永年
堂吉诃德(上下)	[西班牙]塞万提斯	杨 绛
培根随笔集	[英]培根	曹明伦
罗密欧与朱丽叶——莎士比亚悲剧选	[英]威廉·莎士比亚	朱生豪
威尼斯商人——莎士比亚喜剧选	[英]威廉·莎士比亚	朱生豪
鲁滨孙飘流记	[英]丹尼尔·笛福	徐霞村
格列佛游记	[英]斯威夫特	张 健
忏悔录(上下)	[法]卢梭	范希衡 等
少年维特的烦恼	[德]歌德	杨武能
浮士德	[德]歌德	绿 原
傲慢与偏见	[英]简·奥斯丁	张 玲 张 扬
红与黑	[法]司汤达	张冠尧

I

书名	作者	译者
希腊神话和传说(上下)	[德]古斯塔夫·施瓦布	楚图南
高老头 欧也妮·葛朗台	[法]巴尔扎克	傅雷
普希金诗选	[俄]普希金	高莽 等
巴黎圣母院	[法]雨果	陈敬容
悲惨世界(一二三四五)	[法]雨果	李丹 方于
基督山伯爵(一二三四)	[法]大仲马	李玉民
三个火枪手(上下)	[法]大仲马	李玉民
安徒生童话故事集	[丹麦]安徒生	叶君健
死魂灵	[俄]果戈理	满涛 许庆道
汤姆叔叔的小屋	[美]斯陀夫人	王家湘
雾都孤儿	[英]查尔斯·狄更斯	黄雨石
双城记	[英]查尔斯·狄更斯	石永礼 赵文娟
简·爱	[英]夏洛蒂·勃朗特	吴钧燮
呼啸山庄	[英]爱米丽·勃朗特	张玲 张扬
猎人笔记	[俄]屠格涅夫	丰子恺
罪与罚	[俄]陀思妥耶夫斯基	朱海观 王汶
包法利夫人	[法]福楼拜	李健吾
海底两万里	[法]儒勒·凡尔纳	赵克非
八十天环游地球	[法]儒勒·凡尔纳	赵克非
复活	[俄]列夫·托尔斯泰	汝龙
战争与和平(一二三四)	[俄]列夫·托尔斯泰	刘辽逸
安娜·卡列宁娜(上下)	[俄]列夫·托尔斯泰	周扬 谢素台
小妇人	[美]路易莎·梅·奥尔科特	贾辉丰
百万英镑——马克·吐温中短篇小说选	[美]马克·吐温	叶冬心
汤姆·索亚历险记	[美]马克·吐温	成时
最后一课——都德中短篇小说选	[法]都德	刘方 陆秉慧
羊脂球——莫泊桑短篇小说选	[法]莫泊桑	张英伦
一生	[法]莫泊桑	盛澄华
变色龙——契诃夫短篇小说选	[俄]契诃夫	汝龙

泰戈尔诗选	[印度]泰戈尔	冰　心　等
麦琪的礼物——欧·亨利短篇小说选	[美]欧·亨利	王永年
名人传	[法]罗曼·罗兰	傅　雷
约翰-克利斯朵夫(一二三四)	[法]罗曼·罗兰	傅　雷
童年	[苏联]高尔基	刘辽逸
在人间	[苏联]高尔基	楼适夷
我的大学	[苏联]高尔基	陆　风
绿山墙的安妮	[加拿大]露西·蒙哥马利	马爱农
热爱生命——杰克·伦敦小说选	[美]杰克·伦敦	万　紫　等
一个陌生女人的来信 　　——斯·茨威格中短篇小说选	[奥地利]斯·茨威格	张玉书
变形记——卡夫卡中短篇小说全集	[奥地利]卡夫卡	叶廷芳　等
了不起的盖茨比	[美]菲茨杰拉德	姚乃强
老人与海	[美]欧内斯特·海明威	陈良廷　等
钢铁是怎样炼成的	[苏联]尼·奥斯特洛夫斯基	梅　益
静静的顿河(一二三四)	[苏联]米·肖洛霍夫	金　人

第二辑

费加罗的婚礼	[法]博马舍	吴达元　龙　佳
约婚夫妇	[意大利]曼佐尼	王永年
邦斯舅舅	[法]巴尔扎克	傅　雷
贝姨	[法]巴尔扎克	傅　雷
一个世纪儿的忏悔	[法]阿·德·缪塞	梁　均
奥勃洛莫夫	[俄]伊万·冈察洛夫	陈　馥
白鲸	[美]赫尔曼·梅尔维尔	成　时
被欺凌与被侮辱的	[俄]陀思妥耶夫斯基	冯南江
吉姆爷	[英]约瑟夫·康拉德	熊　蕾
苦难历程(上下)	[苏联]阿·托尔斯泰	王士燮
好兵帅克历险记	[捷克]雅·哈谢克	星　灿